梦幻岁月

知青插队生活的酸甜苦辣，青春岁月的奋斗历程。

侯志毅——著

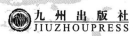
九州出版社
JIUZHOUPRESS

图书在版编目（CIP）数据

梦幻岁月／侯志毅著．－－北京：九州出版社，
2022.11

　　ISBN 978-7-5225-1571-7

　　Ⅰ.①梦… Ⅱ.①侯… Ⅲ.①长篇小说–中国–当代
Ⅳ.①I247.5

中国版本图书馆 CIP 数据核字（2022）第 231131 号

梦幻岁月

作　　者	侯志毅　著
责任编辑	李创娇
出版发行	九州出版社
地　　址	北京市西城区阜外大街甲 35 号（100037）
发行电话	（010）68992190/3/5/6
网　　址	www.jiuzhoupress.com
印　　刷	唐山才智印刷有限公司
开　　本	710 毫米×1000 毫米　16 开
印　　张	15.5
字　　数	222 千字
版　　次	2024 年 6 月第 1 版
印　　次	2024 年 6 月第 1 次印刷
书　　号	ISBN 978-7-5225-1571-7
定　　价	78.00 元

序

在我国一段特殊的政治历史背景下，千百万知青诞生了。知识青年"上山下乡"是我国特有的一段历史，这段历史是使人无法忘记的生活历史，也是全国千百万城市青年刻骨铭心的青春历史。

《梦幻岁月》是全国千百万知青生活的缩影，小说围绕何少卿向读者展现了一代城市青年在农村生活时的酸甜苦辣，着重描写了去江西插队落户的知青们的农村生活。小说共分三个阶段：第一个阶段是集体户的生活，第二个阶段是集体户瓦解后一人一队的插队落户生活，第三个阶段是在林场的生活。小说对主人公及其身边的人物角色的农村生活进行了描写。这是一个特殊的生活群体，在集体户阶段时，为了生存他们做起了"贼"，违心地损害了农民的利益：他们偷鸡摸狗，他们在农民的自留地里偷菜；在做水利工程时，打农民家里的狗来改善他们没有肉吃的生活。同时，小说也展现了城市青年和农村青年对恋爱、婚姻积极追求的价值观。

城市生活的环境和农村生活的环境是完全不一样的，工作条件也不一样，城市的工作很少暴露在炎热的太阳下，而农村人一年四季都在露天劳作、日晒雨淋，单凭这样的生活环境和工作条件就使去农村的城市青年望而生畏了。除此之外，令在农村插队落户的城市青年感到最为恐惧的就是岁月流逝，青春不在。随着年龄的增长，他们不得不另谋出路，或是回到原籍，或是在城市近郊的农村找到他们的归宿。

在写《梦幻岁月》前，我心里一直有一个声音，作为经历过十年插队落户生活千百万个知青中的一个，我想我应该把自己所经历的、所见到的、所听到的写出来。目前，能真实反映城市知识青年在农村生活的作品并不多。虽然已经有了关于知青的书籍，如《中国知青梦》《蹉跎岁月》《知青片段锦集》和《孽债》等，但真正反映知青插队落户生活的作品却很少。我的文化程度并不高，对我来说把文字拼凑在一起是艰难的和不可思议的，但我不想让这段历史被遗忘，我用自己拙劣的文字填补一下这段历史的角落也是我的心愿。

侯志毅

2014 年春

（一）

一九七〇年的春天，江西省靖安县仁首公社象湖大队占坊生产队灵山脚下的村庄，来了一群上海的城市青年。

青年们的到来打破了灵山脚下村庄的宁静，占坊生产队队长赵诗石率领着生产队的男女老少敲锣打鼓地迎接着他们的到来。

"欢迎你们来我们生产队。"四十来岁的生产队队长赵诗石脸上带着憨厚的笑容，在鞭炮声中与青年们一一握手。

这群青年共七人，分别是许剑林、何少卿、周建平、陈莉、李文菲、张小佳、柳文婷。

欢迎仪式结束后，赵诗石把青年们带到了村庄北面的一幢宅院前面。生产队早在一个月前就将这里打扫干净了，随时等待着他们的到来。

这是幢明清式样白墙黑瓦木结构的宅院，宅院的中间是一个天井，抬头就能看到天空，左右两边是木结构的厢房，左边一间是住人的，一间是厨房，右边则都是住人的。整个宅院有三个门，左右两边的门只能容纳一人进出。宅院的大门则是朝东的，两扇深褐色的木头大门足有三米多高，门的厚度足有十厘米，门上有黄铜铸成的兽形头像门环。

从宅院南面的小门出来有几级青石铺成的台阶，下了台阶有两条通道：一条通往村庄的大门口，一条通向村庄的房屋群。北面的小门外则是一片树林，树林中有一条幽径直通村庄后面的灵山。

经过商量后，许剑林、何少卿、周建平三人拿着行李住进了北面的厢房，陈莉、李文菲住进了南面的前厢房，张小佳、柳文婷住进了南面的后厢房。

一切安排就绪后，赵诗石领着青年们从南面的小门出去，沿着通道来到了他家。

赵诗石的家在村子的中央，也是一幢明清式样的瓦房。宽敞的大厅里放着两张八仙桌，桌上摆满了酒菜，他的女儿正忙着摆碗筷、搬凳子。

在赵诗石和另外几个村干部的热情招呼下，青年们围着一张八仙桌坐了下来，村干部们也在另外一桌坐了下来。席间赵诗石和村干部们用当地方言介绍了生产队的情况。

在似懂非懂的交谈中，青年们大概了解了生产队的基本情况。他们所在的这个生产队是由四个自然村组成的，他们现在所在的村叫红山村。红山村是人民公社成立后起的名，以前叫进士第。叫进士第是因为在明朝洪武年间这里曾经出了一位八省巡抚。得知这个事情后，青年们再看这里的房屋建筑，就能感受到其中透着一种特别的气势和古色古香的优雅。生产队另外三个村，分别叫新基村、沙洲村和项家村。

整个生产队有八十来户人家，只有几户人家是外姓，其他的全部是赵姓。姓名是按赵氏家族宗谱排列的，有福、伯、诗、礼、传、家、青等，现在这里最大辈分的族人是诗字辈。

生产队有四百多亩梯田，八十多亩旱地，还有几十平方公里的山脉。这里果树众多，其中数板栗树最多，其次是枇杷树、杨梅树、桃树、李子树。这里还有着成片的青翠竹林，到处都是樟树、枫树、松树和杉树。

饭后，大家回到宅院时已是星斗满空了，村庄的夜异常宁静漆黑，没有灯火的宅院在宁静中显得诡谲阴森。异乡的第一个夜晚在煤油灯的陪伴下，新奇与陌生使这些城市青年谁也不想早早入睡。

没有睡意的青年们聚在宅院的大门口，坐在门口的台阶上遥望着夜空。山风轻轻地吹拂，带来一丝凉意，在黑暗中张小佳轻轻地哼起了一首《知青之歌》，听说这首歌是南京泗洪县一位姓任的知青在下乡后写的。

"蓝蓝的天上，白云在飞翔，

美丽的扬子江畔是我可爱的南京古城，我的家乡，啊……

长虹般的大桥，直插云霄，横跨长江，

威武的钟山虎踞在我的家乡。

告别了妈妈，再见了家乡，

金色的学生时代已载入了青春的史册，一去不复返。

啊……

未来的道路是多么艰难多么漫长，

生活的脚步深陷在偏僻的异乡。"

歌词的悲凉和感染力使大伙跟着哼唱起来。

低沉而又悲凉的歌声，一次又一次飘荡在这座古老而陈旧的宅院之中。

天空的星斗慢慢消失，夜漆黑一片，四周一片寂静。谁也不敢相信，来红山村落户的这些城市青年们在村庄里的第一个夜晚是互相挤缩着在宅院的大门口度过的。

太阳从东边的山峰背后射出了万道金光，晨曦在阳光下慢慢地消失，薄薄的一丝云雾在青翠的山峰间冉冉升起，飘向了天空。

春风轻轻吹拂着山脚下盛开的油菜花，在阳光照耀下，金黄一片，像泛着浪花的海洋……

"哇，好美的景色！"小巧玲珑的李文菲从宅院门口的台阶上站了起来，很快就被眼前的景色吸引了。

她的声音将睡梦中的大家唤醒，眼前的景色宛若童话世界，他们每一个人都对这里的一切充满了惊喜、好奇。金色的阳光、青翠的山峰、清澈的天空，一切都显得那般不真实。

"我们去对面的山上。"李文菲兴奋地指着对面的一座山说道。

"好！"

青年们离开了宅院，穿过了浪花滚滚的油菜花，来到了对面的山脚下。

青年们沿着一条小路，穿过山坡上的小松树林，直通山顶。

山顶上有一块空地，大家站在空地上看着四周层层叠叠、气势磅礴的山川，瞬间变得亢奋起来。

云雾像绸带一样缠绕在半山坳中，如瑶池的仙境，美不胜收。不一会儿在阳光的照射下云雾散开了，像婀娜多姿的仙女一样，飘向了天空。

"你们看我们住的村子！"胖姑娘陈莉用手指着红山村的方向惊喜地叫着。

大家放眼望去，只见村子在群山的环抱之中如童话世界中的一座城堡，古老的村庄背后是一座云雾缭绕的青山，青山脚下树木葱郁、古木丛生，村庄四周的桃花、李子花红白互相辉映，争奇斗艳。

清晨，村子的上空升起缕缕炊烟。

在这美妙神奇如瑶池仙境般的景色中，年轻人情不自禁地放开了喉咙，在山顶上大喊大叫起来。他们这群年轻人从小生长在城市中，从未涉足过城市以外的天地。他们在读书时也曾经去过农村，参加过农村的秋收劳动，但那是城市郊区的农村，和今天山川中的农村相比，简直是天壤之别。"农村是个广阔的天地"这句话在每个年轻人的耳边响起。

"在这里我们确实大有作为！"留着短发穿着一身军装的张小佳激动起来。

大家望着四周的景色手舞足蹈，尽情地抒发着心中的感情，女青年们甚至在山顶的空地上翩翩起舞，跳起了革命样板戏中的舞蹈；男青年们为她们鼓掌伴奏，山顶上充满了欢声笑语。青春的热情在奔放，青春的血液在沸腾，在欢乐中他们的感情更加融洽，他们的性别隔阂也逐渐消失，在美丽的山川中他们已忘记了一切。

（二）

这是一个奇特的组合，他们不是兄弟姐妹，也不是亲朋好友。他们互不相识，仅仅是来自同一个城市或同一个学校的同龄人，如今命运的安排把他们紧紧地联系在了一起，组成了一个特别的家庭，一起生活在这个小村庄。生活的意义、目标是什么，他们还没有思考过，他们现在拥有的只是满腔热血。

"知识"在农民的概念中是很高贵的，中国几千年的文化中有知识的人都会受到尊敬。现在这些有着"知识"头衔的城市青年来到了闭塞的山村，对从来没有见过外面世界的农村人来说是个惊喜。

但是这些城市青年人并没有农民们想象中的那样高贵。他们都是城里普通人家的孩子，他们除了几件替换的衣服和一床被子外，一无所有。他们不懂生活，不懂世事人情，没干过体力活，他们唯一的优势就是读了几年书、认识了几个字。

他们来这里没有什么生活的目标，也没有什么大展宏图的雄心壮志，甚至他们连该接受什么教育都不清楚，他们只是随着潮流来到了这里。

他们来红山村的几天里，没有联络村子里的人，也没有什么革命热情参加田里的劳动，只是疯疯癫癫地游览着山村四周的田野和山丘。

红山村的人们对这些知识青年的行为感到迷惑，他们在想这些知识青年怎么每天除了吃饭就是爬山，这些山有什么好玩的？难道他们城市里没有山？不是说他们是来接受再教育的吗？现在正是春耕农忙季节，田里的活那么多，他们怎么一点行动也没有？

几天后，青年们的行为引起了部分赵家子孙的不满。在这闭塞贫穷的村里，按照祖宗的规矩，祖宗留给他们这片土地，刨食生存是他们唯一的宗旨。在这春耕农忙的季节，他们既要忙田里的农活，又要从紧张的劳动力中抽出人手来为这些知识青年弄饭菜招待他们，而城市青年每天只是吃饱喝足后嘻嘻哈哈地游山玩水，渐渐地农民们对这些有文化的知识青年有了看法。

于是，大队知青办的一位干部来到了宅院。

他在宅院里召开了会议，郑重地告诉大家："你们到生产队，不是来游山玩水的，而是来这里落户的，是来接受贫下中农的再教育的，是来改造世界观的，你们现在已经是生产队的一员了。现在是春耕农忙的季节，你们应该马上和贫下中农一起下田参加劳动，你们现在的一切表现与今后的前途是有联系的。"

他的话无疑是给大家下了一道命令。

知青办的干部走后，大家感到了问题的严重性和事情的复杂性，原本以为接受贫下中农的再教育，就像在城市读书时参加城市郊区的三秋劳动一样，松松垮垮，高兴就做一会儿，不高兴就找个地方躲起来，谁也管不着。显然现在与之间大不相同，是来落户当农民的，而且要像贫下中农一样马上下田参加劳动，尤其是"现在的一切表现与今后的前途是有联系的"这句话，在大家心中留下了深深的印迹。

"才来几天就要我们去田里干活，真把我们变成农民了。"李文菲嘟起了嘴，不开心地说道。

"就是嘛，才来几天，什么都没有习惯就要我们下田，他们把我们当什么了？"胖姑娘陈莉露出不满的神情。

"他们把我们当什么人了，囚犯？还看表现？"长得五大三粗的周建平瞪着眼睛不服气地说道。

"你们没听见啊，刚才知青办的那个人说现在的一切表现和将来的前途是有联系的。"张小佳看着大家小声地说了一句。

"要不我们明天就下田干活吧。"英俊的许剑林作为这个集体户的组长提出了下田干活的意见。

"好啊，今天晚上我们去找生产队队长说一声。"何少卿支持许剑林的意见。

女青年们看了他俩一眼都回了自己的房间。

晚上许剑林、何少卿、张小佳三人来到了生产队队长赵诗石的家里。作为贫下中农的代表，对于怎样联络好并带好这些知识青年，赵诗石对此可谓是绞尽脑汁，青年们这几天的行为他也不好意思去指责，毕竟他们刚来这里，休息几天看看这里的环境也是理所当然的。作为生产队干部，他的思想境界比一般人肯定要高一点。虽然现在正是农忙季节，他也想让这些青年早点下田帮助队里早点完成春耕任务，但是他不知道该怎么开口，今天他们主动来要求明天下田干活，他心里高兴的同时也松了一口气。

（三）

其实农活并不复杂，甚至还很简单，只要你去做就可以了，但长时间在农田里日晒雨淋、弯腰曲背干活对人的身体是一个很大的考验和挑战。农村人一出生就在这环境中，他们土生土长，为了生存从小就在这广阔的天地里与大自然搏斗，练就了一副吃苦耐劳的铁板身材，他们能挑、能扛、能攀、能爬，他们有时候的能量是惊人的。而对于这些刚从城市里来的年轻人来说，他们从小就没有参加过什么体力劳动，最多或许只是在家里拖拖地板、拎一桶水。

刚下田干活觉得很好玩，脚踩在泥浆里软软的，有种痒痒酥酥的感觉，跟着村里的人们把青翠的秧苗一簇一簇地栽进了田里。这些插秧的农活他们学得快干得也快，一会儿在一大块的水田有序有列地栽满了绿茵茵的秧苗。

看着自己的劳动成果，这些城市的青年感到自己很聪明很能干，农活原来是这么简单。他们有些得意忘形，甚至有些不知天高地厚地认为农村地里的活在他们的眼里不过是小菜一碟。

大家一连三天都在水田里面干劲十足，而三天后他们真正尝到了"接受贫下中农再教育"的滋味了，尝到了什么是农村的苦，腰断裂似的酸疼，两腿酸胀、走路都打弯了，一天下来连饭也不想吃，回到自己的房间，坐也不是，站也不是，只能趴在床上忍受着腰腿的酸疼。虽然浑身的酸疼不会死人，但这酸疼比死都难熬。

勉强在指定的老乡家里吃了点饭，大家便坐在宅院的大厅里不停地捶肩敲背，女青年们已是披头散发，没有力气去顾及自己的形象了。接受贫下中农的再教育原来是这样的劳累，这已经超出了他们身体的承受能力。几天前他们是受到"现在的一切表现与今后的前途是有联系的"话语的刺激而血脉偾张地去田里干活，最主要的也是为了表现个人的干劲。他们在激昂的斗志中用尽了体内的能量，毫无顾忌地在农田里表现着，而几天后他们这种违背身体规律的激烈劳累产生的反应全部显露了出来。

谁都不会想到接受贫下中农的再教育，是头对泥土背朝天地干这些又苦又累的农活，谁也没想到每天要起早摸黑，风吹雨淋地在农田里忙活。来农村前，他们在学校的教室里当着"造反派"工宣队的面大叫大嚷，写血书，立志要在农村的广阔天地干一辈子革命。现在好了，几天的命"革"下来，把自己"革"得浑身上下酸疼难忍，这哪里是人干的活，简直是在劳动教养了。而这一切仅仅是刚刚开始，他们这几天在农田里栽插秧苗干的是生产队留给妇女和孩子的活，是生产队里最轻的农活，而这些轻松的农活没几天就把他们累趴下了，以后可怎么办？

"这样下去，我会不会累死在这里？"李文菲哭丧着脸，昔日活泼可爱的容颜一扫而光。

"我实在不想再去田里了，再去干这活真的会死在这里。"张小佳的革命干劲180度地大转弯。

"我也不要什么影响了，人都累得快死了，明天我也不去田里了，随便他们怎么说。"胖姑娘陈莉撑着后腰眉头紧锁地说道。

"你们怎么想？"集体户组长许剑林双手敲捶着大腿看着其余的人问道。

"我明天也不去了。"周建平站起身来叫了一声，双手撑着酸胀的后腰一瘸一拐地走进了房间。

"如果明天我们都不出去干活，影响不好。"何少卿忍着身体上的酸疼看着大家说道。

"是啊。"许剑林在边上说。

　　"要么我们明天干活时干得慢一点，干干歇歇，不要拼命地去干。"何少卿看着大伙说道。

　　"明天你们谁吃得消，谁就去做，反正我是不去了。"李文菲的态度十分坚决。

　　"我也不去。"陈莉、张小佳同时说道。

　　"明天我还是去田里干活吧。"一直默默坐在边上的柳文婷怯生生地看了大伙一眼，小声说道。

　　"你明天吃得消？"同房间的张小佳看了柳文婷一眼问道。

　　柳文婷默默地点了点头。

　　第二天，只有许剑林、何少卿、柳文婷三人下了农田。

（四）

　　春忙结束后，生产队停止了供饭。

　　那时公社有规定，城市青年来农村插队落户生产队必须提供一个月的饭菜，一个月后他们再独立生活。青年们的生活费用由上面拨款。每个月十二块，为期一年，一年后生活费自理。

　　生产队队长赵诗石扣除了青年们第一个月在老乡家里吃饭的生活费后，把第二个月的生活费和全年的粮油卡给了集体户的组长许剑林。

　　"以后你们得自己搞饭吃了。"赵诗石面带愧色地对青年们说道。

　　"队长，我们什么都没有，怎么弄饭吃啊？"李文菲看着赵诗石第一个开口问道。

　　"昨天队里不是把米从公社买回来给你们了吗？"赵诗石说道。

　　"我们吃的菜也没有，烧饭的柴火也没有，怎么办啊？"张小佳在边上问道。

　　"生产队会给你们自留地，你们自己种菜，这几天吃的菜我会叫队里的人送一点给你们。没有柴火，今天放一天假给你们，你们自己去山上砍，山上有的是柴火。"赵诗石说道。

"菜也要自己种啊，生产队里不供应啊?"李文菲问道。

"生产队又不种菜啊，我们吃的菜都是自己家自留地里种的。"赵诗石对李文菲提出的问题感到奇怪。

"我们下来时不是说什么东西都是生产队分的?"李文菲不解地问道。

"是啊，生产队分的东西是粮食和一些经济作物。"赵诗石看着大家解释道。

听了赵诗石的解释，大家只能互相瞪着眼睛。

没有办法，大家只能自己学着做饭，第一顿饭没有柴火烧，就把宅院里一空房间的两扇破旧木窗拆了下来当柴火烧了。谁也没在灶头上烧过饭，一时间整个宅院被弄得烟雾弥漫，呛得大家眼泪鼻涕一起流。最倒霉的还是周建平和李文菲，两人抢着在灶台烧火，不但被烟熏得鼻涕眼泪一大把，而且弄得满脸都是烟灰，这才好不容易煮熟了第一顿饭。下饭的菜是许剑林、何少卿两人一起去大队供销社买的酱菜。

没有菜以后，连着几天顿顿是酱菜下饭。酱菜吃完了，就拿盐水泡饭。

吃了一段时间的酱菜和盐水泡饭，大家都吃不消了。

"这样下去不行，我们得想办法赶快种出些菜来。"这天大家在厨房里吃饭时，张小佳愁眉苦脸地说道。

"是啊，每天这样酱菜泡饭、盐水泡饭要吃到几时啊?"李文菲看着许剑林说道。

"你看着我干什么?我也没有办法啊，要种菜也要大家一起去种，靠我一个人有什么用。"许剑林对着大家扫了一眼说道。

"我们这里谁也没种过菜，不知道怎么种啊，再说菜籽也没有，拿什么去种?"胖姑娘陈莉说道。

"这样吧，明天我们几个男的去镇上买菜籽，你们女的全部去自留地翻地。"许剑林看着大伙说道。

"我不去，去镇上来回几十里路，我宁愿去自留地。"周建平看了一眼许剑林说道。

"小周不去，我与文婷去，我正好有几封信要去镇上寄。"张小佳看着许剑林和何少卿说道。

"我也要去！""我也要去！"李文菲和陈莉扔下了饭碗同时说道。

"这么多人去镇上，谁来翻自留地？你们俩就不要去了，过几天你们再去，明天你们跟着小周去翻自留地。"许剑林看着她俩说道。

"那你们去镇上看看有什么菜或者有什么可以吃的东西带回来点。"李文菲嘟着嘴看着许剑林。

"好的，只要你乖乖地在家把自留地翻好，回来保证给你带好吃的东西。"张小佳抢在许剑林的前面，用手指了一下李文菲的额头笑着说道。

第二天一早，许剑林他们四人去了镇上。

周建平、李文菲和陈莉则来到了生产队分给他们的自留地。自留地在一条小河的边上，地里杂草丛生。三人在地里一阵忙活，翻松了一小块地，捡干净了土中的杂草后已是中午了。

"我们下午再来翻。"望着一大块还没翻整过的自留地，陈莉擦着额头上的汗珠说道。

"下午休息吧，干了一上午，我都累了，你看我手上都起泡了。"李文菲翘着嘴巴把手伸到了陈莉的面前。

"今天翻了这些够意思了，剩下的等明天大家一起做。"周建平拍打着身上的尘土，看着两位女生，有点自私地说道。

"我们不管，反正听你的。"陈莉在周建平的目光下把锄头朝肩膀上一扛，走出了自留地。

回到了宅院，他们胡乱吃了点午饭后已快下午两点了。

周建平从厨房回到房间，懒洋洋地倒在床上，他刚在床上躺了一会儿，李文菲就在房间外面叫他。

"小周，快出来。"

"什么事情啊？"听见李文菲叫他，他不情愿地从床上爬了起来走出了房间。

"你过来。"李文菲带他走到宅院南面的门口。

"干什么？"周建平站在门口有点莫名其妙。

"你看外面的场地上。"李文菲指着村子前的一块空地。

"场地上有什么好看的。"

"你没看到场地上有好多鸡吗？"

"看鸡干什么？"

"现在村里的人都去田里干活了。趁现在没人，我们去抓几只鸡来。"李文菲悄悄地说道。

"去偷鸡？"周建平心里不免有些紧张。

"对，这几天肚子里面空得很，油水也没有，去偷几只烧来吃。"李文菲看着周建平轻声说道。

在李文菲的怂恿下，周建平的眼中露出了贪婪的目光。他看着村子前空地上一群正在觅食的鸡，不禁点了点头。

"快去，我帮你望风。"李文菲推了他一下。

周建平在门口左右张望了一下，沿着通向村子大门口的通道快速地向村前的场地上走去，李文菲也紧张地跟了过去。

"你去大门口看好，发现有人就咳嗽。"在村子空地的一边周建平对身旁的李文菲说了一声。

李文菲点了点头，朝村子的大门口走了过去，躲在村子的大门口望着村子里面。

这时周建平转身朝鸡群走去。

鸡群见有人过来叫着四下散开了，一只肥大的母鸡显得毫不在意，它抬头看了一眼朝它走来的人影，只是"咯"的一声，仍旧低下头啄刨着地上的食物。

周建平选中了目标，他慢慢地靠近了那只母鸡蹲下了身……

躲在村子大门口的李文菲紧张地环顾着四周，周建平伸出了双手，整个身体突然扑向了那只母鸡，"咯，咯……"两声挣扎后，母鸡的头被掐住了，它只能拼命地拍翅蹬腿。

周建平蹲在地上张望了一下四周，然后拎起了那只母鸡，像兔子一样飞快地离开了村子前的空地，从宅院的边门蹿了进去，李文菲也跟着撒腿蹿了进来。

两人进了宅院，回头向外望了一阵，见外面一个人影也没有，然后迅速地关上了南边的门。

进了厨房，周建平把鸡的脖子用力一拧，母鸡拍了一下翅膀彻底没了声。

"快烧水拔毛。"周建平把鸡朝灶台前一扔，对跟进厨房的李文菲说道。

听见声音，陈莉也走进了厨房，她见灶台前躺着一只死了的母鸡，心里一阵紧张。

"你们把人家的鸡偷来弄死了？"陈莉惊慌地看着李文菲和周建平。

"别多话，赶快烧水。"周建平看了她一眼。

"人家找过来怎么办？"陈莉害怕地说道。

"看你这个胆小的样子，人家怎么知道我们偷鸡？"李文菲毫不在乎地说道。

陈莉看着他俩没有了声音。

厨房里开始一阵忙乱。水烧开了，李文菲把鸡扔在了滚烫的水中，然后捞了上来手忙脚乱地拔光了鸡毛，又把鸡毛扔进了灶头的炉膛里……半个钟头后，鸡炖熟了。

周建平把鸡从锅里捞出来后放在桌子上，李文菲迫不及待地上来拧下了一只鸡腿，周建平和陈莉也各撕下了一大块鸡肉。

一阵大吃过后，一只肥大的母鸡顿时消失在了他们三个人的肚子里。

"味道太好了。"李文菲把吃剩的最后一根鸡骨头朝灶膛里面一扔，抹了下嘴巴，竖起大拇指对着周建平笑道。

"下次有机会再去偷一只来。"周建平随手拿起一条挂在厨房墙壁上的毛巾擦了一下油腻的嘴唇说道。

"不要去偷了，给人家知道不得了。"陈莉虽然跟着吃了鸡肉，但她还是心有余悸。

"不要多说了，赶快把厨房扫干净。许剑林他们马上要回来了，不能让他们知道。"周建平看着时间不早了，忙嘱咐着两位女生。

一切刚收拾妥当，宅院大门口就响起了许剑林与张小佳说话的声音。

"你们回来了。"听见了声音，李文菲忙从厨房里走了出来，来到了宅院的大门口。

"快，拿点水来，渴死了。"张小佳走进宅院把手上的东西放在地上，一屁股坐在了大门口的一条板凳上。

跟在后面的许剑林、何少卿、柳文婷跟着在宅院大门口的门槛上坐了下来。

"你们买了些什么东西？"李文菲给张小佳递了杯水后，蹲在地上翻着放在地上的一堆东西。

"买了好几十种菜籽，还有饼干、酱菜。"许剑林坐在门槛上捶着两条发酸的腿有气无力地说道。

陈莉和周建平也走了出来，他们问了一下后，把放在地上的一堆东西拿进了房间。

（五）

晚上，大家正聚在一起在厨房里吃晚饭。

村子大门口传来了有人骂街的声音。

"该死的，谁把我家的鸡偷走了，好好下蛋的鸡怎么就没啦，谁偷了我家的鸡啊，不怕胀死肚子啊？"

"是谁在骂?"张小佳放下了手里的碗筷。

"好像是生产队会计赵礼青的老婆。"柳文婷说道。

"她在骂什么?"何少卿竖起了耳朵问道。

"好像少了只什么鸡啊。"张小佳听了一会儿说道。

"乡下人,少了一只鸡就这么大惊小怪的。"李文菲在边上轻蔑地嘀咕了一声。

"人家靠鸡下蛋当然心疼。"许剑林说。

"你在这里骂什么人啊,丢人现眼的。"是会计赵礼青的声音,"我叫你不要把鸡放出来,你不听。前天翠英家不是也丢了两只鸡,开春天野猫子好多的,你乱骂什么,不怕得罪人啊?"

"我心疼啊,多好的鸡啊!每天下一个蛋,我们的油盐钱不是都靠这些鸡嘛。"女人伤心地哭泣。

"好了,谁会偷咱家的鸡啊,一定是给野猫子叼走了。明天把鸡关好,不要放出来了。"

"我心疼啊,多好的下蛋鸡啊!"

"回家去,再在这里丢人现眼的,我揍你。"

村子前的大门口顿时没了声音。

"养鸡生蛋是个好办法,我们在这里也养点鸡。"张小佳忽有灵感地看着许剑林。

噗的一声,边上李文菲捂住了嘴,差点笑出声来。

"你笑什么?"张小佳瞪着李文菲。

"你看看我们现在,人都快养不活了还养什么鸡,就是养鸡,还没等鸡来得及下蛋,我看就给野猫子吃了。"李文菲露出一丝轻蔑的暗笑,说完后看了一眼周建平。

"就你没有一句好话,以后我们要在这里生活,大家总要想点办法吧。"张小佳看着李文菲说道。

"谁有工夫养鸡,等鸡下蛋还不知道猴年马月呢。"李文菲冷笑着摇头。

"我们在这里养一些鸡倒是个好办法。"等李文菲说完后，许剑林用赞同的眼神支持着张小佳。

"我也同意养鸡。"何少卿也支持了张小佳。

"如果要养鸡，我每天来喂。"柳文婷在边上说道。

"那我们明天再去一次镇上，去买一些小鸡回来。"张小佳迫不及待地说道。

"明天还有一大块自留地没翻好呢。"李文菲在边上说了一声。

"自留地你们没有翻完？"许剑林看着了李文菲、周建平、陈莉三人问道。

"那么大的一块地，我们三个人怎么翻得完。"周建平白了许剑林一眼说道。

"那好，明天我们全部去自留地，养鸡的事情不急，过几天再去镇上。"许剑林抱歉地看了张小佳一眼说道。

"小许，你看今天翻自留地翻得我手上都起血泡了。"李文菲嘟着嘴在许剑林的面前摊开了手掌。

"好，今天你辛苦了，明天你就负责撒菜籽吧。"许剑林拿起她的手看了一眼安慰道。

晚饭后，李文菲和陈莉回到了自己的房间。

"刚才赵礼青的老婆在村子大门口骂鸡没有了，我听得心里直打鼓，吓死我了。"一回到房间，陈莉就对着李文菲悄声说。

"吓什么，又没人看到我们偷鸡。"李文菲看了陈莉一眼。

"这事绝不能让别人知道。"陈莉担忧地说。

"那当然，除了我们三人，只有天知地知。"

"刚才张小佳说养鸡，你说还没下蛋就给野猫子吃了，你那神情我真担心露了马脚。"

"我看张小佳她一本正经想养鸡的样子，想起来好笑，忍不住了。"

"你还好笑，人家下蛋鸡被我们偷吃了，你还笑得出来！"

"这就叫和贫下中农相结合啊。"李文菲调皮地说了一句。

"就你怪话多。"听了李文菲偷鸡吃还是和贫下中农相结合的话，陈莉差点笑出声来。

"插队落户又不是我想要来的，是他们硬叫我们来的，现在这个样子我们不灵活点怎么办。"李文菲沉下脸说道。

"是啊，现在这个样子也没有人来管我们，每天盐水酱油拌饭，以后还不知道是什么样子呢。"陈莉一想到现在的生活，心里就直冒火。

（六）

自留地的菜籽撒了下去，能不能长出菜来大家也不知道，反正在自留地里流下了汗水，大家总还是抱着一丝希望的。

这几天大家还是吃酱菜拌饭，生产队偶尔有一两户人家送来点青菜，但也满足不了他们的日常需求。

"这饭我实在吃不下去了。小许，你是我们大家的组长，你总得想点办法。我们每天都吃酱菜，肚里一点油水也没有，实在受不了了。"说话像百灵鸟似的李文菲这天在厨房跟大伙一起吃饭时，又叽叽喳喳地缠住了许剑林。

"我有什么办法，要不明天去问老乡家里买些鸡蛋来。"许剑林忽然灵机一动。

"好啊，这段时间我们怎么没想到，害得我们吃了这么多天的白饭。"李文菲用手拍了一下自己的额头说道，"我现在就去老乡家里买。"

"买什么鸡蛋，你哪有那么多钱？其实这里到处都是菜，就看你敢不敢拿了。"周建平把刚吃完的饭碗朝桌上一放，朝大家看了一眼。

"什么意思？"李文菲抬起头看着周建平。

"乡下人自留地里有的是菜。"

"去别人地里偷？"许剑林愣愣地看着周建平。

"什么偷啊，这么难听，去借点来。"周建平大言不惭地说道。

"对啊,小周的话有道理啊,我们是可以从乡下人的自留地里借点菜来。"张小佳文绉绉地说。

"要借,今天晚上就去。"李文菲一下子来了劲。

"这怎么可以,让队里的人知道不得了,我们怎么可以做这种事情?"许剑林一口反对。

"何少卿,你说怎么办?"李文菲见许剑林不同意,眼光转向了他。

"去别人家自留地里偷菜?"何少卿的眼睛转向了许剑林,这段时间每天吃白饭,他也感到很难受。现在大家出主意去乡下人的自留地里偷菜,他一时也不知道怎么说,面对李文菲的问话,他只能对许剑林说起来。

"小许,我看大家说得也对,这么多天来也没有什么人来管我们有没有菜吃,晚上去搞点菜来是个办法。"

"万一给人家看见了怎么办?"许剑林担心地说道。

"我们晚一点出去,大家小心一点就是了。"何少卿说。

"像个男子汉!"李文菲见何少卿同意晚上去偷菜有点兴奋在他面前竖起了大拇指。

在大家怂恿的目光下,许剑林也只能默认了。

深夜,宅院里留下了陈莉和柳文婷两人,其余的人都悄悄地出去了,在夜色中他们无声地走向田野。

田野中到处是昆虫的鸣叫声,夜显得非常神秘。听说乡间的夜晚会有很多孤魂鬼影飘浮在田野上,如果谁在夜间行走,这些鬼影就会随时跟着飘浮过来,但这传说对于已经吃了很多天白饭的城市青年们来说已不重要了。他们现在就想赶快搞点菜来,至于什么菜都不重要,只要把菜搞到手就可以了,他们急急地行走在田野上。到了一片自留地里,他们停了下来,远处传来了狗叫声,这里却是一片寂静。

"动作要快。"许剑林对大家低低地说了一声。

一伙人很快消失在菜园中,不一会儿就传来窸窸窣窣的声音……

收获是很大的,当一行魑魅似的人影气喘吁吁的回到宅院时,已过午夜时分了。

陈莉和柳文婷从房间里出来迎接胜利的收获者，当她俩看到地上一大堆菜时，同时轻轻地发出了一阵欢呼声。

"你们没给人发现？"陈莉细心地问大家。

"鬼都没遇上一个。"李文菲兴奋地说道。

"你们把这些菜藏到房间里去。"许剑林吩咐道。

大家一起动手，把菜放进了两只大的箩筐里，抬进了女青年们的南厢房里。

"这些菜足够我们吃一个星期了。"张小佳放好了菜后走出了房间，拍了拍身上的灰尘对站在大厅上的周建平说道。

"反正吃光了再去借。"周建平的话有点理直气壮。

"其实我们早就应该想到了。"张小佳心中感到有点亏。

"我早就想到了，就怕许剑林和何少卿他们俩不同意。"周建平凑到张小佳的身边悄悄地说。

"其实何少卿还可以，就是许剑林有点太正经了。"张小佳悄声说道。

"许剑林是组长，他做事情肯定会考虑很多。"周建平轻轻地说了一句。

周建平和张小佳在宅院的大厅里一直嘀嘀咕咕地说着悄悄话。

而回到房间里的许剑林心里仍旧忐忑不安，虽然他们这次偷菜的行动没有遇上任何人，但他的心里总感到不是滋味。短短的几个月，他从肩负使命，心中怀着远大理想、根正苗红的革命青年一下子在今天晚上变成了一个偷菜贼，这似乎在他清白的身上染上了一个污点。

"没想到我们竟做起贼来了。"许剑林皱紧了眉头看着何少卿。

"有什么办法，人被逼急了什么事情都会发生。"对于今晚偷菜的行为何少卿没有许剑林想得那么多，他不像许剑林根正苗红地出生在一个清白的家庭，不过他的家庭也不差。他从小受到的教育是很正规的，在现实的生活状况中他也只能无奈地随波逐流了。因为只有在现实中随着环境的变化去变通、去适应，才可能有一丝生存的希望。至于今天他做的事情会产生什么后果，他没去想过。很多天吃着白饭或盐水泡饭，明天有菜可以下饭了是他现在心里想的事情，他觉得深更半夜去地里偷菜很刺激也很好玩，因为在乡下人地里偷菜实在太容易了。

"我们这些人今后不知道会变成什么样？"许剑林忧心忡忡地说道。

"不想这么多了，在这里只能过一天是一天了。"何少卿毫不在意地说道。

（七）

宅院里今天特别热闹，来了很多客人，这些客人都是一起来山村中落户的城市青年。几个月来大队终于召开了知青碰面会，他们象湖大队中好几个生产队都有下乡的城市青年，今天大家在一起碰面不知有多兴奋。女青年们聚在一起叽叽喳喳地谈论着几个月来在生产队里的生活情况，而男青年们则在一起挤眉弄眼地说着一些不为人知的勾当。大队碰面会结束后，大家余兴未消，占坊队的青年们各自邀请了同学好友来村子里做客。

来到红山村，做客的朋友一下子被他们这里的景色迷住了。

"哇，你们这地方简直是世外桃源。我们的生产队简直不能和你们相比，我们怎么没有分到这里来？"陈莉在余家生产队的同学王宝琴羡慕不已。

"太漂亮了，太漂亮了！"与王宝琴同一生产队的男青年陈吉赞不绝口。

大家站在灵山脚下红山村的大门口，对着这原始的村子又是赞赏又是感叹。

当大伙走进了宅院时，这些同学好友对他们红山村知青的住处羡慕得眼睛都红了。

"这么大的一幢宅院，独门独户的，与外人一点儿都不搭界。在里面做点事情，别人一点儿都不知道，简直是神仙住的地方了。"陈吉摇着头惊叹不已。

"周建平，你们住的地方实在是太漂亮了，我们住的地方你几时去看看，比牛棚稍微好一点。左右乡下人住得又近，做事情一点儿都不方便。"来到周家生产队的周建平的同班同学潘国军感叹道。

"好什么？我们是山沟，你们生产队靠外面，离公社近，交通又方便。"周建平说。

"我们那里这么好，我和你们换。"与潘国军一起的王玉莉对周建平说道。

"好啊，只要大队同意，我保证和你们换，在这山里面闷都闷死了。"周建平说。

"这么好的地方，你肯换，我才不相信。"与潘国军一起来的另一姑娘张瑛插嘴说道。

大家赞美了一阵红山村青年们居住的环境后，渐渐地聊起了他们这几个月来在这里的艰难生活，每个人都是满肚子牢骚。

"我们这批人正是生不逢时，三年困难时期，又赶上'文化大革命'，现在又到这穷乡僻壤的地方插队落户，都没过过一天好日子。"潘国军摇着脑袋说。

"是啊，在学校时这些家伙说得天好地好，等我们下来了，户口到了这里也没有人来过问了，以后我们这些人也不知道怎么办？"陈吉说道。

"听说我们这些人都是从强盗下山来的阴魂投的胎，所以这辈子活该是来受苦受难的。"张瑛插嘴说道。

"是啊，活该倒霉，来的路上还碰到了血光之灾。"陈莉的另一个同学林萍说道。

说到了血光之灾，大家顿时想起了来时路上血淋淋的事件。

在上海火车站，敲锣打鼓欢送的人群离开后，列车满载着他们这批热血沸腾的革命青年向革命圣地江西南昌进发。

第二天清晨，大家在蒙眬的睡意中睁开眼睛，列车带着呼啸声已行驶在江西省上饶地区了。

窗外是一片贫瘠的红土壤山丘，从来没出过远门的城市青年们，看到了那无穷无尽的丘陵山脉，都惊喜地打开了列车的窗户，扑在了窗口上。

列车行驶了一段时间后终于从层层叠叠的山丘中突围而出，眼前是一片平整的田地。田里有人牵着牛吆喝着在耕种，不远处的一块水田里有十来个男女农民弯着腰在栽种秧苗，青翠的秧苗和那红色的土壤互相辉映，格外地醒目。

列车发着"哐当，哐当"的节奏声一直在平稳行驶着，田野迅速地向后退去。

前面的路基下有一群农民的孩子在玩耍，列车渐渐地向他们靠近，孩子们在路基下面直起身来，瞪着眼睛看着这列驶近的庞然大物。

"喂！江西老表，吃饼干。"列车在经过这群孩子的面前时，突然车厢上有人把上面发给他们路上当干粮的饼干扔向了他们。

孩子们一下子散开了，他们弯下身来捡散落在地上的饼干。后面车厢的人看见了，也跟着向外扔饼干，每节车厢都有人向外扔东西，有饼干、糖果。孩子们沿着路基开始追逐火车，沿路追逐火车的孩子越来越多，车上路下一片嬉笑声……

忽然，列车的汽笛尖锐地呼啸了一声，随后是一阵紧急的刹车声，车轮在铁轨上拖着发出了刺耳的金属声，列车猛烈地震动了一下，瞬间停了下来。车厢上的人被猛烈刹车的惯性从座位上弹了起来，车厢里一片惊恐。"出什么事情了？"车上惊恐的人群都涌到了窗口。

天哪！列车上的人都看见了，在整个列车的中间路基下面，一个满身冒着血泡的小女孩趴在了那里，她的两条小腿还在微微地抽搐着。小女孩的边上是两个瞪着眼睛、眼神恐惧，蹲在那里一动不动的小男孩。"哇！"好多女青年吓得用手蒙住了眼，把头从窗外缩了进来。

列车突然停顿下来以及车厢上青年们惊恐的惊叫声，一下子惊动了在农田里作业的农民们。

农民们光着脚丫从四面八方奔了过来。

"天啊！我的女儿！"随着一声撕裂的惨叫声，奔上来的人群中一个中年汉子扑倒在还在冒着血泡的小女孩身上，很多农民围了上来。

列车一节车厢的门打开了，两个干部模样的人神情紧张地下了火车。

"你们赔我的孩子啊！"小女孩的父亲抱起了浑身是血的女孩哭喊着冲向从车厢上下来的两个干部模样的人。

"大……大叔，别激动，别激动……"那两个干部模样的人对那抱着小女孩的父亲摇着手，有点惊慌失措。

"赔！赔！赔孩子！……"围上来的农民举起了手中的农具，眼中露着愤怒的目光。

"你们不要动，你们……不要动……我们这列是专车，车上是毛主席派到你们省来参加革命的红卫兵小将，你们谁动谁负责！"一个干部模样的人看着涌上来的农民挥舞着双手大声喊道。

农民们被他的喊声镇住了，这些满脸怒火的农民抬头看着列车窗口上挤着的青年们一下子都变得颓然了。

"我的孩子，我的孩子啊！……"这时小女孩的母亲，一个三十来岁的妇女在几个女人的搀扶下哭喊着扑向了人群。

车厢上又下去了几个人，他们走向了人群，将哭得已昏死过去的小女孩母亲和神情呆滞手里抱着浑身是血的小女孩的父亲一起扶上了列车，同时跟上车厢的还有几个农民。

人群散开了，列车临时停了半个小时后又慢慢启动了，它发出了一声悲怆的汽笛声，渐渐离开了那出事的地方。

车厢上的人都回到了原来的座位，突然发生的事情使列车上刚刚还兴高采烈的青年们一下子都沉默起来，那些逗引孩子扔过饼干的人都愧疚地低垂着头，一声不响地缩在了一边。

"真作孽，这么小的姑娘，命没了。"一个女青年惋惜的声音响起。

"是啊，这小姑娘太可怜了。"另一个女青年的声音也随之响起。

"第一次出门就遇上血光之灾，我听奶奶说过这是很不吉利的。"又一个女青年接着说。

那女青年的这句话一下子使在座的人有了一种不祥之感，还没到目的地路上就出了这么大的事情。小女孩为了抢饼干撞在了行驶中的火车上，小女孩血淋淋的惨状、农民夫妻俩哭天喊地悲惨的声音、农民们愤怒的目光、他们这些人还不清楚的前途命运，一时间大家都变得非常沉默。

列车在前面一个车站停了下来，车上两个干部模样的人带着那对农民夫妇和那几个一起来的农民下了火车。

列车上的人带着内疚的目光看着他们一群人走出了车站。

列车又悄悄地启动了，天阴沉起来，沿路的景色谁也不再去注意了，车上的人都在牵挂着那对农民夫妇和那可怜的小女孩。

谁也没料到会发生这样的事情，来与贫下中农相结合的革命青年，刚刚踏上这块将要奋斗、将要革命的红土地时，他们所做的第一件事情竟然是把贫下中农的孩子逗引得变成了一场血淋淋的灾难。而在这场灾难中，无辜的贫下中农们只能无可奈何地看着他们，这是件多么可怕的事情。

"那小女孩不知道死了没有？"提起了这场血光之灾，陈莉问林萍。

"你说呢？流了这么多的血，我看到小姑娘在她父亲的怀里已经奄奄一息了，肯定死了。"林萍说道。

"作孽啊。"潘国军看着大家摇了摇头说道。

（八）

为迎接客人们的到来，宅院里的人忙开了。为了招待这些朋友，许剑林和何少卿两人去了老乡家里买鸡蛋，男青年们去了北厢房聊天，女青年们则是去了陈莉和李文菲的房间。

今天轮到张小佳和柳文婷做饭，余家队的林萍和周家队的张瑛说要帮着她俩一起做饭，四人走进了厨房。

"你们的厨房好大。"张瑛一走进厨房便说道。

看着桌子上整齐放着的一大摞饭碗，林萍问道："你们男女生是在一起吃饭的？"

"是啊！"张小佳有点奇怪地看着林萍答道。

"我们男生女生是分开吃饭的。"林萍说。

"我们也是一样男女生分开吃饭的。"张瑛在边上说道。

"什么，你们男女生不是在一个锅里吃饭的？"张小佳看着她俩问道。

"是啊，下来一个月，在老乡家里吃饭结束后我们自己做饭，在一起吃了几天，后来谁也不愿意做饭就这么分开了。我现在和王宝琴两个人在一起，陈吉和朱成康一起，陶韦一个人。"林萍说道。

"我们队里也一样，都是分开吃饭的，我们那里的男生都好小气，一点儿亏也吃不了。你们下来到现在一直在一起不分开，真的，我很羡慕你们。"张瑛说。

"我们这里的男生都很好说话的，像砍柴、挑水都是他们做的，我们女的就轮流做饭。"张小佳说。

"你们这里的男生就是好，大气，如果我在你们这里就好了。"张瑛说。

"那你想办法调过来啊。"张小佳说。

"不可能的，去吴家队的刘岚和我是邻居，她一下来就去大队说要调到我们生产队来，可是大队里说不行，这是公社安排好的名额，不能随便调动。"张瑛说。

正说着话许剑林和何少卿来到了厨房，他们把买来的鸡蛋放在了桌子上，关照了一声后就走了出去。

柳文婷去她们的房间拿了一篮子的蔬菜回到厨房后，开始在灶台前忙了起来。

她把菜放进脸盆里面洗了起来。

"柳文婷，我和你一起洗。"张瑛走上前来。

"不用，你们是客人，我一个人可以的。"柳文婷笑了笑看了一眼张瑛说道。

"我们算什么客人啊！来，还是我来帮你一起洗吧。"张瑛边说边卷起袖口。

"不用，不用，还是我一个人来，很快的，你还是去帮张小佳一起烧火吧。"柳文婷笑着把张瑛轻轻地推到了灶台后面。

"好了，张瑛，你就让她一个人做吧，她一个人做起事来很细心，不愿别人帮忙的，你就帮我一起烧火吧。"张小佳顺势把张瑛按在了灶台后面的一条小板凳上。

"柳文婷真是的，又文雅又温柔。在上海来的火车上，我就坐在她对面的座位上，看她文静得一句话也没说过。别人跟她说话，她只是红着脸笑笑。"张瑛对坐在身旁的张小佳和忙着拿柴火的林萍说道。

"我就是这个脾气，不喜欢和生人说话。"柳文婷涨红了脸对着张瑛嫣笑了一下轻声说道。

"我们柳文婷就是这样，我和她在一起话也不多，她整天多愁善感的，不知道在想些什么。"张小佳笑着说。

"现代的林黛玉。"林萍在边上插了一句。

"我哪里像林黛玉？"柳文婷抬头看了一眼灶台后的三人，红着脸说道。

"柳文婷的模样有点像邻家的女孩子，亭亭玉立的，以后不知哪个有福气的人能娶她做老婆。"林萍笑着说。

"我们柳文婷有主啦。"张小佳笑着说。

"谁啊？"张瑛忙问。

"我们这里的何少卿。"张小佳笑道。

"小佳，你怎么乱说？"柳文婷的脸一下子涨得通红。

"你拉着他的手时忘记了？"张小佳揭穿了柳文婷的底。

"你……"柳文婷羞涩地看了一眼张小佳，想起了在悬崖边上的一幕。

那是刚来的第一天，他们在去生产队的路上，要经过一条悬崖边上的小路，一边是陡峭的山崖，一边是汹涌澎湃的河流。小路太窄了，走在这悬崖的小路上看着下面哗哗奔腾着的激流，刚来这里的人顿时感到脚底下的小路好像在激流中旋转，每个人都胆战心惊地靠着悬崖边小心翼翼地向前走着。

这时走在悬崖上的她感到有点头晕，她停了下来对着走在前面的何少卿说了一声："我拉着你好吗？"

正在行走的何少卿听见了身后柳文婷对他说话的声音，他停了下来，回过头看见柳文婷脸色苍白，额头上冒着些许汗珠。

"害怕？"他问了一句。

"我头有点晕。"柳文婷眼中露着一丝恐惧。

何少卿没说话伸出了手。

柳文婷紧紧地捏住了他的手，一路跟在他的身后，直到走在宽敞的路上。

每个人的紧张心情终于放松了下来。

"柳文婷，还那么亲热，舍不得松手啊。"站在身后的张小佳看见柳文婷还握着何少卿的手，调侃地说了一句。

柳文婷如梦初醒，她一下子松开了何少卿的手，羞涩地看了他一眼，脸涨得通红。

"她真的和你们这里的何少卿好了？"看着脸涨得绯红的柳文婷，林萍刨根问底道。

"开玩笑的。"张小佳笑着。

"不过何少卿长得真不错，你们这里的男生都长得好俊俏。"林萍说道。

"怎么，你看上我们这里的男生了？我跟你说啊，不准在这里动歪脑筋啊。"张小佳手指着林萍的脸说道。

"那不一定，如果你们不下手，说不准到时候我和张瑛就下手了，张瑛你说是吗？"林萍推开了张小佳的手指对着张瑛笑着说道。

"说不准。"张瑛笑着，"到时你俩不要吃醋啊。"

"厚脸皮，你们那里没有男生吗？来我们这里抢男生。"张小佳指着她俩。

"我们那里的男生，小佳你也认识，哪有你们这里的男生好啊！"张瑛笑着。

"是啊，我们那里的男生一个个都獐头鼠目的，哪里可以和你们这里的相比？"林萍也笑着说道。

"你们俩也真是，把你们那里的男生说得也太差劲了吧！我看你们那里的男生长得都挺好的，你们故意的，是吗？你们说，你俩是不是对我们这里的男生真的有企图了？不然的话，我马上出去告诉你们队的男生。"张小佳指着她俩故意装着一本正经地说道。

"你去告诉他们好了，我一点儿都不在乎。"林萍说。

"我也不在乎。"张瑛紧跟着说道。

"嗨，你们俩也太胆大包天了，什么都不怕啦。"张小佳指着她俩，一点儿办法也没有。

说话间，柳文婷把菜洗干净了，米也淘好了。

"小佳，把火点上，我要炒菜了。"柳文婷对干瞪着眼睛的张小佳说道。

张小佳撇下了张瑛和林萍，忙点燃了灶膛里的火，柳文婷忙着烧水、烧饭、炒菜。

饭菜烧好后，大家都来到了厨房，难得这么多人在一起吃饭，像开宴会一样，既热闹又忙乱。大家手快嘴快，两脸盆的菜、一大铁锅的饭顷刻间空空如也。

"你们这里的饭菜怎么这么香？"陈吉放下了碗筷抹了一下嘴说道。

"那要看是谁烧出来的饭菜了。"张小佳瞧着陈吉慢悠悠地说道。

"不错,不错,你们的饭菜确实烧得不错,很有上海菜的味道。"潘国军对着张小佳伸出了大拇指。

"还可以吧,饭菜是我和柳文婷一起烧的。"张小佳见潘国军称赞她一人,忙指着柳文婷解释道。

"大灶上烧出来的饭菜都是这么香的。"柳文婷害羞地看了大家一眼说了一句。

"你们这么多的菜是从哪里弄来的?"周建平在河西队的另一个同班同学吴成康问道。

"借来的。"周建平开口道。

"是不是晚上从乡下人自留地里借来的?"潘国军挤眉弄眼地看着周建平。

"你问这么清楚干什么,有些事情你也是懂的,看来你们和我们也差不多吧。"周建平看着潘国军笑了笑。

"彼此,彼此。"一旁的吴成康心领神会地说道。

"没办法,开始几天队里每天还有些人送点菜来,十来天后没人送菜来了,吃了几天盐水泡饭实在吃不消了,只好自己动手了。"潘国军诉苦道。

"没办法,在这个地方,你脑子不灵活点,你就等着吃苦头吧。什么接受贫下中农的再教育,现在城里没有办法安排我们工作了,就把我们朝乡下一扔,反正人民公社是吃大锅饭的,让乡下人来负担我们这些城市多余的人。我们这些人今后有得苦了,今后连乡下人也不会来管我们。"陈吉憋着一肚子的怨气说道。

"现在乡下人就不管我们了,我们这段时间这个样子有谁来关心过我们?"张瑛插话道。

"乡下人自己都苦得要命,还会来管你们?我看乡下人自己也没什么吃的,每天吃的都是些苦麦菜、红薯,家里鸡下的蛋都舍不得吃,拿到供销社去换钱。"林萍说道。

"是啊，这个地方又苦又落后，连电灯都没有。每天晚上点个煤油灯，黑灯瞎火、鬼影幢幢的，什么都看不清楚，我真不知道这里的人是怎么过日子的。"张瑛说道。

"反正我们现在人也来了，户口也在这里了，俗话说到什么山砍什么柴，大家脑子灵活点，这不是与贫下中农相结合吗？"潘国军对着大家说道。

今天在占坊队聚会的这些年轻人，在三个月前的城市学校里还信誓旦旦地高呼着革命的口号：去农村、去边疆、去祖国最艰苦的地方去，抛头颅，洒热血，立志在农村干一辈子革命。而三个月以后的今天，他们在这深山老林红山村宅院的厨房里满腹牢骚，怨气冲天地你一句、我一句，尽情地吐着心中的不满，他们如贫下中农的忆苦思甜大会，倒尽了心中的苦水。

（九）

春天栽种在水田里的水稻秧苗已开始抽穗灌浆了，生产队的全部农活转移到了旱地上，旱地上的农作物也不少，有荞麦、芝麻、花生、红薯。旱地上的活比水田里的活要轻松一点，而且不用每天光着脚，也不会把身上的衣服弄得满是泥浆，所以宅院里的人全部参加了旱地上的农活，每天跟着赵家的子孙在花生地、芝麻地里松土锄草。

农活不紧张，在劳动时便有了足够的时间与赵家的子孙闲聊，在闲聊中青年们渐渐听懂了这里人的方言。在三个月前，青年们几乎是听不懂这里人说话的，而现在不仅听懂了这里人说话，也知道了这个地方的生活习惯和风俗，也知道了谁是谁家的孩子，谁是谁家的媳妇，知道谁家的女儿马上要出嫁了，谁家的后生有了对象，甚至谁和谁有暧昧关系也略知一二。

这天大家又跟着队里的人在花生地里干活，田间休息时大家挤在一排板栗树下，生产队会计赵礼青的老婆和几个女人聚在一起，神秘兮兮地背着青年们谈论着一些事情。

看着她们神秘紧张的表情，好奇的张小佳推了一下身旁的陈莉说："你过去听听她们在说什么？"

陈莉悄悄地挪动了一下休息的位置，头伸到了她们几个女人的背后仔细地听着。

中午收工回家的路上，陈莉对大家说："你们知道刚才她们几个女人在说什么吗？"

"你听到他们在说什么了？"张小佳急着问道。

"她们在说我们生产队妇女主任的一个瘌痢头儿子。"陈莉说。

"妇女主任有个瘌痢头儿子？我们怎么从来没看见过？"李文菲插嘴问道。

"我们怎么会看到？她儿子在我们下来前的正月里就死了。"陈莉说。

"她儿子多大了？"李文菲问。

"听说只有十来岁，好像是得了什么怪病死的。"陈莉说。

"死了还说他干什么？"李文菲说。

"你听我说啊。"陈莉看了一眼李文菲说，"小瘌痢头死后埋葬在村西面我们每天出来干活要经过的山坡上。前天傍晚收工回来，赵礼青的老婆和另外两个女人，其中一个是毛崽的娘，去了自留地摘菜。摘好了菜她们一起回来经过西山坡时，她们突然看见了小瘌痢头在山坡上采花玩耍，她们几个一下子都惊得呆在了那里。大约就两三分钟的光景，小瘌痢头朝山坡后面蹦蹦跳跳地走远消失了。"陈莉说到这里，全身冒起了一阵鸡皮疙瘩。

"真的，有这事情？"李文菲惊得瞪大了眼睛。

"哇，好吓人啊！"张小佳听得脚一软倒在了身旁的柳文婷身上。

"大概这几个女人看花眼了吧。"许剑林见几个女生吓成这个样子，不相信地说道。

"这我不知道，我刚才只是听她们在这样说。"陈莉说。

"你大概没有听清楚吧，人死了还会在山坡上玩，这不是真的见鬼了吗？"何少卿也不相信。

"就是啊，难道这个世界上真的有鬼？"张小佳犹豫地看着陈莉。

"难说，在这荒山野地说不准会出现点怪事情。"李文菲心有余悸地说道。

"前几天我也听赵诗水说起过一桩怪事情。"一直听着说话的周建平插上嘴来。

"你不要吓人哦，什么怪事情？"张小佳神情紧张地问。

"赵诗水说他有一次去南面的老凤山砍柴，砍到一半忽然感到有点不对劲，他感到山上好像有人在拿小石头扔他，抬起头来朝山上面看去，这一看把他吓了一大跳，你知道他看见了什么？"说到这里周建平停了下来，眼睛朝大家扫了一眼，脸上神情紧张地说道，"他看见了山坡上面有一对非常漂亮的娃娃，全身赤裸围着山坡上的树木在转来绕去地嬉闹，他们还不时地拿着小石块朝山下扔，吓得赵诗水砍好的柴也不要了，挑起空挑子拔腿就逃了回来。"

"哇，真有这样的怪事情，太吓人了。"女青年们听得脸都变了色。

"赵诗水看到人参精了。"何少卿说。

"可能是吧，反正他说以后再也不去老凤山砍柴了。"周建平说。

"在这深山老林，看来是有些怪事情了。"何少卿的心里也感到一阵恐惧。

"我总觉得我们来的这个地方很原始，好多地方都是神秘兮兮的。"许剑林这时也显得有些紧张。

"是啊，你看这里的人也是很原始，神秘兮兮的。"张小佳说。

"我们住的宅院，半夜你们听见过什么声音没有？"一直没有说话的柳文婷突然冒了一句出来。

"什么？"大家被柳文婷突然冒出的一句话惊得脚都软了下来。

"柳文婷，你不要吓人，你晚上听见过什么声音吗？"张小佳睁大了眼睛恐惧地看着柳文婷。

"我好几次半夜醒来,听见我们房间的楼板上有人走路的声音。"柳文婷看着大家神情胆怯地说道。

"哇!"大家一听都吓了一大跳,紧张得全身汗毛都竖了起来。

"你……你真的听见楼板上有人走路的声音?你怎么不早说?"张小佳惊恐地看着柳文婷。

"我看见大家每天平安无事的,我不敢瞎说。"柳文婷神情异样地涨红了脸。

"哎哟,我的妈呀!"李文菲听得腿直发软,差点一屁股坐在了地上。

"说起我们住的这幢宅院确实有点不对劲,以前我睡觉从来不做噩梦的,在这里我已做了好几次噩梦了,梦中我觉得有什么东西压在了我的身上好沉,气也透不过来。"陈莉的眼神露出一丝恐惧,望着大家若有所思地说着。

"说起做噩梦,我来这里也做过好几次了,是好像有什么东西压在身上,翻身也翻不过来。"周建平也证实道。

"哎哟,你们不要再说了,太吓人了。我说呢,乡下人哪有这么好的良心给我们这么大的一幢宅院,他们自己不住给我们住,这幢宅院肯定有问题。"李文菲神情恐怖地开始分析起来。

"以前这一幢宅院不知是谁住的?"何少卿看着大家说道。

"听说以前这幢宅院一直空着没人住。"陈莉在边上说道。

"这么好的一幢宅院以前没人住确实有点问题,这事情我们要好好打听一下。"何少卿疑虑地说道。

"你们发现没有,我们住的那幢房子下来到现在除了赵诗石来过几次外,好像别的人都没来过,就是在门前路过他们也不进来看一看。"张小佳好像发现了什么新大陆似的。

"好像生产队里的其他人确实都没有来过我们这里,这好像确实是有点什么问题。"许剑林想了想也感到有点意外。

张小佳和许剑林的疑问使大家一时间都感到他们现在住的这一幢宅院确实有点问题，为什么好好的宅院以前是空着没人住？为什么贫下中农从不到他们住的宅院里来？这似乎不合逻辑，一般情况这里的人应该来这里看看他们，来聊聊天，生产队的年轻人也应该来这里玩玩。难道这里的人在他们下来的第一天欢迎了他们一下后，平时空下来的时间就不想和他们沟通？听别的生产队知青说，他们到生产队后，每天晚上他们住的房子里都挤满了人，老乡对他们城里人好奇心很重，总是问这问那的，而他们这里晚上根本没有人来，这样看来确实是他们现在住的房子有问题，这房子以前住的是什么人？发生过什么事情？

自从大家住进这一幢宅院后始终在忙忙碌碌，谁也没去顾及过什么，一到晚上就睡得像死猪一样，也不曾发现过什么问题，现在空闲下来了，稍微熟悉了一点这里的环境，就感到有很多的问题。现在从每个人的嘴里都说出这么多的怪象，大家顿时感觉到他们现在落户的这个村子和他们现在住的这一幢宅院，不是他们想象中的山影苍翠、环境优美的世外桃源，而是问题多多、深不可测。

（十）

宅院里的人开始警觉起来，毕竟他们都是未见过世面的年轻人，在这偏僻的山沟沟里，听到那些骇人听闻的事情，不免心中都会产生一种恐惧感。以前他们睡觉前从不检查宅院的大小门是否关紧了，现在每晚都要仔细地查看几遍，而且在睡觉前每个人的枕头边都准备好了手电筒和防身的刀具。

这几天许剑林、何少卿、周建平在他们的房间里准备了好几根茶籽树木做的木棍，这茶籽树木棍很结实，同时还准备了几把砍柴用的大砍刀。他们把这些工具放在房间里他们随手可以拿到的地方。他们是男子汉，在他们看来，在这偏僻的原始村庄里不管发生什么恐怖的事情，他们都应责无旁贷地冲锋陷阵，保护好女青年们的安全。

这几天他们晚上睡觉时特别警惕，房间外面一有什么动静，他们都会随手拿起身边的木棍或大砍刀，拿着手电筒从房间里出来，在宅院的四周查看一遍，连着几个晚上都没发生什么事。

这天夜里电光闪闪、雷声隆隆，瓢泼大雨从天而降，雷阵雨时大时小，下个不停，大伙这几天紧张的心情在疲倦中渐渐地释放了。

这晚何少卿和别人一样特别疲倦，在阵阵雨声中感到眼皮越来越沉重，他渐渐地进入了梦乡，不知过了多久，在沉睡中他忽然感到有人在推他，他一下子惊醒了过来。

黑暗中，许剑林正在床头边轻声地唤他："快醒醒，快醒醒。"

"什么事？"出于一种恐惧的反应，他一下子从床上爬了起来。

"嘘！轻点！"许剑林凑近了他耳朵边，轻声说："我刚才听到楼板上有人走路的声音。"

"真的？"何少卿全身的汗毛都竖了起来，他本能地从床边拿起了木棍。

"我去叫醒周建平。"许剑林轻声地说了一声后，在黑暗中朝周建平的床铺摸去。

周建平也醒了过来，三人在黑暗的房间中轻声地商量了一下后，各自拿着刀具和手电筒蹑手蹑脚地走到了房门口，然后悄悄地蹲在了门边。

雨停了，夜显得万籁俱寂，整个宅院一点声音也没有。

五分钟，十分钟……"听，有声音。"许剑林在黑暗中推了他俩一下。

何少卿和周建平同时听到了楼板上的声音，确实是走路的声音，走路声从他们房间的楼板上在向另一个房间的楼板上移动。

"准备好手电筒冲出去。"周建平轻轻地说了一声。

三人同时从门边站了起来，拉开了房间的门，冲出了房间来到了大厅上，三束手电筒的光同时射向了楼面，一个影子一闪，消失在楼面的黑暗中。

"上楼去！"周建平喊了一声。

三人不知哪里来的胆量，转身登上楼梯，冲上了楼面。

手电筒的光在黑暗的楼面上到处寻找，楼面上每个房间都搜索过了，但什么东西都没看见。

响声惊醒了南厢房的女青年们，她们点燃了煤油灯后纷纷走出了房间。

问明原因后，大家都没了睡意。大家在大厅中互相商量了一阵，然后吹熄了房间里所有的油灯。在黑暗中他们蹲着挤在楼梯口，每个人手里都拿着刀具或木棍，只要再听见楼面上有什么声音，就一块儿冲上楼面。

时间在一分一秒地过去，整个宅院静悄悄的，除了大伙在一起的呼吸声，再也没听见其他声音。

不知过了多少时间，村里传来了鸡叫声，大家紧张的心情顿时放松了下来。

"看来鬼东西不会再出来了。"周建平第一个从人堆里站起身来，大家也跟着站了起来。

天亮了，太阳从东边山峰背后升了起来，阳光照在了宅院的大门口，村子的大门口也传来了生产队人们的声音，一切和往常一样，井然有序，显得安详、平静。

大家折腾了大半夜，已没有心情去队里干活了。吃早饭时，大家在厨房里悄悄地商量好，决定白天睡觉，晚上守夜，一定要把宅院里的古怪弄个水落石出。

整个白天在沉睡中过去了，晚饭后大家都准备好了手电筒和刀具木棍。每个人和平时一样在各自的房间里，到了睡觉的时候吹熄了油灯，然后悄悄地来到大厅。大家挤在一起坐在地上，在黑暗中静静地等候。

时间慢慢流逝，夜越来越深。

到了午夜时分，外面起风了，飕飕的山风吹打着红山村后面的树林，树叶的哗哗声传进了宅院，同时几片树叶也飘了进来，一阵风声过后，又归于平静。

忽然扑的一声，南厢房的楼面上响了一下，随后是忽隐忽现很轻的走路声，候在大厅的人全部听见了。

这时大家都屏住了呼吸，神情紧张到了极点，楼板上的走路声越来越清晰，走路声向后南厢房移动。

"打开手电筒。"许剑林在黑暗中说了一声。

一瞬间六七只手电筒的光束全部射向了南厢房的楼面，一个白影在楼面上一闪就不见了。

"上去！"不知谁喊了一声。

大家一起拥向了楼梯，快速地从楼梯冲向楼面。

大家楼面上折腾开了，各自分散在楼面上的每个房间，整个楼面上的房间是通的。大伙在楼面上的房间里来来回回检查了好几遍，一个角落都没有放过，唯一发现的是南厢房楼面房间的墙壁上趴着两条灰不溜秋的小壁虎。

大家在楼面上折腾了半个小时，仍旧没看见什么东西，随后不甘心地走下了楼梯。

"这幢房子一定有鬼，明明看见楼面上有东西一闪而过，怎么就是找不到？"周建平非常恼火，气冲冲地说道。

"是啊，我看得清清楚楚，一个白影在楼面上一蹦就没有了。"胖姑娘陈莉这时也不怎么害怕了。

"真的有鬼了。"张小佳还在用手电筒照着自己房间的楼面。

"现在就去找赵诗石问个清楚，这幢房子以前到底是谁住的，为什么会空着？"李文菲说。

"深更半夜的，人家早就睡觉了，明天去问吧。"柳文婷说。

"这房子我是不敢住了，太吓人了。"李文菲说。

"我也不敢住了。"张小佳也说道，

大家半夜三更站在宅院中你一句我一句地说着，而且用手电筒不时地朝楼面照射着。

第二天早晨，大家在村子的大门口围住了正要去田野上工的生产队副队长赵礼山。

"你说我们住的那一幢宅院以前是谁住的？"周建平挡在了赵礼山的面前。

"怎么了……你们遇见什么了？"赵礼山的心瞬间一紧，他看着周建平结结巴巴地说道。

"我们遇上鬼了！"张小佳在他耳边大喊了一声。

"啊？"赵礼山顿时面容失色，他后退了一步，睁着一双惊恐的眼睛看着大家，"你们……遇见鬼了？"

"这事还会骗你？我们已经两个晚上没有睡觉了，一直在房间的楼面上捉鬼。"何少卿在边上说道。

"那……你们……抓到没？"赵礼山一脸惊恐，连完整的话也说不出来了。

"什么事情啊，一大早就围在这里？"这时赵诗石正好从村子大门口出来，他见大家围住了赵礼山就连忙问道。

大家一见赵诗石，撇下了赵礼山转身围住了他。

"你说我们住的那幢房子里怎么闹鬼啊？"李文菲指着他问道。

赵诗石一看眼前的情况有点不对，心里也不免有点紧张，他想这些上海青年一定是在赵伯年的那幢房子里遇见什么东西了。

"你说话啊，这房子以前是什么人住的？"周建平见他愣在那里不说话，有些生气地问道。

"那房子怎么会闹鬼呢？以前都是好好的。"赵诗石强装镇定地说道。

"这房子以前到底是什么人住的？"何少卿见赵诗石没有正面回答他们的问题，继续追问道。

"以前是老地主赵伯年住的，后来他在这屋子里死了，那房子就一直空着了。"赵诗石答道。

"那楼面上走路的声音和我们亲眼看见的白影子又怎么解释?"许剑林在边上问道。

"这房子很多年没住人了,我也不清楚,可能是山里的黄鼠狼、夜猫子这些鬼东西在作怪吧。"赵诗石不愧是生产队队长,瞬间就把事情的性质转化了。

黄鼠狼?夜猫子?大家一时间都愣在了那里。

"如果你们觉得那一幢宅院不好,我重新给你们安排住处。"赵诗石见大家愣在那里紧接着说道。

"安排在哪里?"李文菲问。

"就是你们宅院前的那座仓库。"赵诗石说。

"仓库房子又不大,我们这么多人怎么住得下?"李文菲说。

"那队里没有什么空房子了。如果不信你们自己去找,找到空房子你们就搬进去。"赵诗石说。

"大家有什么想法?"许剑林询问大家的意见。

"赵诗石,你说怎么办?"周建平盯着赵诗石开口问道。

"我也没办法,生产队现在又没有什么好的住房,要么你们在这一幢宅院再住一段时期,等下半年生产队有空了抽些劳力出来帮你们另外盖一幢房子。"赵诗石看着大家无奈地说道。

"这房子那么古怪谁还敢住?"张小佳在边上说道。

"那我一时也没办法啊,生产队实在没有什么别的空房子了。你们都是城市里的青年革命小将,这些黄鼠狼、夜猫子有什么可怕的?"赵诗石为难地摊着双手,又是推却又是激将地说道。

"生产队里有没有红纸啊?"李文菲忽然问道。

"有啊。"赵诗石答。

李文菲看着大家说道:"我们问生产队要些红纸头来,在红纸头上写上革命标语,在每个房间上上下下贴满它。我奶奶说过,从前他们碰到不干净的东西就用红纸头写些字贴上去,可以压邪气。"

"对,对,这宅院是好些时间没住过人了,应该拿些红纸贴在里面，多写点革命标语压压邪，我现在就去拿。"赵诗石用赞许的目光看着李文菲连连点头说道。

赵诗石回家拿了一大卷的红纸交给了他们。回到宅院后，大家便忙开了。

"我们看到的东西大概是黄鼠狼吧。"许剑林边裁剪着红纸条边对着大家说道。

"我想起来了，我们看到的可能就是黄鼠狼，因为我和柳文婷上次在厨房烧饭，就看见了一只黄鼠狼跳在了厨房的窗台上，当时我们俩都吓了一大跳，柳文婷你说是吗?"张小佳看着柳文婷说道。

"是啊，上回吓得我心口一阵乱跳。"柳文婷证明道。

"昨晚上看到的大概就是你俩看到的那只黄鼠狼吧，昨晚我看到那东西朝楼面里一蹦，好像是毛茸茸的。"陈莉说道。

"那你昨晚怎么没说?"李文菲用责备的眼神看着陈莉。

"我怎么会想到? 你们大家都说是鬼，我也认为是鬼啊。"陈莉解释道。

"现在不管是鬼也好，是黄鼠狼也好，拿点红纸条来贴一下压压邪气总不会错的。"李文菲说道。

写满革命标语的红纸条贴在了宅院的每个角落，宅院里顿时有了一股庄严的气氛，象征着一切牛鬼蛇神在革命面前都将低头认罪，革命小将怎么会怕已经死了的老地主呢? 再说大家从来没见过老地主，和他也没什么仇怨。在红纸条革命标语的壮胆下，宅院里的人身上似乎增添了不少阳刚之气，在生产队实在没有其他空房子的情况下，他们也只能继续住在这一幢宅院里。

然而，他们不知道的是，生产队队长赵诗石在这天晚上召集了生产队里的大小干部开了一个秘密会议，会议的内容是宅院的前主人那对地主、地主婆夫妻承受不了政治运动的批斗，回家后双双吊死在了宅院里。你们这些组长要再告诫一声你们的组员，谁也不容许与这些城市青年提起赵伯年夫妇在宅院里吊死的这件事情; 如果谁泄漏了这件事情，那么生产队就把谁家住的房子强行让出来给这些城市青年住。

闹鬼的事情暂时缓了下去，因为大伙没真正看到狰狞可怕的东西，半夜楼板上走路的声音大概就是黄鼠狼和夜猫子之类的吧！反正这几天也奇怪，楼板上的声音好像又没有了，但晚上宅院那种静谧、阴森森的感觉始终令大家起疑心。

谁知道刚平静了几天，宅院里真的出现了怪事。

这天早晨，前南厢房里传来了陈莉的哭声。

"什么事啊，一大早哭哭啼啼的!"周建平不耐烦地从被窝里钻了出来。

"去看看。"许剑林和何少卿也从床上爬了起来。

穿好了衣服，三人走出了北厢房，张小佳、柳文婷也从后南厢房里走了出来。

"你们来看，陈莉的身上好吓人。"李文菲这时站在了她们住的房间门口，见大家走了出来忙招呼道。

大家走进了她俩住的房间，陈莉穿着短袖短裤哭丧着脸坐在床上，她见大家走了进来，忙把被子捂在了身上。

"你怎么啦？一大早就哭。"张小佳看着陈莉哭红的眼睛问。

"你看我身上怎么都是水泡肿块?"这时陈莉也不顾及什么了，她撩起了短袖衬衫露出了肉嘟嘟的腰和肚皮。

"哇，这么吓人!"大家见她肉嘟嘟的肚皮和腰上起了一连串的水泡肿块，大家惊得全身鸡皮疙瘩都起来了。

"腿上也有。"陈莉从被子里伸出了一条肥胖白嫩的大腿，大腿上的水泡肿块疙瘩比肚皮和腰上的还要多。

"这是怎么回事，你昨天身上有吗?"张小佳问。

"昨天晚上睡觉时我身上还好好的，今天早晨醒来我觉得身上好痒，抓了抓觉得不对头，掀开被子一看就发现已经这样了。"陈莉害怕地看着大家说道。

"是风疹块吧？"许剑林在边上说。

"我也不知道，以前我身上从来没有长过这些东西。"陈莉哭丧着脸说道。

"是风疹块，不要紧的，这里有的是樟木树，用樟木水洗一下就会退下去的。"许剑林说道。

大家退出了房间，许剑林拿着一把柴刀去后山砍樟木树了，其他的人像往常一样开始忙自己的事情。

不一会儿，许剑林砍了一根樟木树枝回来。何少卿和他一起去厨房帮忙烧樟木水。

两人在厨房的灶头里刚点燃了火，只见李文菲急忙跑了进来说道："小许，不好了，你们俩去看看，张小佳和柳文婷身上也有了水泡肿块。"

"什么？刚才她们俩不是好好的，现在她俩身上也有水泡肿块？"许剑林和何少卿两人有点纳闷。

"是啊，你们俩快去看看。"李文菲催促道。

许剑林、何少卿随着李文菲来到大厅。

"你俩来看，我和柳文婷的身上也有了水泡肿块。"张小佳撩起裤脚管露出了粉嫩的小腿，小腿上几个水泡肿块大得有点吓人。

同样的，柳文婷的脚上也有了几个水泡肿块。

"怎么回事啊？刚才我们俩也没发现，现在怎么一下子就长出来了？"张小佳和柳文婷两人迷茫地看着许剑林、何少卿。

一下子三个人身上都无缘无故地长出了这些吓人的水泡肿块，大家一时间不知所措，这究竟是怎么回事？问题是她们三个人身上的这些肿块看上去恐怖到让人全身起鸡皮疙瘩，难道这个地方真的有鬼啊？

在城市里面他们从小到大还没遇到过这样的病灶，这肯定是一种病，但这是一种什么病呢？看起来也不像风疹块，若是风疹块应该全身都是，而她们三个女的都是在肚皮、腰和腿上，是不是这里有什么邪气，她们都中邪了？这些东西都在她们几个女的身上，她们女的阳气不足，一定是中邪了。

"我说我们现在住的房子里一定有鬼，这个房子里有邪气。"李文菲第一个想到的就是有鬼。

李文菲的话使大家感到一阵寒栗，在这偏僻原始的深山里面，如果遇上了邪气他们是一点办法也没有的。虽然说他们都是革命小将天不怕、地不怕的，但真正的鬼神他们也从来没有看见过；如果遇上真正的鬼神他们也束手无策，因为鬼神在暗处，他们在明处，而且在他们的概念中，鬼神是有着无限大的法力的，他们是无法与之抗衡的。

"这房子我们不住了，我们今天一定要搬出去。"李文菲害怕得巴不得马上就离开这幢令人恐惧的宅院。

"现在就去找赵诗石。"周建平说。

"找了赵诗石，队里也没房子。"何少卿说。

"那怎么办？"李文菲看着男生们。

"我们去找大队解决，这里没有房子，叫大队另外分配我们去其他生产队。"张小佳出了个主意。

"对，我们现在就去大队找大队书记。"李文菲着急地说道。

早饭也没有吃，大家就急急忙忙地来到了大队部。但大队书记还没来，于是大家就走进了大队部边上的卫生所。

走进卫生所，大家只见周家队的潘国军和张瑛在里面，他俩正在和一个三十来岁的南昌人说话。

"哎呀，你们今天怎么全来了？"看到大家进来，张瑛第一个问道。

"我们是来找大队书记的，他还没来。"李文菲答道。

"你们找大队书记干什么？"潘国军在边上有点奇怪地问

"唉，别提了，我们现在住的那幢房子在闹鬼。"张小佳说。

"什么？"在卫生所里的人听后都瞪大了眼睛。

"你们住的那幢房子在闹鬼？"潘国军不解地看着张小佳。

"是啊，我们都捉了几天了。"张小佳看着潘国军和张瑛，把这几天闹鬼的事情简单地说了一下。

"不可能的，这个世界上哪里有鬼啊！这里黄鼠狼、夜猫子、老鼠特别多，你们听到的声音就是那些鬼东西在作怪。"和潘国军他们一起在卫生所的那个南昌人在边上插嘴说道。南昌人叫罗学义，与潘国军他们在一个生产队。

"是啊，我们这山里黄鼠狼、夜猫子真的很多，一到晚上就窜到村子里来偷东西，这些鬼东西窜在楼板上、屋顶上。你要抓它，它一转身就跑得没了踪影，那些鬼东西也经常来我家里。"大队赤脚医生也在边上说道。

"不过那些鬼东西确实有点像鬼，我刚到这里时，一个人住在村西的祠堂里，也被这些鬼东西吓得半死。一到晚上，祠堂的楼板上走路声、怪叫声可热闹啦，吓得我从祠堂里逃了出来住在了老乡家里，后来我知道了是那些鬼东西在'闹鬼'，我借了把猎枪每天躲在祠堂里打那些鬼东西。"南昌人罗学义看着大队赤脚医生有声有色地说道。

"我们住的房子没有鬼，那我们怎么会中邪？"张小佳说。

"什么？你们中邪了？"潘国军惊讶地看着张小佳。

"你看我们几个人身上都无缘无故地发出了好多水泡肿块。"张小佳撩起了裤脚管，指着小腿肚上一连串的水泡肿块，看着潘国军说道。

"我们身上也发出了好多水泡肿块，所以今天才来卫生所。"边上的张瑛急忙地说道。

"什么？你们身上也发了水泡肿块？"李文菲在一边惊奇地问。

"还会骗你？不信你看。"张瑛撩了一下衣服，在她腰的四周果然有着一连串的水泡肿块。

"这是水土不服。"边上的南昌人说道。

"什么？水土不服？"

"是啊，你们还没有习惯这里的水土，这些水泡肿块是水土不服导致的，等你们习惯了这里的水土，这些东西自然会退下去的。"南昌人说道。

"那要多久这些水泡肿块才会消失？"陈莉在边上问南昌人。

"难说，这得看每个人身体适应的情况，半年、一年、两年，都有可能。"南昌人说。

"什么，一两年都好不了？"大家听了南昌人的回答，一时间都面面相觑。

"到时候你们每个人都会发，而且还会烂。"南昌人说。

"真的？"身上还没有长水泡肿块的人将信将疑地看着那个南昌人。

大家问大队赤脚医生有什么办法，大队赤脚医生也是第一次遇上他们这种情况。他看了张瑛、陈莉她们几个女的身上的水泡肿块后，摇着头说："水土不服这病我听说过，但是我们这里没有治这种病的药。"

真是要命，知道了身上长出来的水泡肿块不是中了什么邪气，而是水土不服导致的，更可恨的是这里竟然没有治疗这种病的药物，这下大家都傻了眼。更可怕的是那南昌人说过以后每个人都会有这种反应，这日子以后怎么过啊？

果然从大队回来没几天，宅院里所有人的身上都有了水土不服的反应，水泡肿块一连串地发了出来。

这些水泡肿块令人奇痒难忍，痒得只能用手拼命地去抓，皮抓破了，开始糜烂滚脓，腥臭的脓水弄得衣服上、裤子上、床单上、被子上到处都是。最可怕的是每天睡觉前脱衣服，脓水、血水结成的痂连着上衣裤子，脱上衣和裤子如同剥皮，好不容易脱下了上衣裤子，全身已鲜血淋漓了。

天也热了，宅院里的男生们干脆穿着平脚短裤和背心，为的是少受一点脱上衣裤子时的剥皮之苦。

宅院里的女生们可就惨了，她们不能像男生们一样穿着短裤和内衣在外面走进走出，糜烂的水泡肿块只能捂在衣服里面不透气，越捂越烂，而且这些该死的水泡脓水沾在哪里，哪里就开始起水泡溃烂。红药水、紫药水全部用光了，糜烂的疮口就是不见好转，光洁细嫩的皮肤上越长越多的脓疮把她们弄得苦不堪言、叫苦连天。一段时期的水土不服下来，大家明显都瘦了一圈。公社有好几个城市青年因水土不服严重影响了身体而从农村退回了城市，他们是幸运的，但留下的人还得继续接受贫下中农的再教育。

叫天天不灵、叫地地不应的时候，偏偏又迎来了农村的"双抢"季节。

（十二）

火热的太阳晒烤在山川中的农田上，梯田里成熟的稻谷向人们发出了收割的信号，生产队的赵家子孙开始"双抢"前的一切准备工作。在种植双季稻的区域里，又要收割又要栽种，这段农忙的过程是比较长的，起码要一个多月的时间。在这段时间里是不能请假、不能无缘无故不出工的，所以人们把自己家里的事情都做得很充分，砍足了柴火，搞好了自留地，准备好了一切迎接"双抢"。

而宅院里的这些城市青年却一样都没准备，这段时间的水土不服把他们弄得焦头烂额，吃了点从城市寄过来治水土不服的药——苯海拉明，每天昏头昏脑地只想睡觉，一点力气也没有，什么事情都不想做。他们的自留地已荒草一片，种下去的菜早就被荒草掩盖得没了踪影，养的几只鸡也不知道到跑哪里去了。

"双抢"前大队又召开了知识青年的会议，知青办的干部又重申了在春忙时说的那句话："知识青年是来接受贫下中农的再教育的，来改造世界观的，现在的表现和今后的前途是有联系的。"

"这家伙就会说这两句话，平时我们生活这么困难，这个家伙都不闻不问，现在我们身上都烂成这个样子了，他看也不看，什么东西！"会议结束回到了宅院后的周建平第一个骂了起来。

"这个家伙就是喜欢这样放屁，没有人性！"李文菲跟着骂道。

"许剑林，你说'双抢'时我们该怎么办？"陈莉和张小佳看着他，因为许剑林现在是他们的主心骨。

"到时候再说吧。"许剑林紧锁着眉头看着宅院里这些体无完肤的女生们，不知如何是好。

"你要拿个主意出来，过两天就要开始'双抢'了，我们现在身上烂成这个样子，怎么出去干活？"陈莉嘟着嘴说道。

"要不大家都不出去干活。"李文菲说。

"不出去干活肯定不行，在农忙的时候全村的男女老少都去田里干活了，我们留在家里是说不过去的。"许剑林说。

"那怎么办呢？"张小佳犹豫地看着许剑林。

"我和何少卿、周建平商量一下，看他们有什么好的主意。"许剑林说。

这时何少卿正站在宅院的大门口看着外面火辣辣的太阳，他在担忧着，其实说得透彻一点他是害怕在这火辣的太阳底下干活，弄不好晒一会儿就会中暑。因为在上小学时，天热放暑假和同伴们一起到郊外捉金龟子，在太阳底下晒了一个多小时，结果就中暑了。回到家里母亲在他背脊上刮痧，刮得背脊上红得发紫，但还是躺在床上发了三天的高烧，从那以后他再也不敢在大热天太阳底下玩耍了。现在马上要他们在这火辣辣的太阳底下"双抢"，还不是一天两天的事情，这简直是要他的命，但那个知青办的干部说的那句话又使他不知如何是好。在他心里的愿望是最好大家都不要出去干活，现在身上烂成这个样子，完全可以找借口身体吃不消，你们不是经常说身体是革命的本钱吗？

许剑林把在想入非非的何少卿和周建平叫在了一起，商量是否出去干活，这时正好生产队队长赵诗石来了。

赵诗石手里拿着一只篮子，篮子里放着一大块猪肉，他一进宅院的大门口就笑嘻嘻地对大家说道："我给你们送肉来了，这是生产队'双抢'时特意杀的猪，给大家补充点营养，长点力气好参加队里的'双抢'。"

"哎呀，队长谢谢你了。"李文菲惊喜地忙接过了赵诗石手中的篮子。

"队里马上要'双抢'了，你们有什么困难现在就提出来，生产队能解决的尽量帮助你们解决。"赵诗石放下了手中的篮子热情地看着大家说道。

"困难是没有，就是你看我们的身上和脚，水土不服都烂成了这个样子能下水田吗?"对于赵诗石的热情，加上今天又亲自送来了一大块猪肉，张小佳不好意思一口回绝，只能带着歉意地看着他并撩起了裤脚，把一只滚满脓疮的脚伸在了他的面前以博取他的同情。

"哎呀，怎么烂成了这样?"赵诗石看着她的脚皱紧了眉头。

"我们现在每个人都是这样的，不信你看。"李文菲也撩起了裤脚把脚伸在了赵诗石的面前。

"这就麻烦了，你们没去大队的卫生所看一下?"赵诗石同情地说。

"去过了，大队卫生所没有药，只能拿些红药水、紫药水，我们吃了很多从上海里寄来的药片也没有用。"李文菲说道。

"在这农忙的当口上，你们的脚都烂成这个样子……"赵诗石的眉头皱得更紧了。

"队长，'双抢'时能不下水田吗?"陈莉在边上问。

"'双抢'时还有不下水田的啊?"赵诗石说。

"那队长你看我们怎么办?"李文菲看着赵诗石。

"这个我也没办法，这样，你们'双抢'时尽量出工，能做多少就做多少，实在不行就去大队请假，生产队是不能批假的。"赵诗石说道，因为他知道"双抢"时的任务是带着政治性的，人民公社是个集体性的组织，虽然是按劳分配、按劳取酬，平时家里有点什么事情可以请假，但在农忙时，除非家里生孩子或者死了人可以特殊安排几天假期外，别的一律按政治态度不端正来处理。任何人也不能在农忙时期无理由旷工，尤其是"双抢"这段时间，生产队是没有权力批假的。

"双抢"前夕，县、公社、大队、生产队营造了浓重的政治氛围，将每个生产队的地、富、反、坏分子揪出来斗了一阵，勒令他们不准乱说乱动，只能老老实实拼命地去做，而后又是警告所有的人，"双抢"时谁不出工，谁就是破坏革命事业。

从县城机关到公社、大队、生产队的一切工作人员和大小干部全部下了农田，参加农忙"双抢"工作了。

在这浓重的政治氛围下和关乎自己政治前途的前提下，宅院里的人只能硬着头皮下了水田。

毒辣的太阳，滚烫的水田，水田里的飞蚤、飞虫、蚂蟥，无情地折磨着这些城市青年。

在充满细菌的泥浆、飞虫的叮咬和太阳紫外线的侵袭下，每个人的疮口都开始恶化，全身的淋巴都肿了起来。

一个星期后，宅院里的人先后发起了高烧。

"唉！这些城市青年身体太娇嫩了。"赵诗石对着生产队的赵家子孙摇头叹气。

休息了几天，宅院里的人肿胀的淋巴都退了下去，但糜烂的疮口仍旧流着腥臭的脓水。

生产队给宅院里的人重新安排了劳动，生产队晒稻谷的任务全部交给了他们。男青年负责把农田里打下来的稻谷挑回来，女青年负责晒稻谷，这些都是旱地上的活，"双抢"时再也没有比这更轻松的活了。

这天许剑林、何少卿两人在农田里挑了两趟稻谷到晒谷场后，满头大汗地回宅院喝水，周建平则躲在了晒谷场仓库的背面阴凉处打瞌睡。

他们两人喝了水后坐在了宅院的大门口，用手剥弄着脚上滚着脓水的疮口，汗水流在剥开的疮口上传来阵阵刺痛。

"最好用什么消毒的药水把这些伤口彻底清洗一下。"许剑林挤着脚上、肚皮上的疮口脓水说道。

"我也这样想，如果在上海就有办法了。"何少卿皱着眉头说。

"废话，在上海我们也不会生这种脓疮了。"许剑林说。

"是啊，在这倒霉的地方真是吃足了苦头，要什么没什么，连消毒的药水也没有。"何少卿苦着脸说道，他忽然想到了小时候不小心擦破了皮，母亲就用温的盐开水帮他擦洗伤口，他忙对着许剑林说："我们拿盐开水当消毒水试试。"

"对啊，我们怎么都没想到用盐水来消毒？"许剑林眼睛一亮。

说干就干，两人来到了厨房，一个烧火，一个朝锅里放水放盐，不一会儿盐水烧开了。

两人各自打了一脸盆的盐水，拿到了大厅，用毛巾蘸着脸盆里的盐水擦洗脚上的疮口。

"哇，好疼啊！"盐水沾在了伤口上，传来一股钻心的痛，何少卿禁不住地叫了一声。

"痛也要洗。"许剑林咬紧了牙齿，因为这段时期水土不服发出的脓疮弄得他苦不堪言。他豁出去了，干脆把一只满是伤口的脚伸到脸盆里，用蘸湿盐水的毛巾在脚上擦洗起来。

看着许剑林豁出去的样子，何少卿男子汉不服气的劲儿也上来了，他脱掉了背心光着身体，用盐水湿透的毛巾在全身用力擦洗起来。

两人在大厅里龇牙咧嘴地洗着身上的疮口，身上的脓疮在盐水的擦洗下全部破裂流出了鲜血，一脸盆的盐水也洗成了血水。

"你们俩在干什么？"这时柳文婷从晒谷场回来喝水，看到他俩只穿着一条短裤光着身体在大厅里龇牙咧嘴地擦洗身体。

"我们在用盐水洗澡消毒。"何少卿说。

"你们在用盐水洗澡，这伤口不痛啊？"柳文婷倒吸了一口冷气。

"还可以。"在女生面前何少卿表现出一副毫不在意的样子。

"你也来消一下毒，厨房里还有半锅盐开水。"许剑林对着柳文婷说道。

"不，我怕。"柳文婷看着他俩畏惧地向后退了一步。

"怕什么，又不会死，你看我们洗过的伤口脓水都没有了，现在很干净，一定会结痂好起来的。"何少卿说。

"试一试，真的，说不定伤口经过盐水消毒后会长好。"许剑林用鼓励的眼神看着她说道。

柳文婷犹豫地看着他俩，在她的心目中，他们两个男生是这些女生们的主心骨，他们做的事情，或者说想做的事情基本上是正确的。现在他们俩想到用盐水消毒伤口，她知道盐水确实可以消毒，但经过盐水消毒清洗过的脓疮是不是会好，她就不知道了。这段时间因水土不服发在身上的这些水泡肿块弄得她心神不定，她不像别的女生一有点事情或者身上不舒服就叫喊起来。现在两个男生用鼓励的眼神看着她，她在犹豫中她点了点头。

柳文婷到厨房里打了一脸盆的盐开水端到了自己的房间里，伤口在盐水的清洗下，疼得她头上都冒出了汗。她平时看上去不声不响的，很文静，但却是个很有韧性的人，她忍着钻心的疼痛硬是把身上的每一处伤口都用盐水清洗了一遍，也没喊出一声疼来。

奇迹发生了，经过盐水清洗的伤口竟然不流脓水了，伤口也在慢慢长好，这是一个新的发现，谁也想不到盐水有这么大的功效。

宅院里的人开始每天用盐水清洗疮口，糜烂的伤口在盐水的清洗下开始慢慢地结痂，一点点地愈合了。

（十三）

"双抢"终于结束了，宅院里的人经历了人生中可以说是最难忘记、最残酷的劳动过程，他们从来没有从早到晚连续一个多月在毒辣的太阳底下于农田里奔波。而且这一个多月来，他们的伙食除了"双抢"前赵诗石送来的一大块两天就进了他们肚皮的猪肉后，其他的日子就是一些白菜和酱菜。白菜还是队里一些善良的老乡实在看不下去他们过的这种日子，主动送给他们的。

"双抢"结束后，宅院里的人已经和贫下中农完全结合了，因为他们现在个个都变得又瘦又黑，外面的人几乎已分辨不出他们是城市青年了。

短短的半年时间，他们的人生观和思想已发生了根本的转变，那些空谈的革命口号和幻想中的革命理想在现实面前被击得粉碎，投身农村干一辈子革命不是一件容易的事情。农村艰苦的现实生活不是他们在学校想象得那么简单，那么浪漫的。谁愿意在这一年四季日晒雨淋的农田里干一辈子？谁愿意在这没吃没喝的生活环境里消耗自己的青春年华？

有些到农村的青年人开始消沉、烦躁、自暴自弃，他们不愿在农村墨守成规、自觉自愿地去田里干那些折磨人的农活了。在学校红卫兵造反时的那种毫无纪律，毫无约束，逍遥法外的打、砸、抢的野性又显露了出来。

然而在农村没有什么可以打、砸、抢的，所以流窜、敲诈、偷窃成了一些青年人的"时尚"。他们拉伙结帮、称兄道弟、盘踞地盘，又是撑市面，又是敲诈勒索，似梁山好汉，又似江洋大盗。

在家靠父母，出外靠朋友，这是中国这个古老的国家千百年来外出谋生行走江湖时的一句名言。如今这些城市青年都是背井离乡，没有父母在身边，谋生在外，时间一长自然而然成了"江湖"中的人，义交朋友、称兄道弟是他们每个人保护自身安全的一种形式，谁强谁弱就要看他们自身的胆量和魄力了。

公社吴家大队的知青陈韦国在农村沉默了几个月后，终于又露出了政治运动时期的"英雄"本色。

"妈的，老子在造反当红卫兵司令时一呼百应，要什么有什么，现在却天天和泥巴打交道，接受贫下中农再教育，把老子弄得人不像人，鬼不像鬼的，老子以后再也不去田里了！"

"是兄弟的现在就开始跟着我们，有吃有喝一定少不了你们。"一直跟随着陈韦国的李龙开始鼓动起他们这个集体户的其他成员。

"你们不想去田里干活，也不要影响别人啊。"集体户组长王新民站出来说道。

啪的一声，一个清脆的耳光落在了王新民脸上，陈韦国恶狠狠地看着王新民："妈的，你以为你是谁啊，轮得到你说话？"

"你敢打人？"王新民用手捂着刚被打过的脸，又惊又怒地指着陈韦国。

"打你又怎么样？我恨不得用刀捅死你。"边上的李龙抽出了一把军用刀抵住了王新民的喉咙。

王新民顿时傻了眼，吓得站在那里一动不动了。

"你这小子，妈的，平时伪装积极，'双抢'时我们病了，你对乡下人说我们是装病；我们里面有一点什么事情，你马上就去生产队队长那里汇报。你这个吃里爬外的家伙，老子早就想揍你了。"陈韦国指着王新民的鼻子数落道。

吴家生产队的集体户彻底瓦解了，王新民一个人躲到老乡家里去住了，其他的人跟着陈韦国到处流窜，他们去别的知青点、集体户敲诈勒索，为非作歹。

这天与占坊村他们同一个大队的河西生产队的知青陆庆和张翠玉、李巧珍两位女生一起去公社镇上买东西，三人买好了东西，在镇上的一个商店的拐弯处迎面遇上了陈韦国、李龙等人。

"不好！"陆庆心里一紧，他想避开这伙人，可是已来不及了，他只能和两个女生硬着头皮迎了过去。

"哇，朋友，好潇洒，带着两个妹妹一起逛街。"陈韦国一伙人挡住了他们的去路。

"我们是来买东西的，逛什么街。"陆庆有点紧张地说道。

"买什么好东西，让我看看。"陈韦国边上的李龙一把抢过了陆庆背在肩膀上的包。

"你们要干什么？"陆庆身边的张翠玉一个箭步上来，从李龙手中把包夺了回来。

"嗨，小娘子还蛮厉害的。"陈韦国上来就把手搭在了张翠玉的肩膀上。

"你们要干什么？流氓。"张翠玉挣脱了陈韦国搭在她肩膀上的手气愤地骂道。

"哎呀，好凶啊，随便亲热亲热不可以吗？"陈韦国狞笑着顺势用手在张翠玉的胸脯上抹了一把。

"下流！"张翠玉的脸涨得通红。

"你们想干什么？"陆庆用身体护住了张翠玉。

"关你什么事情？"陈韦国用手磕了下陆庆的下巴。

"你们想打人？"陆庆眼睛瞪着陈韦国，

"打你又怎么样？"李龙朝陆庆的后脑敲了一下。

这时陈韦国一伙人都围了上来，他们对着陆庆又推又拉，不停地放冷拳，对两个女生又摸又捏。

三人奋力反抗，无奈陈伟国他们人太多，陆庆的鼻子被他们打出了血，两个女生衬衣都被拉开了。

最后陈韦国他们一伙人趁机摸走了陆庆口袋里的钱和粮票，狞笑着扬长而去。

看着这帮人的背影，他们三人又气又恨。

两位女生流着委屈的眼泪，陆庆看着她们却一点办法也没有。

陈韦国这一伙人流窜在各个知青点，到处惹是生非。受害的人对他们的行为咬牙切齿，但却没有胆量和魄力去对抗他们，只能像避瘟神一样避开这些人。

陈韦国这伙人的名声越来越响，俗话说臭名昭著，他们的名气就连离公社最远的红山村的城市青年都有所耳闻。

这天陈吉、潘国军又来宅院看望朋友周建平，他们提起了陈韦国前几天敲诈了陆庆的事情。

"陈韦国算什么人，碰上老子就和他们玩命。"周建平丝毫不买账地说道。

"他们人多，又是打架老手，尽量不要和他们碰面。"潘国军提醒着周建平。

"嗨，打架谁怕谁。"周建平轻蔑地笑了笑。

"你们还是小心一点好，这帮人说不定随时有可能会流窜过来，他们说过，凡是有城市青年的地方他们都要拜访。这些家伙来了，如果你们人不在，他们就去你们的房间偷东西，你们人在他们就敲竹杠。"陈吉也给了周建平忠告。

对于两位朋友的忠告，周建平没特别在意，因为他的个头比较高大，在学校时没有人敢欺负他，他家里兄弟多，家里也很穷。他在家里排行老三，从小胆子大，所以在弄堂里和其他孩子们一起玩的时候，一直是孩子们的头；几次和隔壁弄堂的孩子头打架，都是他出头露面把别人打得败下阵来。他骨子里绝对是不屈服于别人的，要不是在这深山沟里交通进出很不方便，再加上他又懒，否则早就和陈韦国干上了。

就在陈吉、潘国军来宅院看望周建平的一个星期后，宅院里的人果然与陈韦国遇上了。

（十四）

这几天陈韦国的眼皮一直跳个不停，他感到很烦躁，所以他没有外出，一直待在生产队的房间里睡觉。同伴们见头这几天身体有点不舒服，也就安分守己地待在了家里，没有出去胡作非为。

这天下午陈韦国正在房间里感到无聊时，忽然门外闯进了一个贼头鬼脑的人。

"你是谁?"陈韦国看着闯进来的人问道。

"你是陈韦国?"来人晃着脑袋问。

"干什么? 你是什么人?"陈韦国见来人一副神气的样子，顿时就有点不高兴了。

来人抱拳作了一揖道："我叫宋士仁，绰号'黑狗'，刚从山上下来，听说你在这里名号很响，今天路过这里特来拜访。"

"你来这里有什么事情?"陈韦国看着黑狗问道。

"兄弟落难,想在你这里住上三五天。"黑狗毫不客气地说道。

"你是从山上下来的,借住在我这里恐怕不方便吧?"陈韦国对从监狱里出来的人心存忌讳,语气带着些拒绝的意味。

"怎么你怕兄弟会连累你?"黑狗露出一排被香烟熏得蜡黄的牙齿狡黠地笑了笑。

"我这里的兄弟不会留你。"陈韦国推却道。

"你的那些兄弟我可以摆平。"黑狗自信地说着。

"你口气也太大了吧!"陈韦国见黑狗口吐狂言,脸上露出不快的神色。

"兄弟,你等着。我马上带个人给你看看。"黑狗对着陈韦国笑了笑,转身走出了房间。

不一会儿,黑狗走了进来,在他的身后跟着一个二十多岁妖艳的女人。

"她叫阿英,是与我一起落难的义妹。"黑狗指着那女人看着陈韦国说道。

"小兄弟,今日打搅了,请多多包涵。"这个叫阿英的女人进门后妖媚地看着陈韦国,娇滴滴地说道。

陈韦国被那女人一双妖艳的眼睛看得有点心慌意乱,脸上不禁露出了点笑容。

黑狗见势马上对那女人说道:"阿英,你在这里陪陈兄弟快活快活。"说完后转身走出房间并随手关上了房门。

"陈兄弟,你的眼睛在看哪里呢?"阿英见黑狗走出去后,扭动着丰腴的屁股挤在了陈韦国的身边挑逗道。

陈韦国的头已经开始发昏了,他两眼发直,紧盯着阿英那鼓胀的胸脯。

陈韦国虽然在外面为非作歹、敲诈勒索,调戏人家姑娘,但真正的男女之事还没有过。男人雄性的荷尔蒙早就有了,但做事必须双方愿意，可是在当下的环境还没有一个女人和他产生过什么感情，在平日里当荷尔蒙发作时他也只能想入非非。

今日一时间竟然有一个妖艳风骚的女人一下子挤在了他的身上，一时间他真的有点晕了，他呆呆地看着这位阿英姑娘。

阿英这个女人解开了身上的衣服，陈韦国看着她全身激动了起来，手脚也不知所措，这时他脑海一片空白。女人赤露着身体一下子扑在了他的身上、风骚地扭动着她那淫荡的身躯……

晚上阿英走进了李龙他们的房间，在昏暗的煤油灯下又是一阵淫秽的笑声和呻吟声……

陈韦国一伙人和黑狗成了患难之交，至于黑狗和阿英是什么身份，为什么会进监狱，又为什么会来到他们这里，没有人去追究，反而是每天和他们俩混在一起。

其实这个黑狗是个浪迹天涯的职业扒手，案发后被公安局抓获并送进了劳改农场，在劳改农场认识了阿英这个女人。阿英是个流浪在社会上的骗子，同时也是个卖淫女。他们两人趁劳改农场一时的疏忽逃了出来，从安徽一直流窜到了江西，一路上他们冒充"上山下乡"青年，在集市、县城屡屡作案。

这次流窜到本县作案时失手，被县城公安局抓获，不知什么原因，当晚两人又从公安局里逃了出来。两人如丧家之犬逃出县城后，一路就朝乡下逃窜，到了吴家生产队遇上了在生产队的南昌人。南昌人听他俩的口气好像是上海口音，就让他俩来找陈韦国了，其实他俩是浙江金华人。此时县公安局正在追捕这两个逃犯。

黑狗在陈韦国这里混了几天后，感到风声不对，决定挪地方，这是贼的一贯作风。

黑狗与陈韦国商讨去山里面躲上一阵，另外再看看山里面的知青点有什么油水可捞，为了缩小目标、行动方便，他们俩决定一个人也不带。

俩人可真是臭味相投，向山里进发的一路上，黑狗偷盗的本领令陈韦国赞不绝口。知青点晒在外面的衣服和贫下中农挂在家里舍不得吃的腊肉，转眼间就到了他的手上。

俩人一路上又是偷窃，又是吹嘘着各自的"英雄业绩"，笃悠悠地向山里走去。

这天余家队的陈吉和林萍、王宝琴去了县城，陶韦与队里的人下了农田，家里只剩下朱成康一个人。

中午朱成康在厨房里烧饭，厨房门口突然闯进两个人来，他抬头一看，不禁心中一紧，来人正是公社大名鼎鼎的陈韦国和另外一个脸色蜡黄不认识的人，一时间他呆呆地愣在了那里。

"怎么，不认识？"陈韦国看着发呆的朱成康似笑非笑地说道。

"你们……怎么今天有空来……来这里？"朱成康一时心慌，说话都结巴了。

"怎么，不欢迎？"陈韦国扬了扬手上在路边上采的一根竹梢。

"不……不，你们坐。"朱成康慌乱地拿出一条板凳给了他俩。

"你们这里好清闲啊。"陈韦国和黑狗两人在板凳上坐了下来，跷起了二郎腿，笃悠悠地从口袋里摸出了香烟。

"你们还没吃饭吧？"朱成康硬着头皮看着正在点香烟的两人问道。

"就在你这里吃吧。"陈韦国把点过的火柴扔在了地上不客气地说道。

"有什么菜吗？"黑狗在边上问。

"有几个鸡蛋。"朱成康小心翼翼地说道。

"好，弄快点，我们肚子饿了。"陈韦国不耐烦地挥了挥手。

一阵忙乱过后，朱成康弄好了饭菜，放在了桌子上。

陈韦国、黑狗两人狼吞虎咽地一阵大吃。

吃饱后俩人抹了一下嘴巴走出厨房："到你房间里去坐一会儿。"陈韦国打了个饱嗝对朱成康说。

朱成康看了他俩一眼，不情愿地把他俩带到了他和陈吉住的房间。

进了房间，黑狗两只贼眼骨碌碌地转了起来，看上了陈吉床头上挂着的一件新上装。

抽完了一支香烟，黑狗站起身来，走到了陈吉的床前随手把那一件上装拿在了手中。

"这件衣服不错，借我穿几天。"他眼睛看着朱成康。

"这……不是我的，是陈吉的，他人不在。"

"那等他回来，你就对他说我借了。"黑狗对朱成康翻个白眼。

"这……不行啊。"朱成康看着黑狗头上冒出了汗。

"朋友，不要这么小气。"陈韦国走到朱成康面前，用手在他的下巴上磕了一下。

朱成康手摸住了下巴，顿时没有了声音。

"朋友，再借点钱来，过几天还你。"陈韦国见朱成康这么好欺负，马上敲起了他的竹杠。

"我……没钱。"

"怎么，怕我们不还给你？"陈韦国撩开上衣露出了腰上插着的一把军用刀，眼睛瞪着朱成康。

"我……"朱成康两腿打着哆嗦，他害怕地看着那把雪亮的军用刀，忍气吞声地摸出身上仅有的十来块钱给了陈韦国。

"这才够朋友。"陈韦国接过了钱拍了拍朱成康的肩膀，然后朝黑狗使了个眼色，走出了房间，朝村外扬长而去。

朱成康跟出了房间，他站在房间门口，用害怕而愤怒的目光看着他俩朝红山村的方向走去。

（十五）

"有人在家吗？"宅院的大门口有人在问话。

一听是潘国军的声音，周建平忙从北厢房里走了出来。

"嗨，你这个家伙怎么会过来？"周建平看见和潘国军一起走进宅院的吴坚忙问。吴坚和潘国军是一个生产队的，也是周建平的小学同学，但他一直没来过这里。

"这段时候空闲，就和潘国军一起来你们这里看看。"吴坚说话很文雅。

这时许剑林、何少卿也从房间里走了出来，大家一见面都很高兴，说笑着走进了房间。

几个人在房间里刚坐了下来，宅院的大门口又有了声音。

"他们是住在这里的。"是一个老乡的声音。

"又有谁来我们这里了？"周建平站起身来又走了出去。

来人走进了宅院的大门。

"你们是谁啊？"周建平看着走进宅院的两个人。

"没听说过吗？我是陈韦国。"两人中个子略高的一位说道。

"什么陈韦国，不认识。"周建平双手撑在腰上，看着比他矮小半个头的来人毫不客气地说道。

"陈韦国都不认识？"跟在陈韦国身后的黑狗故作惊讶地说。

"这有什么奇怪，不认识就是不认识。"周建平硬生生地把黑狗顶了回去。

"嗨，不认识今天可以认识嘛，来，交个朋友。"陈韦国玩世不恭地说道。

"对，今天大家交个朋友。"边上的黑狗假惺惺地从口袋里拿出了香烟。

"你们今天来有什么事情？"周建平的眼睛戒备地看着他俩。

"路过这里，顺便进来看看，交个朋友。"陈韦国眨着一双狡黠的眼睛说道。

"大家都是一起下乡的，今天难得相遇，来，抽烟。"黑狗在边上圆滑地往周建平手里发烟。

这时许剑林、何少卿、潘国军、陈坚都从房间里走了出来。

"哎呀，还有这几位朋友啊，来，抽烟，抽烟。"黑狗顺势把香烟一一扔给了房间里走出来的人。

看着来人大家一时有些不知所措。陈韦国是公社大名鼎鼎的撑市面的人物。大家对前段时期他的所作所为都有点耳闻，想不到今天会光顾他们的宅院。

"你们这里不错啊，这么大的一幢房子，比我们那里好多了。"陈韦国见大家僵硬地站在他面前，脸上没有露出欢迎的表情，就老练地称赞起他们住的地方。

陈韦国装模作样斯文的表情和黑狗的客套，让大家戒备的心一点一点地松懈下来。

既来客，就待客，大家出门在外，都是性情中人，多一个朋友多一条路。陈韦国的表现也很斯文，对大家也很客气，也没有什么别的举动，一个下午嘻嘻哈哈地与大家吹嘘着外面种种有趣的事情，宅院里的人也尽着地主之谊。

在太阳下山前陈韦国对大家说，他想到外面看看这里的景色，黑狗会意地跟着，两人走出宅院的大门胡乱地向一个方向走去，到了一个僻静处两人停了下来。

"陈兄，你看我们在这里怎么动手？"黑狗迫不及待地问陈韦国。

"你老兄怎么也不看看什么情况？我们刚到他们这里，报了名号，他们也毫不在意，他们现在人这么多，你说我们怎么动手？"陈韦国白了黑狗一眼。

"这些人你怕什么，你名气这么大，他们敢和你过不去？"黑狗的话激励着陈韦国。

"他们这些人我都不认识，谁知道他们什么路数？"陈韦国说。

"那你说怎么办？"黑狗皱紧了眉头看着陈韦国。

"急什么？等会儿下去摸清了他们的底细再说，我总不会白来一趟的。"陈韦国在黑狗面前摆起架子。

"白来我们不是亏了？香烟都抽掉了两包，我看现在下去就问他们借钱，借了钱我们就走人。"黑狗肆无忌惮地说着。

"你想得太简单了，你以为他们这么容易借钱给你？你如果不信，你现在就下去试试。"陈韦国冷笑地看着黑狗。

"那你准备怎么干？我听你的。"黑狗心中没底地看着陈韦国。

"我们……"陈韦国对着黑狗的耳朵悄悄地嘀咕了一阵。

"高！"黑狗脸上露着一抹阴险的笑。

晚饭的气氛是热闹的，女生们也在，陈韦国、黑狗更加起劲地吹嘘着自己。

晚饭后潘国军和吴坚准备回去，但在暗中被何少卿留了下来。

"你们俩今晚就住在我们这里，这两个家伙今晚是不会走的。我暗中一直观察这两个家伙，我总感觉他们目的不纯，你们在，我们人多了，大家好互相照应。"何少卿悄声地对两人说道。

"可我们从来没打过架，如果真的有什么事情，我们也插不上手啊。"潘国军有点忌讳陈韦国，他们怕事地说。

"你是男人吗？他们是人你也是人，怕他们干什么？"看上去文质彬彬的吴坚此时话一出，让人另眼相看。

"是啊，你怕他们干什么？还有我和周建平、许剑林啊。"何少卿看着潘国军有点不满意地说道。

这时张小佳和柳文婷叫何少卿到她们的房间里去，说是有事情商量。

何少卿再三挽留潘国军和吴坚，他俩同意后，他来到了张小佳她们的房间。

"何少卿，我看陈韦国他们两人一副贼头贼脑的样子，你们一定要当心，这两个人不是什么好东西，等一会儿你出去和许剑林、周建平说一下，叫他们注意一点，这样的人少和他们来往。"张小佳担心地说道。

"一看就不是什么好东西，尤其是那个叫黑狗的，两只眼睛贼骨碌碌地转像个小偷，他们今天怎么会到我们这里来？你们真的一定要当心。"柳文婷平时从不过问别人的事情，但今天她却不得不开口。

"知道了，我们会注意的。"何少卿应道。

这时陈韦国与黑狗仍旧余兴未尽地在厨房与许剑林、周建平、潘国军吹嘘着。

而何少卿从女生房间里出来后与吴坚两人在他们的房间里说着他们的事情。

直到深夜，大家都困倦了。

为了安排客人们晚上的住宿，许剑林把自己的床让给了陈韦国和黑狗，自己和何少卿、吴坚挤在了一张床上，周建平和潘国军合睡一张。

忙碌了一天，房间里很快传出了鼾声，大家都进入了梦乡。

天蒙蒙亮时，何少卿醒了，他朝许剑林的床铺望了一眼，大吃一惊，他发现许剑林的床铺空荡荡的，陈韦国与黑狗根本不在床上。

他马上从床上坐了起来，推醒了睡在边上的许剑林。

"他们人到哪里去了？"许剑林醒来看着自己空无一人的床铺问道。

听见许剑林的说话声，周建平、吴坚、潘国军都醒了，他们都从床上坐了起来。

"我的衣服呢？"周建平从床上坐起来准备穿衣服，这时他发现昨天晚上睡觉前放在凳子上的一件外套不见了。

"怎么写字台的抽屉开着？"这时何少卿发现房间里写字台的抽屉都开着。

"不好！"许剑林一个翻身从床上跳了下来，他窜到写字台的前面，这个写字台有一只锁着的抽屉里面放着他们集体户全部的钱和粮票。

"这两个畜生撬了锁，把我们的钱和粮票全部偷走了。"许剑林脸色煞白地转过身看着大家。

"赶快去追，今天非追上他们不可。"周建平从床上跳了下来怒气冲冲地说。

"今天就算他陈韦国是天王老子，我也要搏命追上他，把东西拿回来。"何少卿也气得怒火冲天。

"追，今天一定要追上这两畜生。"吴坚也一头火气。

大家匆匆穿好衣服离开了宅院，愤怒地向山外追去。

前面就是余家生产队了，陈韦国与黑狗感到大事已成，得意扬扬地走着。

"陈兄，这次来山里一趟我们收获不小啊。"黑狗眯着一双贼眼拍了拍鼓起的衣服口袋。

"嗨，这叫满载而归。"陈韦国得意地笑着。

"这些小子做梦都不会想到我们会在凌晨下手。"黑狗晃着脑袋得意扬扬地说着。

"这叫到什么山砍什么柴。"陈韦国一脸骄傲地说。

"老兄，我现在彻底服你了。"黑狗谄媚地奉承了陈韦国一句。

"做事情就是这样的，这叫神出鬼没。如果按你昨天那样向他们借钱，他们会借给你？我们硬来，他们不买账怎么办？脸面丢了，我们以后在外面怎么混？现在省了好多事情，不费吹灰之力就满载而归，这些小子连做梦都不会想到。"陈韦国趾高气昂地说道。

"哈哈，这些小子现在大概还在蒙头大睡，做着美梦，等他们醒来，我们早就回自己的地方去了。"黑狗大声狂笑。

"现在他们醒了又怎么样？还怕他们追来不成？"陈韦国觉得黑狗的话很刺耳，不屑地白了他一眼。

"对，对，在外面了我们还怕他们不成！"黑狗见陈韦国对他说的话有点不满，连忙附和着。

两人就这样边吹嘘边得意地走着，可是他们万万没有想到红山村几个"不自量力"的小子已追到他们不远处的一片竹林中了。

"小许，你看这两个家伙就在前面。"周建平喘着气指着刚走出竹林的两个人影。

"对，是那两个畜生，何少卿你和小周从边上绕过去堵在这两个家伙的前面。"许剑林喘着气说道。

一阵狂跑后，何少卿和周建平从路旁的树丛中窜到了那两个人的前面。

"狗娘养的，我看你俩往哪走？"何少卿和周建平一下子从路边的树丛里窜了出来，挡在了陈韦国和黑狗的面前。

陈韦国与黑狗猛然一惊，他们停住了脚步。

"什么事啊？"当陈韦国看清挡在他俩面前是红山村的两个小子时，一下子镇静了下来。

"你问我什么事情？来我们这儿怎么走了招呼也不打？"周建平愤怒地盯着陈韦国。

"哎呀，兄弟你不要吓人，火气这么大干什么？我们有事情想早点走，来不及和你们打招呼了。"陈韦国根本不把周建平放在眼里，他像没事人一样轻飘飘地说道。

"那为什么把我们的抽屉撬了，拿走了我们的钱和粮票？"何少卿看着眼前的两个家伙，眼中已射出了怒火。

"哦，今日兄弟有难，忘记和你们打招呼了，借了你们一点钱粮，过几天全部奉还。"黑狗从陈韦国身后走上前来，拍了拍插在腰上的一把匕首，看着何少卿满不在乎地说道。

"王八蛋说得好轻松。"周建平把拳头捏得嘎嘎作响。

"怎么，想打架？"黑狗晃了一下脑袋，向后退了一步。

"我还怕你这小子。"陈韦国突然上来推了周建平一下。

周建平冷不防被他推了一下，踉跄地向后退了两步，有些愣神。

这时在边上的何少卿早已眼睛冒火。他在陈韦国推周建平的手还没缩回去时怒吼了一声："狗娘养的，老子和你拼了！"拳头已猛击在陈韦国的脸上。

"哎呀！"陈韦国来不及反应，他的后脑上又遭到了沉闷的一拳，这一拳是后面赶来的吴坚打的，随后雨点般的拳头重重地落在了他的头上、身上，他来不及反抗，已被打得晕头转向倒在了地上。

这时黑狗刚想上来帮忙，就被周建平狠狠地一脚踢在了裤裆上，一阵撕裂般的疼痛使他像虾一样地弓起了身体，随后又是一阵拳打脚踢，这一顿拳脚是许剑林和潘国军冲上来给的。黑狗也记不清有多少拳头落在了他身上，他只感到天昏地暗，只能双手紧紧地抱住头，蜷缩着身体在地上打起滚来。

一阵穷追猛打后，陈韦国与黑狗都被打趴在地，没有了还手的能力，两人身上的匕首和军用刀都被何少卿和吴坚缴了。

何少卿把趴在地上的陈韦国一下子翻了过来，然后一脚踩在了他的身上，把军用刀咬在嘴里，抡起了手左右开弓在他的脸上狠狠地抽了两个巴掌后，用刀抵住了他的喉咙说："把偷去的钱和粮票全部拿出来。"

看着满脸杀气的何少卿，陈韦国第一次感到了害怕，他的胆量、平时的威风一下子都全部消失了，他声音沙哑地说："东西在黑狗那里。"

周建平、吴坚这时已打红了眼，听说东西都在黑狗身上，对躺在地上来不及爬起来的黑狗又是一顿拳打脚踢。

黑狗杀猪般地叫了起来："别打了，别打了，我……拿东西还给你们。"

两人停了手脚，吴坚用匕首顶住了他胸口，等着黑狗将东西还给他们。

黑狗这时的脸已青肿，眼睛都快睁不开了，他慌乱地用手去掏衣服口袋，可是掏来掏去却摸不到口袋在哪里。

许剑林走上来，从他的口袋里掏出了被偷去的钱和粮票。

这时正好赶上余家生产队的人上早工，他们看到了这里的情景都围了上来，陈吉和朱成康也在其中。

朱成康看见坐在地上的黑狗，忙指着他对陈吉说："昨天就是他拿了你的衣服。"

陈吉一听，愤怒地走了上来，他走到黑狗的面前，一看黑狗还穿着他的衣服，一时怒火爆发，他对准黑狗胸口狠踢了一脚，黑狗惨叫一声又倒在了地上。

"把他们捆起来，送到公社武装部去。"余家的老乡问清楚情况后愤怒地吼了起来。

"放一马，放一马。"黑狗见势，勉强撑起身体跪在地上，对着围观的人群连声求饶。

"滚，以后再看见你们俩，我捅死你们！"何少卿瞪着血红的眼睛用军用刀指着还坐在地上的俩人大吼了一声。

陈吉剥掉了穿在黑狗身上的衣服。

陈韦国大小架不知打过多少次，今天他与黑狗做梦都没想到会栽在红山村这几个不起眼的小子手里，他连还手的余地都没有，就给人一下子打得瘫在了地上。他鼻孔里流着血，脑子里一片空白，嘴巴发干，两只耳朵嗡嗡作响，全身一点力气也没有。他睁开眼看着眼前围着的一大群愤怒的人差点晕了，后来迷糊中他只感到黑狗跌跌撞撞地过来扶起他，两个人一瘸一拐地挤出了围住他们的人群向山外逃去。

看着这两个家伙狼狈不堪地逃远后，大家拍了拍身上的尘土，互相看着，脸上露出会心的微笑。

余家生产队的老乡们敬佩地看着自己大队的这些城市青年。

陈吉、朱成康干脆早工也不上了，他俩与后面出来的陶韦、林萍、王宝琴像迎接英雄一样，把宅院里的人和吴坚、潘国军迎进了自己的生产队。

（十六）

陈韦国与黑狗狼狈地逃出象湖大队后，两人来到了一条河边上清洗脸上的污血，在河水的倒影中看到自己鼻青脸肿的模样，两个人是又气又怕，气的是他们堂堂撑市面的人物竟然在红山村这几个不知名的人手里翻了船，怕的是今后他们还怎么在市面上混，这真是奇耻大辱。

"这个仇我一定要报，我要割掉这几个小子每人一只耳朵。"陈韦国越想越气。

"我们现在怎么办？"黑狗这时还沉浸在那恐怖的场景中，他确实被刚才的那些人打怕了；从他偷盗以来，进进出出公安局多次，也被人打过，但从来没有像这次被人打得这么惨，这些人打起架来都是不要命的，他服了。

"你说我们现在怎么办？"陈韦国看着脸肿得像猪头一样的黑狗，想看他是否有报仇的意愿。

"算了，我不想再在这里惹事了。"黑狗沮丧地说道。

"脓包。"陈韦国气得眼冒金星，他撇下黑狗一个人就走了。

而黑狗在出山的路上正好遇上了在搜捕他的县城公安局民警，被成功捉捕归案。这家伙活该倒霉，可谓是天网恢恢，疏而不漏。

痛快淋漓地打完一架后，整个象湖大队的城市青年都听说了，当天下午大家都不约而同地来到了宅院，宅院顿时热闹非凡。

潘国军已经对宅院里的人还有同生产队的吴坚敬佩得五体投地，他也没想到平时不大外出看上去文质彬彬的吴坚出手也这么厉害，真是强盗装书生，算他平时看走了眼，这么看来他们这些人真的不能小觑啊。

"尤其是何少卿、吴坚他们两个看上去一点都不野蛮，想不到陈韦国在他俩手里一点也不禁打，周建平也厉害，那个叫黑狗的一下子就被他踢趴在地上爬不起来了。"潘国军在大家面前有声有色地描绘着打架的经过。

"兄弟，你们这一架打得好，你们给我们报了仇，这些家伙是要给他们一点颜色看看的。"吃过陈韦国那伙人苦头的陆庆带着张翠玉、李巧珍也来到了宅院，他一见许剑林就拍着他的肩膀痛快地说道。

"主要我们这里的人太老实了，所以才会被到别人欺负，陆庆你以后跟着他们一起，不要怕事。"张翠玉涨红着脸说道。

"是啊，上次他们抢了我们的钱和粮票，我们选择忍气吞声，他们才敢肆无忌惮地欺负我们。陆庆你以后就跟着小许他们，和他们打，打不过也要和他们打，咱们现在这些人团结在一起，不要怕他们。"李巧珍看着许剑林和陆庆说道。

"这次豁出去了，以后他们再来欺负我们，我们大家就一起和他们拼命。"

"他们这些人可以撑市面,我们也可以撑市面,怕他们干什么?"

一时间来到宅院各个生产队的城市青年们有的义愤填膺,有的情绪激昂,他们中有些人多少都被外面那些"草莽英雄"欺负过。平时他们只能偷偷地压在心里,今日他们在这里一吐为快,为的是宅院里的人能起头为他们壮胆,免得今后在这里讨生活的时候再被欺负。

宅院里的人这次在逼不得已的情况下,与有名的"草莽英雄"陈韦国打了一架,虽然大获全胜,他们的名气也因此传了出去,但最担心的还是宅院里的这些女生们。当天早晨许剑林、何少卿、周建平还有吴坚、潘国军他们去追陈韦国时,宅院里的女生们就一直提心吊胆地在家里等消息。她们担心这里的男生或许会因为胆小,就算追上了这两个"草莽英雄"也不一定能讨回他们的钱粮;她们也担心这里的男生弄不好会打他们俩,打出了事情怎么办?结果是他们这些男生全胜而归,她们虽然感到很自豪高兴,他们这里的男生毕竟不是脓包,而是敢作敢当的男子汉,但她们还是担心陈韦国这伙人会来报复,事情不会就这么简单结束的。

"小许,你们一定不要放松警惕,他们肯定还会来报复的。"李文菲在大家群情激昂的氛围下悄悄地对许剑林说道。

"是啊,他们肯定会来报复的。"陈莉也在边上说道。

这时张小佳和柳文婷也把何少卿、周建平、吴坚叫进了她们的房间嘱咐着。

"不怕,你们放心,反正这次我们豁出去了,他们如果来报复大不了和他们拼一场。"吴坚在宅院两位女生面前胆气十足地拍了拍自己的胸部。

"来了就和他们打啊,我就不信他们有三头六臂。"何少卿这时已什么也不在乎了,因为这次打架他是第一个出手的,陈韦国这么厉害的人好像也不禁他打,他很自信,胆量也从今天打架中锻炼出来了。

"这些家伙敢来报复?我正想打到他们那里去呢。"当着两个女生的面周建平更是底气十足,因为他感到今天早晨的架打得不过瘾。从小他就是孩子王，来农村后不久就听闻了陈韦国他们那伙人的"英雄业绩"。他是个不服输的人，早就想拉起一帮人和陈韦国那伙人比个高下，无奈和他一起的两个伙伴许剑林、何少卿在他的眼里根本不是惹是生非的人；潘国军是他关系最好的同班同学，但他的胆子很小，在他眼也是成不了事的人。谁曾想今天早晨的一架，何少卿和吴坚不要命的出手令他刮目相看，所以他心里有了底，底气也更足了。

许剑林是个小心谨慎的人，女生们的担心他是理解的。在他的心里也确实知道陈韦国肯定会来报复，但怎样报复他们，以后的事情会发展到什么程度，他心中是没有底的。在这偏僻的山沟沟里落户，他们现在的生活已经艰苦到不能想象了，还要受到外面人的欺负，卷入这"江湖"的是非中去。他本来就是个不愿惹是生非的人，而今天事情已经顶在了自己的头上，他就必须去面对，你不想去惹事，但别人会惹你，你躲也躲不了，这就是流入农村讨生活的艰难状态。想到这里他感到有点苦恼。但苦恼也好，是非来了也罢，作为这个集体户的组长他必须承担，哪怕以后出了人命他也要负责到底。

许剑林站了出来，他看着到宅院里来自各生产队的城市青年们大声说道："今天来我们这里的都是兄弟、朋友，陈韦国那伙人肯定会来报复的，不怕事情的就在我们这里住几天，以后你们有什么事情我们也会帮你们的，反正留下来的人要做好打架的准备。"

"小许，我和吴坚肯定留下来。"潘国军第一个举手说道。

"我也留下来，我倒要看看他们来多少人。"陈吉骂骂咧咧道。

"小许，我也留下来。"陆庆举着手说道。

"还有我。"小个子陶韦中气十足地说道。

为了尽地主之谊，许剑林用仅有的一些钱去供销社买了一瓶酒和一些还不错的食物盛情款待了选择留在宅院与他们共患难的朋友。

其余那些胆小怕事的人和女生们则回到了自己的生产队。

（十七）

陈韦国撇下黑狗后，一个人狼狈地回到了自己的生产队。李龙见他在外面挨了打，问明情况后纠集了一帮子人，为了增强实力，他们还邀请了他们大队的一个从南昌"上山下乡"的青年宋金彪。宋金彪是一个打架十分厉害的人，听说他在南昌城里某一处地盘上很有名气，是一个地头蛇。平时陈韦国他们这些人也有点惧怕他，只因是一个大队的人平时也没有什么冲突，大家见面互相递烟也客客气气的，今日宋金彪受到邀请，"义"字当头，他义不容辞。李龙纠集了人后，决定第二天血洗红山村为陈韦国报仇。

太阳已升得很高了，张小佳和柳文婷烧好了早饭准备叫大家起来时，忽然听见有人在敲宅院的大门。

张小佳急忙跑到大门口打开了门，大门外站着两个老乡，他俩一见她就急忙问道："小许他们呢？"

"他们还在睡觉，没有起来。"张小佳说。

"不好了，大祸临头了，快叫他们起来，赶快朝后面山上躲一躲，昨天在余家生产队打架的那两个人现在带着一伙人寻上来了，我们俩刚才在大队供销社看见他们了，他们手里都拿着家伙，我们一看不对劲，马上就跑来通知你们，叫他们赶快跑，否则来不及了。"两个老乡一脸惊慌，说完后就走了。

"许剑林、何少卿，你们快起来，陈韦国带着人来报复了。"张小佳对着北厢房大喊起来。

睡在房间里的人听见了张小佳的叫喊声都醒了。

"他们来了多少人啊？"周建平穿好衣服第一个从房间里走了出来。

"不知道，刚才队里的老乡说有一伙人，他们手里都拿着刀朝我们这里来了。"张小佳有点惊慌地说道。

"不要怕，大家都拿好家伙。"何少卿抄起了一把铁锹从房间里走了出来。

"来了好啊，今天就和他们拼命。"周建平在大厅里拿起了一把砍柴的刀。

房间里的人都拿好了木棍、锄头、扁担。

"走，我们现在就出去迎他们。"吴坚把缴来的匕首朝腰上一插，带头朝门外走去。

大家杀气腾腾地向大队供销社方向走去。

"哇，好热闹，你们去干什么?"大家在路上的一个山坡处遇上了上次在大队卫生所里见到的那个南昌人罗学义。

"罗大哥。"潘国军叫了一声。

"你也在这里，你们手里都拿着家伙去干什么?"罗学义停了下来看着大家问。

"打架。"潘国军扬了扬手中的锄头。

"和谁打架?"罗学义问。

"跟陈韦国那帮家伙。"潘国军说。

"怎么这个小子惹到这里来了?"罗学义说。

"是啊。"潘国军答道，并把昨天打架的事情与他简单地说了一遍。

"好，打得好，你们有种，这样的人该打，管他是什么人，只要他惹上来就对他不客气。"罗学义对大家竖起了大拇指，"你们好样的，今天我也和你们一起去会会那小子。"

"好! 罗大哥是朋友，够义气。"大家见罗学义也加入他们的队伍纷纷朝他竖起了大拇指。

陈韦国一伙人在离占坊生产队不远的一片竹林处与宅院里的人相遇了。

两群人在相距十来米处的地方都停了下来，虎视眈眈地看着对方。

"就是这几个小子，今天非把他们的耳朵割下来。"陈韦国今天有了撑腰的，底气又足了很多，他指着对面人群中的何少卿、周建平、吴坚他们，对身边的宋金彪和李龙说道。

"你准备割谁的耳朵啊？"这时罗学义从人群中走了上来，站在了大家的前面。

"哎呀，罗大哥你怎么在这里啊？"手里拿着一把军用刀的南昌人宋金彪正准备冲上来，忽然见罗学义从人群中走了出来，他马上放下了手中的刀，打起了招呼。

"怎么，你想来这里惹事啊？"罗学义看着身材矮墩结实一脸凶相的宋金彪问道。

"不，不是，罗大哥，我是他们邀请来玩的，我不知道您也在这里。"宋金彪满脸尴尬地连连打着招呼。

"他是谁？"李龙走了上来轻轻地问了宋金彪一句。

"快退后，你惹不起他。"宋金彪对李龙使了一个眼色轻声说道。

李龙马上向后退了几步。

看到这情景两边的人都愣住了。

"金彪，这边说话。"这时罗学义朝宋金彪招了下手。

两人避开了众人，走到一边去说话了。

过了一会儿，宋金彪走到陈韦国和李龙的面前。他拍了一下陈韦国的肩膀："今天的事就看在我的面子上算了，你们讲和吧，从今以后你们井水不犯河水。"

"为什么？"陈韦国很不服气道。

"在这里不要多问，再问我和你翻脸。"宋金彪露出了凶相看着陈韦国。

陈韦国惧怕这位地头蛇，一时间没了声音。

边上的李龙已看出了其中的端倪，他马上招手带着他们一伙人向后退。

这里的人松了口气，紧张的情绪都放松了下来。

"罗大哥，你真行，那凶神恶煞的南昌人怎么一看见你马上就变了个样子，你们认识？"等陈韦国一伙人全部退走后，潘国军对罗学义竖着大拇指问道。

"认识，老朋友了。"罗学义笑了笑说道。

"他看到你好像很怕你。"潘国军说。

"没什么怕的，大家都是客气。"罗学义说。

"罗大哥，谢谢你，你一来就帮了我们的忙。"许剑林上来握住了罗学义的手。

"没什么，大家都在一个大队，都是朋友，俗话说远亲不如近邻，在家靠父母，出外靠朋友嘛，以后我也有靠你们的时候啊。"罗学义笑着拍了拍许剑林的肩膀。

一场风波就这么过去了。在陈韦国一伙人回去的路上，宋金彪警告他们，以后千万不要去惹他们山里面的那些人，那个罗学义是他们的朋友，你们是惹不起的，以后你们尽量避开他们那些人，否则的话你们在这个地面上是待不下去的。

回到了宅院，大家对罗学义这么轻松地化解了一场恶斗感到很意外。听潘国军介绍这个罗大哥平时在生产队里和气得不得了，他从来不得罪人，也从来没有什么不良的行为，他是南昌下来的，至于为什么会到农村来谁也不清楚。

罗学义这人很讲义气，爱交朋友，至于他的来历大家也不知道，反正大家都是到农村的人，都是天涯沦落人，有福同享、有难同当，以后只要大家相聚在一起都会叫上他。

（十八）

自从与陈韦国打了一次架以后，宅院已成了青年们经常走动的地方，每天都有人来这里做客。宅院里的人也没办法参加生产队里的劳动了。这段时期大家每天在宅院里或斗牌打闹，或酸溜溜地吟诗作赋，卖弄着仅有的一点点文化，或者带新来的朋友在这里游览山前山后的秀丽风景。红山村这里四周的景色确实秀丽妖娆，来这里的人都会对这里的山影苍翠、峰青水碧的景色流连忘返，尤其是张小佳、李文菲、陈莉的这些女同学，来了以后非得住上三五天，最后才依依不舍地离去。女生们的到来，也引来了男生们的光临，宅院变得像旧上海的百乐门一样，经常人进人出的一片热闹。反正这段时间是农闲时间，生产队也没人来催大家去上工，再说大家都是年轻人，难得聚在一起，甚至有点乐不思蜀的味道。

但最令人担心的是粮食问题，宅院里每天都有朋友光临，最多的时候一天有二十来个人吃饭，那真是热闹透了。桌子坐不下，把床拆了，把床板当成餐桌，大家围在一起，举碗弄筷的有如梁山好汉。菜是没有什么问题，来的朋友都会从贫下中农的自留地里顺手牵羊，但关键是粮食不够。

这段时间下来当家人许剑林已烦恼不已，每人每个月的十几块生活费全部消耗在粮食上面了，宅院已到了山穷水尽的地步。

"怎么办？我们这里每天有这么多的人来，粮食快没有了。"许剑林愁着脸把宅院里的人叫进北厢房关上了门说道。

"要么我拿点钱出来？"张小佳大气地说道。

"这不是钱的问题，有钱也买不到米啊，否则我不会找大家一起来商量了。"许剑林说。

每人每月四十斤大米的定量，以前七个人在一起吃饭完全够了。现在每天有客人来，以前积累下来的粮食也吃光了，这个月底还没到，米缸已经见底了，宅院里的人再也乐不起来了。

"我来想办法。"周建平说。

"你有什么办法？"张小佳问。

"叫潘国军、陈吉、陆庆他们到自己的生产队拿些粮食来就可以了。"周建平说。

"谁好意思去开口？"许剑林说。

"这个你不用担心，我会和他们商量的，他们几乎每天在我们这里，他们那里有的是口粮，叫他们拿点米来，他们一定会同意的。"周建平把握十足地说道。

"对，小周说得对，我们现在有困难了，他们一定会帮忙的，我去跟他们说。"何少卿赞成了周建平的意见。

第二天潘国军、陈吉、陆庆每人从自己的生产队背来了四五十斤的大米，解了宅院的困境。宅院又恢复了往日的气氛。

转眼到了收割的季节。这又是农村一个繁忙的季节，各路人马都回生产队参加秋收去了，宅院里一下安静了下来。没有人来打扰宅院里的人了，他们全部下了农田，大家心里明白，这时的表现与今后的前途是相关的。

秋收时的农田是干的，不需要赤脚下农田，每天的事情就是收割打谷。男青年的任务仍旧是挑稻谷，女青年则是收割，晒稻谷的事情让给了生产队那些怀孕的妇女。

秋收农忙不是很累，宅院里的人天天在农田里，很快半个多月过去，农忙结束了。

秋收过后，生产队安排了妇女在农田里除草积肥，男劳动力准备上山搞副业，可就在这时候，公社按照上级的指示来了新的精神——农业学大寨。

凤阳县的大寨是贫困山区，为了改变贫困山区落后的面貌，县委书记带领全县人民日干夜干，在这块贫瘠的土地上纵横交错地挖了很多水沟，引进了河里的水，使大寨这块干枯的土地有了水源。结果大寨的粮食年年丰收，于是大寨的例子推向了全国，成了全国农村学习的典范，为了改变农村落后的面貌，必须学大寨。

公社以严肃的政治任务制定了学大寨兴修水利工程的方案，并拨下了粮款。

新的精神指示打乱了各个生产队的计划，也打乱了占坊生产队赵诗石搞副业的计划。

占坊生产队分到了五百立方土挖掘的任务，生产队派十个劳动力，每天一人挖一个立方土，也要一个半月的时间。生产队的劳动力是很紧张的，如果全部去干水利工程，队里的副业就搞不成了，到了年底拿什么去分给社员，赵诗石真是焦头烂额。

赵诗石召开了干部会议，结果这挖土方的任务就落在了宅院男青年的头上，生产队另外还派了几个劳动力和青年们一起，一天记十个工分，有一斤米、两角钱的外出补助，为期五十天，早完成早回来，工分按五十天计算。

第二天，许剑林、何少卿、周建平他们三人背着一袋米和一罐生产队副队长赵礼山给他们的咸菜，和生产队另外五个劳动力离开了宅院，来到了离生产队六十多里、公社指定的地方安下了营寨。

挖掘的地方地势险峻、奇峰峻峭，一山连着一山没有一块平整的土地，但这里的景色却出奇秀丽，比红山村还美。到处都是潺潺流水和嶙峋怪石，山中树木茂盛，粗大的樟木树到处都是。在这风景秀丽、人烟稀少的地方兴修水利工程让大家有点想不通，但这是上面的指示，大家只管挖土吃粮。

在水利工地上，宅院里的人先后遇上了自己大队的男知青，潘国军、吴坚、陆庆、陶韦、陈吉他们全来了，一时间大家高兴得又打又闹。大家打闹了一阵后决定把营寨安在一起，铺上了厚厚的稻草，安好了营帐。大家在准备挖掘的崇山峻岭中走了一阵，他们遇上了公社其他大队的城市青年们，有熟悉的，也有不认识的，整个工地来挖土方的上海青年很多，有的大队女知青也来了。

第二天整个水利工地上红旗招展，热闹非凡。

在陡峭的山坡上挖一条深一米、宽八十厘米、总长三十公里的水渠任务是相当艰巨的，水利指挥部重新做了安排，本来是以生产队为单位挖掘土方，现在改以大队为单位，这样可以节约出每个生产队做后勤工作的劳动力。本来每个生产队必须有一个人搞伙食，现在整个大队只需两个人搞伙食就可以了，而且有的队派来的是妇女劳动力，这样后勤工作就由妇女去做了。明确了任务后，大伙热情高涨地干了起来，因为早完成任务可以早回家，所以大家就不惜体力地干着，第一天就超额完成了当天土方的百分之四十。

白天城市青年们在一起挖掘土方，晚饭后大家在一起打扑克牌，或下象棋，工地上的生活也显得很热闹。

小雪节气一过，天气开始变得寒冷。大家晚上在营帐里感到阵阵寒意，陈吉和陶韦从外面又抱了很多稻草，把大家睡觉的床铺下面又加厚了一层稻草，人睡在上面几乎窝在稻草堆里，但还是觉得冷。

"如果现在有瓶酒就好了。"潘国军蜷缩在稻草堆里看着大家说道。

"有酒，可以去下面生产队的代销店里买几瓶。"陈吉说。

"光有酒，没有菜也是白搭。"周建平在一边说道。

"下面代销店有什么罐头吗？"潘国军问。

"有，只要有钱。"陈吉答。

"买什么罐头啊？"坐在一边的吴坚突然说道，"我们还不如去什么地方打一条狗来，怎么样啊？"

"对啊，我们去打狗。"听到打狗，潘国军来劲了。

"去哪里去打？"陈吉问。

"去工地南面的叶家生产队，我前两天去过，那里狗很多。"吴坚说道。

"去打狗被乡下人看见了怎么办？"陈吉问。

"你笨啊，你就说狗咬人。"吴坚说。

"对啊，有道理。"陈吉拍了一下大腿。

"那我们现在就去。"周建平撩了一下袖口。

"叫何少卿也去。"吴坚对周建平说。

这时何少卿正和许剑林、陆庆他们在营帐的另一头聊天。

"何少卿，你过来，有事情。"潘国军替周建平叫了一声。

"什么事情？"何少卿走了过来。

"去打狗吗？"吴坚慢悠悠地对他说道。

"好啊，兄弟你叫我，我肯定去啊。"何少卿听说去打狗，也来了劲。

"我也去。"陆庆听见说去打狗，也走了过来。

"这么多人去打狗，狗都给吓跑了。"吴坚看了陆庆一眼。

"这样，你们几个人在这里想办法用石头堆个炉灶烧水，等我们打狗回来就可以剥皮烧狗肉了。"吴坚随后对陆庆和在边上的陶韦两个人说道。

许剑林听说去打狗，他不想去，大家也不勉强，因为大家知道他是个不喜欢多事的人。

就这样，其余的人说走就走，工地上有的是铁棒、铁锹，每人拿了件称手的家伙就离开了工地。

伴着月色和寒冷的天气，一行人下了山，悄悄地向叶家生产队走去。

走了四五里路，就来到了叶家生产队的村口。叶家生产队的狗确实多，大家刚到村口，村里的狗就开始乱叫起来。

有条大黑狗从村里窜了出来，在距离大家十米远的地方停了下来，拼命地狂叫。

"好凶啊。"走在前面的潘国军胆怯地向后退了几步。

"何少卿，你在前面引着这条狗，我和周建平从树林里绕过去堵住这条狗的后路，不要让它跑了。"吴坚对着何少卿说完后，和周建平两人悄悄地窜进了路旁的树林里。

于是何少卿和陈吉、潘国军故意朝那条狗扬了扬手，然后慢慢地向后面退去。那狗看见人影向后退去，狂叫了几声，向前又窜了几步。

何少卿在月光下看到吴坚和周建平两个人从路边的树林中窜了出来，已经站在那条大黑狗的身后了。他向身后的陈吉、潘国军摆摆手停了下来，然后他挺了一下身就把拿着铁棒的手放在了背后，向大黑狗迎面走去。在身后的陈吉、潘国军同时散开，他们三人形成了扇形。

也许今晚这畜牲命中注定倒霉，平时这畜牲只要一吼一叫，一般来村里的陌生人就会望而生畏。可今晚这畜牲叫了这么多次，见来人先退去，而又向他迎面走来，反而胆怯了，蹬了蹬腿，横着身子看着向它迎面走来的人，边叫边朝后面退着。这时周建平从这畜牲侧面的一棵树后面一个箭步冲了出来，抡起手中的铁棒对准它就是一棒。

汪的一声惨叫，那畜牲防着前面的人，没防着后面窜出来的人，一时躲避不及，被一铁棒打在了它的后腿上，痛得它整个身子跳跃起来。这时吴坚的铁锹已砸在了它的头上，那畜牲顿时脑浆迸裂，呜的一声倒在了地上，腿脚猛抽一阵，顷刻间没了声音。

"快，拖走。"周建平喘着气对围上来的大家说道。

何少卿和陈吉两人弯腰各拉住了那条狗还在微微颤抖的腿转身就跑，其他的人跟在后面飞快地离开了叶家生产队。

回到了工地，大家见这么大的一条狗，既紧张又兴奋。

"你们没被人看见吧？"陆庆问。

"有谁看见？乡下人晚上是不出来的。"吴坚慢悠悠地说。

这下大家忙开了，捡柴火的、烧水的、剥狗皮的……

狗肉煮熟已经是大半夜了，大家已经好久没碰荤腥，对着满满一脸盆冒着热气香喷喷的狗肉，每人用手抓起了一大块肉就往嘴里面塞。一阵猛嚼和狼吞虎咽过后，满满一脸盆的狗肉给吃得一干二净。

"过瘾，明天再去弄一条来。"周建平咽下了最后一块狗肉抹了一下油腻的嘴唇，看着吴坚和何少卿两人说道。

"好啊，只要你发话，我就去。"何少卿说道。

"明天先去准备好几瓶酒，有酒有肉吃起来才过瘾。"吴坚对着周建平慢悠悠地说道。

"明天我出钱去买酒。"潘国军在一边说道。

"好，只要你老兄出钱买酒，明天我们保证再去弄一条来。"周建平对着潘国军说道。

尝到了甜头，第二天工地上一收工，大家就出动了，回来时又有了收获，这一段时间叶家生产队损失了好几条狗。

丢狗的人家也怀疑是修水利的人干的，他们来工地上打探过，但他们看到工地上干活的有很多城市青年，他们就显得有点无可奈何了。

白天挖土方，晚上工地上的人就去弄吃的，就这样大家在工地上热热闹闹地干了快二十天。

（十九）

"他们男生怎么还不回来，今天已经十二月二十号了。"留在红山村宅院里的女生们开始惦记在外修水利工程的男生们了。

"是啊，明天就是冬至了。我家里写信催我早点回家过年了，他们还不回来，我们等到几时才能走啊？"陈莉已开始焦急起来。

"我们出来已经九个多月了，我父母也在催我早点回上海。"李文菲也说道。

"要不我们去生产队问一问，他们男生到底几时回来。"张小佳说。

从上海到这深山沟里已经过去九个多月了，对这些大城市的女生们来说，过年回家探亲的心是何等迫切呀。九个多月来，插队落户的农村生活已经让她们筋疲力尽，每个人都想早点回上海去。这段时间，她们每天都想着在父母身边的那种温馨的无忧无虑的日子，早点回家也可以少过点缺油少菜的生活。但一起从上海来的男生们到现在还不回来，她们对回家的路一点儿都不熟悉，她们担心的是从生产队回上海一路上的陌生环境和旅途中的意外情况。如果有男青年们在，她们就完全没有这种担忧了，毕竟是第一次出门，来的时候政府安排的是包车，一二百个人一起下来；现在要回去了，都是单独行程，没有男青年们相伴，谁也不想一个人去冒这个险，所以她们现在既焦急又担忧。

张小佳去生产队问了赵诗石一声，回宅院后告诉大家水利工程没有那么快结束。

"等他们男生回来还不知道几时呢，要不我们冒一次险，不管怎么说我们总要锻炼一下自己的胆量啊。"李文菲在女生们中是胆量最大的。

"如果过几天他们还不回来，我们几个人就自己回去。"张小佳说。

"我急都急死了，我巴不得明天就走。"陈莉紧皱着眉头说。

"小张，我看过几天他们男生是不会回来的，我们反正要走，我们就明天走吧。等在这里既没吃又没喝的，还是早点回上海，在路上我们几个人小心一点，不知道的事情在路上问问别人就是了。"李文菲说道。

"好啊，要不……算了，就这么决定，我们明天就走。"张小佳犹豫了一下后，又肯定他说道。

"张小佳，我不回去，我一个人留在这里，明天你们三个人回去吧。"谁都没想到刚决定好明天回去，柳文婷却突然说不回去了。

"什么，你不回上海一个人留在这里，什么意思？"李文菲吃惊地看着柳文婷。

"没什么意思，我不想回上海，我还是一个人留在这里吧。"柳文婷很平静地说道。

李文菲和陈莉不明白地看着与柳文婷同房间的张小佳。

"要不你们俩明天先走吧，我和文婷留下来等他们男生回来再说。"张小佳看了一眼柳文婷对李文菲和陈莉说。

"你们俩不走，我们怎么走啊？"李文菲泄气地说道。

"要不你们现在去问一问余家队的林萍她们是不是也要回上海了？她们如果要回去你俩就跟她们一起走。"张小佳出了个主意。

"对啊，我现在就去她们生产队问一下。"陈莉说道。

"我和你一起去。"李文菲说。

两个人说着就离开宅院去了余家生产队。

张小佳和柳文婷回到了自己的房间。

"你真的不回上海去了？"张小佳看着回到房间后坐在自己床沿上有些黯然神伤的柳文婷问道。

"我家里没有人了，我回上海去干什么？"柳文婷低头拨弄着自己的手指说道。

"你外婆不是还在上海？"张小佳说。

"我来这里插队时，我外婆回浙江舅舅家里去了。"精神有些萎靡不振的柳文婷淡淡地说道。

"等男生他们回来，你和我一起回上海，你就住在我家里。"张小佳说。

"算了，我不想连累你，我还是一个人留在这里吧。"柳文婷抬起头来，看了张小佳一眼摇了摇头。

张小佳看着这样的柳文婷也只能沉默了。

原来张小佳和柳文婷在上海是一个街道的，她们两家住在前后弄堂，柳文婷家里的情况她很清楚。她父母是高级知识分子，父亲是大学教授，母亲是中学教师；政治运动开始后，知识分子首先受到冲击，她父亲自杀了，母亲听到丈夫的噩耗心脏病顿时发作跟着走了，十三岁的柳文婷被外婆领养着一直到中学毕业。"上山下乡"开始后，正好跟张小佳一起来到了这里。

李文菲和陈莉回来了，余家队的林萍、王宝琴她们也正要回上海，于是大家说好了，后天一起走。

李文菲和陈莉开始收拾行李，第三天她俩一早就离开了宅院，和余家队的几个姑娘回上海去了，宅院里一时间显得冷冷清清。

当天张小佳和柳文婷两人仍旧去生产队上工，晚上回到宅院。宅院里静得可怕，一点生气也没有，张小佳感到全身寒栗，两人放好工具来到了厨房。

"现在只有我们两个人住在这里，你怕吗？"张小佳问正在厨房里洗脸的柳文婷。

"怕也没办法，这里是我们的家啊。"柳文婷说。

"我发现你的胆子比我大。"张小佳看着柳文婷说。

"小佳你说什么啊，我们在这里住了这么长时间，也习惯了，什么事情也没发生过，今天你怎么害怕起来了？"柳文婷看着张小佳。

"因为今天李文菲她们一走，我感到我们这里特别冷清。"张小佳说。

"不要多想了，你把灶膛的火点起来，我们赶快做饭吧。"柳文婷对张小佳说完，就开始淘米。

张小佳点燃了灶膛里的火，她坐在灶膛前的一条小板凳上看着灶膛里熊熊燃烧起来的火焰，她看了一会儿，忽然对正在淘米洗菜的柳文婷说："柳文婷，如果我们这里没有男生和李文菲、陈莉她们，就我们俩人在这里插队落户，你说怎么办？"

"只有我们两个人在这里，也就像现在这样啊。"柳文婷随口说道。

"我不是这个意思，我是说以后他们会和我们分开吗？"张小佳说。

"很难说，我想或许以后有什么调动先走掉的肯定是他们男生。"柳文婷说。

"为什么啊？"张小佳问。

"我有预感，因为社会上工作的地方都是需要男生啊。"柳文婷说。

"这倒也是，以后若调动起来我们女的总要倒霉一些。"张小佳略有同感。

"所以我们现在这些人不可能一辈子在一起的，到时候总有人走掉，有人留下来。"柳文婷说道。

是啊，张小佳想了想柳文婷的话觉得很有道理的，她想他们这个集体不可能永远生活在一起的，总有一天会有变动的，或许明年，或许后年。这里的男生都突然调走了，李文菲、陈莉，甚至连柳文婷也走了，他们的户口也全部迁走了，就她一个人留在了这里，留在这空荡荡的大宅院里，坐在这灶膛前看着灶台上昏暗的煤油灯光线摇摇晃晃，如孤魂鬼影一样，那时的情景不知有多么可怕……她想着想着，不敢再想下去，她不禁全身打了个寒战，抬起头看着在炒菜的柳文婷问道："柳文婷，如果真像你说的那样到时候别人都走了，就你一个人留在这里，那时候你怎么办？"

"我一个人留在这里，我也没办法，上海我也没家了，我也不在乎在什么地方了，不过我不会一个人住在这幢房子里。这房子太大了，我会寂寞的，我会叫生产队给我安排一间小一点的房子。"柳文婷说道。

"是啊，如果我一个人留在这里，我也不会住在这幢房子里的，住在这里太吓人了，不过说真的我不希望我们这个集体户散了。我们这里的几个男生挺好的，我不愿意和他们分开。"张小佳坦率地说。

"小佳，我真羡慕你敢说心里话。"柳文婷对她笑了一下。

"怎么，我说错了？你不相信？我们在一起生活了这么长时间难道你对他们一点感情都没有？"张小佳看着柳文婷。

"怎么说呢，人生活在一起时间长了总会有感情的，但这种感情不会影响你一辈子都跟着他们。"柳文婷说。

"这个问题我倒没仔细想过，但说实话我们这里的男生确实要比我在外面接触过的男生好。"张小佳说。

两个女生在厨房里聊着，一会儿饭菜就做好了。

两人吃好了晚饭，关上了宅院所有的门，进了自己的房间。

李文菲和陈莉走后的宅院确实静得可怕，在昏暗的煤油灯下，张小佳有点害怕得不敢一个人在自己的床铺上睡觉。

"柳文婷，今晚我们两个人睡在一起吧。"张小佳对已经脱了衣服钻进被窝里的柳文婷说道。

"好，你睡过来吧。"柳文婷答应了。

张小佳脱了衣服钻进了柳文婷的被窝里，两个女生在被窝里嬉闹了一阵后，安静地躺了下来。

安静了一会儿，张小佳突然翻了个身趴在床上脸对躺着的柳文婷问："你说实话，我们这里的男生哪个最好？"

柳文婷对着张小佳的脸，突然笑了一下，说："你看中谁了？"

"我们这里的男生都蛮好的，除了周建平有点莽撞之外，许剑林、何少卿都长得挺讨人喜欢的。"张小佳说。

"那你就和他们俩谈朋友，看看谁最喜欢你。"柳文婷说。

"那怎么行啊，我只能看中其中一个，另一个给你。"张小佳对柳文婷笑着说道。

"我不要。"柳文婷说。

"许剑林给你?"

"我不要。"

"何少卿给你,你不要?"张小佳俯在柳文婷的身上对着她耳朵很轻地说了一句。

柳文婷一下子沉默了。

"哈,这下我知道我们柳文婷喜欢谁了,到底没有忘记手拉手的时候。"张小佳笑着说道。

柳文婷对张小佳的胡搅蛮缠一点办法也没有,但她从心底里佩服张小佳敢爱敢说,而她却不敢,因为在这个年代的社会地位阶级层中她是没位置的。她没有选择的权利,她不敢在别人面前表露自己的真情,爱、希望、幻想对她来说是非常遥远的,也是不可能存在的事情。

夜陪伴着宅院里的两位女生,张小佳对柳文婷胡搅蛮缠了一阵后累了,很快进入了梦乡,而柳文婷这晚却无法入睡,她羡慕李文菲、陈莉以及张小佳她们在上海有个温暖的家,她们过年还能回去探亲,而她却只能孤零零地留在这里。

漫漫长夜,夜神看见了那位无法入睡的女生脸上挂着两颗大大的亮晶晶的泪珠。

(二十)

元旦过后,兴修水利工程外出的人员都陆续回来了,许剑林、何少卿、周建平也回到了宅院。

宅院里留下来的两位女生怀着喜悦的心情迎接了他们,毕竟他们离开宅院快两个月了,留在宅院里的女生是何等寂寞啊!在月底前,张小佳已不止一次地去赵诗石那里打探他们几时回来了,今天他们终于回来了，女生们心中好像一下子又有了主心骨。

回宅院第一件事情便是讨论回上海探亲的事情，离开上海快十个月了，对初次离家这么长时间的游子们来说，过年和家人团聚在一起的心情是何等迫切。每个人都归心似箭，然而每个人的家庭情况是不一样的，有各种原因，有的家里经济条件不行，有的因为某种原因不想回去，柳文婷、何少卿就是如此。

第二天，大队里还没有回家探亲的城市青年都来到了宅院，陈吉、陶韦两人因家里经济情况实在太过窘迫，拿不出回家的路费而留了下来，其余的人全部回上海探亲去了。

为了留在农村过年这段时间不无聊，陈吉和陶韦每人从自己的生产队背了一大袋米来到宅院，陪伴何少卿和柳文婷他们。

天气越来越冷，留在宅院里的人只能用相依为命来形容了。要尽宅院地主之谊的何少卿这几天想得最多的是他们这几个人如何在这里过年，大家口袋里都是瘪瘪的，靠生产队过年分红那是不可能的事情。他们现在宅院里的这些人做的工分全部加起来也不够支出明年一半的口粮，明年生产队里分口粮，他们还要欠队里的钱呢，他们每月的生活费早在前两个月的乐不思蜀中就透支掉了。许剑林临走时勉强留给了他十块钱，平时的生活用品油盐酱醋要买，煤油、牙膏要买，过年总要买几瓶酒，这些钱怎么够开销？

就算愁、穷，也要过日子，宅院里现在什么都没有了，连柴火也没有了，不仅烧饭的柴火没有了，就连冬天烤火的柴也没有了，怎么办？这是宅院里目前的头等大事，必须要去做。

第二天何少卿约了陈吉、陶韦一起去山里砍柴。

三人拿着砍刀，挑着木挑子来到了村南面的凤岭山，山里一片萧条，满地都是枯黄的落叶。

三人在一处山坡处停了下来。

"我们就在这里砍柴吧。"看着这里很多杂乱纵横的干枯树木，何少卿放下了肩膀上的木挑子对其他两人说道。

三人闷头一阵忙活，一会儿地上便堆满了砍断的木柴。

何少卿擦了擦头上的汗后，把砍好的木柴一根一根放进了木挑子里面。

"何少卿，你看对面山腰上好像有一户人家。"这时陶韦指着对面的山腰大声说道。

何少卿放下木柴，抬头朝对面山腰一看，果然在对面的山腰处有一间全部用树木搭起来的房子。

"走，我们过去看看那里住着什么人？"陈吉在边上好奇地说道。

三人下了山坡走到对面的山腰，来到了小木屋的面前停了下来。

"谁会住在这里？"看着小木屋前打扫干净的一片空地，何少卿有点纳闷。

"进去看看。"陈吉走到小木屋门前刚想推开那小屋的门，门突然开了。

一个满脸胡须、头发很长、双眼炯炯有神的中年汉子站在了门口。

"你是谁？"陈吉惊得向后退了一步。

"你们是上海知识青年？"中年汉子看着他们和蔼地问道。

"是啊，你是谁？"何少卿用戒备的目光凝视着这位陌生人。

"你们在这里砍柴？"中年人见何少卿手里拿着砍柴刀微笑着问道。

"你是——"

"噢，我是湖南人，是这里的香菇客。"中年人打断了何少卿的话自我介绍道。

"香菇客？"

"是啊。"

"就你一个人在这里？"何少卿问。

"我们有好几个人。"湖南人指了指屋里面然后又说道，"你们进来坐一会儿吗？"

何少卿看了看陈吉和陶韦，两人点了点头，三人走进了小木屋。

屋里面有一张铺满稻草的大床铺，两个躺在床铺上的人见有人进屋，马上都坐了起来。

"来，小兄弟抽香烟。"那中年汉子客气地从口袋里拿出了香烟。"噢，谢谢，我们不会抽烟的。"何少卿客气地拒绝道。

"你们大冷天怎么在这里种香菇，快过年了，你们不回家过年吗？"陈吉问。

"我们不回家过年，我们就在这里过年。"湖南人答道。

"在这里过年啊？"

"是啊，现在正好是烧木炭的好时节。我们每年这个时候就烧木炭，到了开春就种香菇，一直到了大热天才回家。"那个湖南人接着说道。

"这样说来你们就是传说中的香菇客和木炭党人？"陈吉问。

"不是的，小兄弟你说的是新中国成立前的那些人，我们是湖南的普通农民。"湖南人说道。

"你们在这里又烧木炭又种香菇，一年可以赚好多钱吧？"何少卿问。

"也赚不了多少钱，我们来这里每年都要向你们生产队交钱的。"湖南人说。

"你们认识我们生产队队长？"何少卿问。

"认识，老朋友了。你们生产队队长叫赵诗石，副队长叫赵礼山，妇女主任叫周翠英。"湖南人笑着说。

"你们在这里干这些活好苦啊。"看见小木屋里简单的生活用具，何少卿很同情他们。

"没办法，我们家乡田少人多，不出来打工就没饭吃啊。"湖南人说。

"小兄弟，你们能帮我们搞点粮食吗？"坐在床铺上的两个湖南人中有一个突然开口问道。

"你们在这里没有粮食？"何少卿说。

"是啊，我们每年来这里，吃的粮食都是出高价买的，还买不到呢。"湖南人说。

"我们买一斤高价米起码要四毛五分钱。"坐在床铺上的另一个湖南人插嘴说道。

"这么贵啊。"何少卿对陈吉吐了一下舌头。

"小兄弟，你们有粮食卖给我们吗？"湖南人问。

"你们向我们买粮食？"何少卿看着问话的那个湖南人。

"是啊，粮票也可以。"

"粮票多少钱一斤？"一直在边上没有说话的陶韦开口问道。

"全国粮票三角五分钱一斤，本地粮票三角钱一斤。"湖南人说。

"你们要多少？"陶韦问。

"有多少，我们买多少。"湖南人说。

"你有粮票？"何少卿看着陶韦。

"我的粮册上今年多了一百斤的定粮啊，我把这些定粮卖给他们不就可以了吗？"陶韦说。

"对啊，许剑林他们回上海了起码要待上两三个月，我们册子上的这些定粮不就多出来了吗？以后谁会去买？等他们回来了，生产队就开始分新的粮食了，这个册子以后也没用了。"何少卿拍了一下自己的后脑勺，看着陶韦说道。

"我的粮册上也有啊。"陈吉拍一下何少卿的肩膀说道。

三个人激动地商量了一下后，何少卿转身把这个意思说给了湖南人听，湖南人听明白了他们的意思后高兴地发出了一阵欢呼。

买卖粮食是犯法的，这些交易只能在暗中进行，而且一定要保密。何少卿与湖南人讲好了保密的条件，这些事情只有他们几个人知道，对生产队里的人绝对不能透露半点风声；另外讲好了粮食的价格，约定好了第二天碰面的时间和地点，湖南人全部答应了他们的条件后，何少卿和陶韦、陈吉就离开了小木屋。

第二天在碰面的地方，湖南人早就等在那里了，事情进展得非常顺利。何少卿他们三人在粮管所把册子上多余的粮食买了出来，然后再卖给湖南人，湖南人总共给了他们一百多块钱。

哇！简直是没想到，等湖南人带着粮食走了以后，何少卿、陶韦、陈吉他们三人在街上兴奋得差点跳了起来。

这是一笔不小的财富，他们从来没有拥有过这么多钱。三人在镇上的饭店先吃了一顿，然后买了酒、饼干糖果之类的一些食品和日常生活用品，装满了三个人的背包后，他们像阿里巴巴故事里面的人物那样回到了宅院。

回到宅院天都快黑了，柳文婷早已烧好了晚饭等候他们多时了。

"你们一整天去了哪里？"看着三人背着大包小包风尘仆仆，这么晚才回来，她担心地问着。

"我们去镇上买东西了。"何少卿看着她笑道。

"过年了，我们买年货去了。"陈吉把装得鼓鼓的背包对着柳文婷晃了晃。

"你们哪来这么多的钱买东西啊？"当大家把包里面的东西全部拿出来放在桌子上时，柳文婷感到有些惊讶。

"是用家里寄来的钱买的。"陈吉笑着。

"是啊，是用家里寄来的钱买的。"陶韦也跟着说道。

柳文婷半信半疑地看了他们一眼，然后把那些吃的东西都拿进了房间。

吃好了晚饭，何少卿被柳文婷叫到了厨房里。

"你说，你们买东西的钱是哪里来的？"柳文婷涨红着脸看着何少卿，还是不放心地问道。

"我们把粮册上多余的粮食指标给卖了。"何少卿轻声说道。

"你们随便买卖粮食会出事情的。"柳文婷听后脸瞬间发白了。

"我们不卖粮食，哪有钱过年？"

"你们出事了怎么办？"柳文婷看着何少卿，脸上红一阵白一阵的。

"你怕什么，出了事我承担，再说我们不会出事的，我们把粮食卖给了来这里搞副业的外乡人，这件事情我们做得很保密，只有天知地知。"何少卿安慰着柳文婷。

柳文婷担忧地看了何少卿一眼，然后默默地走出了厨房。

（二十一）

寒风裹着细细的雪花吹刮到红山村的上空，大年三十的晚上，村子里看不到一丝过年的气氛。

宅院的厨房里比平时多燃了几盏煤油灯，煤油灯照亮了厨房里的每一个角落。在这异乡风雪漫天的大年三十晚上，何少卿、陈吉、陶韦和柳文婷一起围坐在一盆炭火前，像一群流浪在外的孤儿一样，互相依偎着喝着酒，吃着仅有的几盘菜肴。

柳文婷吃了点饭后，悄悄地回到了自己的房间，寒风从窗口的缝隙里钻了进来，她坐在昏暗的煤油灯下，感到全身冰冷。在这寒冷的大年三十晚上，她思念着已回到乡下的外婆，不知外婆现在在做什么？记得去年的时候，她是和外婆两个人一起过年的，那时的情景历历在目，画面仍浮现在她的眼前。

大年三十的晚上，外婆把烧好的一碗红烧肉、一碗豆干、一碗青菜、一小盆鱼放在桌子上后，内疚地看着她说："婷，外婆过年只有这点好吃的，你吃了这顿饭后又大一岁了，过了年你要去插队落户了。你一个人在外面外婆照顾不了你，你一定要注意自己的身体，外婆老了，等你走后外婆也要回乡下去你舅舅那里了。"

外婆每个月仅有十几块的退休费，父母死后，外婆带着她一起生活。她们每天只能节俭地过日子，很少有荤腥上桌，看着今天有鱼有肉，再看着外婆的满头白发，满脸皱纹、饱经风霜苍老的脸，她流泪了。

外婆把她搂在了怀里，拍着她抽泣颤抖的肩膀轻轻地叹息了一声："可怜的孩子，以后该怎么办？"

她在外婆的怀里，想着已去世的父亲和母亲，心里一阵阵地悲痛，眼泪像潮水似的涌了出来……

想到这里，她心里一阵悲戚，眼泪顺着脸颊淌了下来；她悄悄地拿出了离开上海时外婆留给她的父母亲的相片，默默地看着，泪水浸湿了她的衣襟……不知过了多久，外面已飘起了鹅毛大雪，寒风一阵紧似一阵，桌上的油灯不停地晃动着。在这肃穆风雪的夜晚，她全身不停地打着寒战，感到今晚特别寒冷和凄凉。

陈吉和陶韦已喝得酩酊大醉，在这凄苦思乡的风雪之夜，他们这对家境贫困的兄弟只能把自己灌得不省人事。

何少卿把他们一一扶进房间后，又在房间里放上了一盆炭火，从房间出来，他忽然想到这么冷的天，他应在柳文婷的房间里也放上一盆炭火。

他又在厨房里弄好一盆炭火，来到柳文婷的房间。

见何少卿端着一盆炭火走进房间，柳文婷忙用手擦了一下脸上的泪水。

"你在哭?"何少卿看见柳文婷脸上的泪水没忍住得问道。

柳文婷抽泣了一下。

他看到了她手中拿着的相片。

"这是你父母亲的相片?"何少卿把一盆炭火放在了她的前面，拿过她手中的照片。

"他们都过世了。"柳文婷轻声地说了一声。

"你在想他们?"

柳文婷默默地点了点头。

"唉!"何少卿看了她父母亲的相片后，轻轻地叹息了一声。

"陈吉他们呢?"柳文婷轻声地问了一声。

"他们喝醉了，都睡了。"何少卿答道。

"你能陪我坐一会儿吗?"柳文婷低着头轻轻地说了一句。

"好。"何少卿点了下头拿了一条房间里的小板凳，在火盆前和柳文婷一起坐了下来。

"你冷吗?"何少卿坐下后,柳文婷轻轻地问了他一声。

"我喝了酒不冷。"何少卿答道。

"我好冷。"柳文婷全身打了一个寒战。

"来,把手伸给我。"何少卿见她冷得打寒战,不由地握住了她的手。

柳文婷的脸一下子红了起来。

柳文婷的手冰冰凉凉,她从何少卿滚烫的手心中感受到了一丝温暖,她不由地靠近了他。

"现在暖和点了吗?"何少卿把她的两只手放在自己的手心中揉了一会儿问道。

"嗯。"柳文婷羞涩地点了点头。

盆中的炭火照在了两个年轻人的脸上,在这风雪茫茫的大年三十晚上,两个孤独的身影相依在一起,在寂寞中取暖。

沉默了一会儿,柳文婷突然轻声地对身旁的何少卿问道:"你为什么不回家过年?"

何少卿放下柳文婷的手看了她一眼,然后低下了头说道:

"政治运动开始后,我家里就受到了冲击,现在我父亲还被关在牛棚里,他的工资都停发了。我母亲现在靠我大哥大姐生活,回上海探亲来回要一笔费用,我不好意思再麻烦我大哥和大姐了。"

"我家里也和你一样,政治运动开始后,我父亲被关进了牛棚,后来有一天,我父亲从被关着的楼上窗口跳下来死了。当天消息传到我家里,我母亲听到后一下子瘫了下来,她有心脏病,那时我害怕极了,我看见她倒在地板上,嘴唇发紫,闭得好紧好紧,脸上一点血色也没有。我就去敲隔壁人家的门,哭着说我妈不行了。隔壁邻居都跑了过来,围在我家门口,但没有一个人走进屋来帮我妈。我哭着求他们想想办法,但围着的邻居都无动于衷,可能他们是害怕和我家有联系,怕以后受到牵连。后来不知是谁打了个电话来了辆救护车,把我妈送进了医院。那时我妈早就不行了，进了医院就断气了。"柳文婷神色黯然，陈述着自己的故事。

"后来呢？"

"后来我父母亲的单位都来了人，他们都戴着红袖章，草草地把我父母亲的后事办了，没什么仪式，也没开追悼会，他们也没让我去火葬场，我一个人在家里哭。第二天，大概是我母亲单位里的人打电话把我外婆叫来了，外婆离我家很远，家里发生的事情她还不知道。她来了之后，她知道了家里发生的事情后她没哭，她一声不响地把我领到了她家里。之后，我跟着外婆一起生活，那时我十三岁。"柳文婷说完后眼圈已经泛红。

听完了柳文婷的遭遇，何少卿看着火盆里燃烧着的木炭，一动也不动，保持着沉默，而他的心里却在默默地流泪。

风雪一阵紧似一阵，时间也在一点点地逝去。沉默中的何少卿忽然感到了一丝寒意。他转过头看着身旁这位孤苦的姑娘，心里有股难以形容的痛楚，他又默默地握住她的手把它放在了自己的手心中，然后轻声地说道："新的一年你有什么愿望？"

"外婆说我是个苦命的人，什么愿望都不能实现。"柳文婷抬起头看着他，眼神中露着一丝的悲伤。

"你外婆在瞎说，你这么温柔贤淑，老天一定会满足你一个好的愿望。"何少卿抚摸着她柔软的手说道。

"谢谢你。"柳文婷感激地看了他一眼，轻轻地说了一声，然后羞涩地低下了头。

"我们许愿吧。"何少卿说。

"许什么愿呢？"柳文婷抬起头来用寻问的眼神看着他。

"你心里想什么，就许什么愿。"何少卿看着她的眼睛，温柔地说道。

"我希望在新的一年里，我们这些人不要遇上灾难。"柳文婷说。

"好，就这样许愿吧。"何少卿用赞许的眼神看着她。

柳文婷从他的手中抽出了双手合在了胸前，然后闭上了眼睛，默默地祈祷了一会儿。

许愿后，两人又相依坐着。

盆里的木炭快烧完了，何少卿又去厨房拿了些木柴过来，盆里的火又开始旺了起来。

"你想睡觉吗?"何少卿重新坐下后，问了一声正看着火盆出神的柳文婷。

柳文婷摇了摇头。

"来，披件衣服。"何少卿站起身来，在张小佳的床上拿起了一件棉大衣披在了她的身上，柳文婷感激地看了他一眼。

"现在暖和多了吧?"何少卿看着窝在棉大衣里有点小鸟依人的柳文婷笑了笑。

"嗯。"柳文婷点了点头。

何少卿又重新坐了下来，他用小木棍拨了拨盆中的木柴，看着微微向上蹿的火焰，坐在柳文婷的身旁沉默了很久。外面的雪越下越大，何少卿感到有些疲倦，他想站起身来舒展一下自己的身体，这时他发现靠在他身上的柳文婷好像睡着了。

为了不惊醒她，他只能轻轻地舒展了一下双腿，柳文婷的身体动了一下，她完全睡在了他的腿上。她睁开了眼睛，蒙眬地看了他一眼，然后又闭上了眼睛。她已经好几天没有安心地熟睡过了，现在这样让她感到特别安全和温暖，在她疲倦地闭上眼睛的一瞬间，她的意识中今晚不是她一个人在这冰冷空荡的房间里。

在火光中，何少卿默默地看着睡在他腿上的这位姑娘，他发现她其实长得非常漂亮，美丽得像神话中的小公主，清秀的脸上泛着一丝红晕，弯弯的柳眉间透着青春少女的魅力，小巧的鼻孔里均匀地发出呼吸声，薄薄的鲜红嘴唇微微地张开着，全身透散着一股淡淡的体香。何少卿看得有点发呆，看着熟睡中的柳文婷，有种冲动在他青春的血液中沸腾起来。他有点情不自禁地想去吻她一下。他俯下了头，嘴唇贴近姑娘清秀的脸庞时，他突然畏缩了，似乎有一个声音在他的耳边响了起来："你在乘人之危吗?"他有点心慌意乱，抬起了头，清醒过来。

正当他为刚才的行为愧疚时，柳文婷的眼睛睁开了，她发现她完全依偎在他的身上时，她的脸变得绯红，她想起身离开，但他的手按住了她。

"睡吧。"他看着她。

她握住了他的手，顺从地闭上了眼睛，一颗泪珠从紧闭的眼睛里滚了出来，泪珠淌在她清秀的脸上，闪着亮光。

已是大年初一了，新的一年开始了，看着依偎在他身边的柳文婷，何少卿的心中有股内疚的感觉。他感到自己的渺小和无能，但又实在无可奈何，在这命运茫茫的征途中他能给她什么呢? 他知道在他的能力范围内，他没有力量在新的一年给这位孤苦的姑娘带来什么幸运……

（二十二）

寒冷的冬天过去了，大地慢慢地披上了绿装。

红山村的春天又呈现出了妖娆姿态，映山红在春风中缀满了山岗。

在宅院过年的陈吉和陶韦已回到了自己的生产队，何少卿和柳文婷两人在新的一年里为了大家回来前不至于面临无菜下饭的困境，两人在开春时就把自留地全部翻了一遍。

柳文婷确实是个细心而又能吃苦的姑娘，自留地在她一双灵巧的手下被整理得干干净净，没有一根杂草。她问队里的老乡讨了很多菜籽，全部种了下去，并在自留地里撒了很多草木灰。

她每天在生产队里完成一天的劳动后，其余的时间完全扑在了自留地里。当自留地里撒下去的菜种发芽长出嫩嫩的绿叶时，她会高兴地拉着何少卿蹲在地上看个半天。

也许自留地是这位可怜的姑娘目前最重要的东西了，因为她现在一无所有，在这唯一的生存之地，她只能比别人付出得更多。她不能与别的女生相比，她必须在这特殊的环境中学会生存。

柳文婷的执着与韧劲令何少卿感到心疼，每天看着她单薄的身体在风雨中不停地劳作，他唯一能做到的就是顺着她的心意，尽量地减轻她的体力消耗来满足她的心愿。

柳文婷对何少卿的关心和爱护是心存感激的，但在这种艰苦的环境中她给不了他什么，因为在她的感觉中何少卿是把她当成妹妹一样地爱护。在他俩没有别人干扰的这段生活里，他对她是十分尊重的，没有越出任何情感的界线。或许他俩现在像兄妹般的默契相处是两人各自家庭身世的同病相怜，或许他俩还很年轻，还没到真正成熟的年龄。

当红山村的桃花、李花、板栗子花开得兴旺的时候，回去探亲的人陆续地回来了，他们像南去避冬的燕子一样，又飞了回来，回到这里的家。

当张小佳、许剑林他们两人风尘仆仆地踏进宅院时，留在宅院的人一阵欢呼。数月分离，现在又再次相聚，大家的心情激动万分，一时间有说不完的话。

回去探亲的人带来了城市和外面世界的种种新闻，而留在宅院里的人诉说着这里的寂寞，然而大家最关心的还是新一年里的社会形势。当听说城市里的政治运动仍在深入发展、城市的年轻人仍在不断地离开城市奔向农村的消息时，大家的心情是沉重的，他们看不到一丝的希望和曙光，留下的只有一阵彷徨和叹息。

四月中旬，周建平、陈莉、李文菲也回来了。

李文菲回来后的第一件事情，就是对大家宣布她要离开这里了，她要把户口迁到在安徽插队落户的她姐姐那里去。

大家对李文菲的离开有点不舍，但对别人的志向大家谁也不能说什么，因为没有一个人能预测大家今后的命运是什么样的。她去安徽姐姐那里同样是落户在农村，但姐妹俩在一起相互有个照应，比她一个人在这里强多了。

一个星期后，李文菲迁了户口走了，宅院里从此再也见不到她小巧玲珑的身影，再也听不到她百灵鸟似的叽叽喳喳的说话声和欢笑声了。

宅院里走了一个人，而且是热闹非凡的李文菲，大家一时感觉到宅院清静了很多。

新一年的生活开始了，这一年已没有了生活费。城市的青年们已和当地的贫下中农一样没有什么区别了，一切都要自力更生。由于去年大家没能挣满口粮的工分钱，他们还欠生产队钱却要分足一年的粮油，生产队对他们感到不满。

山仍旧是这些山，田仍旧是这些田，本来锅里的饭是赵家子孙在分着吃，现在无意中多了几个外乡人也要在他们锅里盛饭吃，从逻辑上讲赵家的子孙每人肯定要少吃几口饭。另外，还有一个重要的原因，赵家子孙的这片土地在人民公社成立以前，都是他们私人的土地，虽然现在吃着大锅饭，但他们仍旧时刻惦记着自己祖宗留给他们的这些家业。现在形势宣传说这些城市青年一辈子要在这里落户扎根，万一以后不再吃大锅饭了，谁愿意把自己祖宗留下来的产业从自己手里分给这些外乡人？

宅院里的人也看到了赵家子孙不满的眼神。

"诗石叔，这些城市青年要在我们这里待多长时间啊？"

"他们这些人在我们这里高兴做事就做，不高兴就不做，现在还要吃队里的粮食，这样我们不是在养他们？"

"他们不来这里，我们这里好安宁，他们来了这里后一直不太平。"

"又要分粮油给他们，又要分自留地给他们，队里一年下来不知道要损失多少。"

"诗石叔，我说当初你就不应该接受他们来这里的。"

"什么知识青年，他们来我们这里有什么屁用。"

"今年叫他们每天出工，如果不出工，就不分给他们粮油。"

第二年，农民自身的利益开始受到了损害，很多人的心里开始不平衡了。

"城市青年来这里我也没办法啊，是上面安排到我们这里来的。"赵诗石只能无奈地对着赵家子孙说道。

"上面安排他们来这里十年八年的，我们也要养他们十年八年?"

"不会吧，他们不会在这里待这么长时间的，他们不过是来受受教育的。"

"但现在他们开始分吃我们这里的粮食了，这不是受教育的事情了。以前也有工作组来我们这里工作很长时间的，但他们始终都是吃自己的，从来没有吃过我们这里的一粒粮食啊。"

"这个……"赵诗石一时语塞，说心里话他也不知道这些城市青年来他们这里究竟是怎么回事，今后上面会怎么安排这些城市青年，他心里一点底也没有。

"又不是我想要来这里，你们不满意可以向上面反映去，和我们较什么劲啊！惹烦了老子，我就在这里坐等着吃。"分口粮的周建平气呼呼地把一担稻谷挑回了宅院，朝地上重重地一放，破口大骂起来。

"这些乡下人说话真难听，说我们赖在这里抢他们的饭吃，还说他们在养我们。我真想把箩筐朝他们的头上砸去。"跟着周建平进门的张小佳也一起骂着。

整个县、公社有城市青年落户的生产队都与贫下中农有了矛盾，矛盾的来源是城市青年开始吃生产队的口粮了，农民的切身利益受到了损害。

随着矛盾的激化，农民们与城市青年暗中较上了劲。那些没有耐心敢说话的农民明目张胆地数落起了城市青年，而那些稍微有些头脑的农民却在暗中排挤、刁难着城市青年。而城市青年也开始了反击，这些反击都是有针对性的，讲城市青年坏话的人，家里的自留地一夜之间遭到了毁灭性的破坏；暗中排挤、刁难城市青年的人，家里养的鸡被整窝端掉，血淋淋的鸡头被扔在了他家的大门口，养的猪也被捅了一两刀……农民们破口大骂："比国民党、土匪还可恶。"

矛盾终于公开化，公社吴家大队的城市青年与贫下中农发生了流血事件。公社城市青年自动集中起来包围了吴家生产队，扬言要烧毁整个村庄，事情轰动了整个县，县委、县公安局都出面了，结果与城市青年斗殴的农民都遭到了县公安局的逮捕，罪名是严重破坏革命政治路线，破坏城市青年"上山下乡"。

县委书记召开紧急会议，向各级领导重申城市青年来农村的重要性，并反复强调如果对城市青年进行、排挤、打击报复、虐待的将一律严惩。

农民们震惊了，宗族势力在强硬的政治面前退缩了。

"城市青年原来是碰不得的，否则要吃官司。"

"他们高兴怎么样，就怎么样，反正把他们当五保户养起来就是了。"

"要忍耐些，他们早晚会走的。"

农民们在暗中互相告诫着。

"谁愿意来你们这里，又不是我们想要来的，什么一辈子扎根农村，简直是放屁。"

"来这里每天都要日晒雨淋，家里还要赔钱。如果上面叫老子今天离开，老子绝不会等到明天。"

城市青年的怨气比贫下中农的怨气更大，他们所忍受的生活艰难和生存的压力，贫下中农是万万想不到的。

（二十三）

第二年没有了生活费，宅院里的生活变得越来越艰难，日常生活中的一些开销变得非常紧张。家里经济条件好一点的每月还能寄一点来，家里条件困难的只能勒紧裤带过日子。好在宅院是一个整体，大家有福同享有难同当。

宅院吃菜已不像刚下来时那样困难了，柳文婷和何少卿在开春时种上的蔬菜现在有了收获，这份功劳应该完全归于柳文婷。因为是她一直在关心着这片自留地，现在大家都已回来了，大家应该一起去管理自留地，但她仍旧一个人在空余的时间每天在这块自留地上浇水、施肥、栽种那些季节性的蔬菜。大家对她的这种专心和辛苦非常称赞，而她只是羞涩地笑笑，从来不抱怨别人为什么不去自留地，而她为什么总在这块自留地上忙碌着。

天已热了起来，长势苗壮的水稻田里有了田鸡、田螺这些肉类美食。为了改善大家的伙食，许剑林、何少卿、周建平他们三人每天在完工休息的时候，都会到水稻田里捡这些东西，有时还能打到一两条蛇。水稻田里的蛇很多，这些都是美味佳肴。在很少吃到肉食的情况下，这些东西及时补充了他们的营养。

这天中午他们三人又在水稻田里捡田螺。

生产队副队长赵礼山的兄弟生产队民兵排长赵礼国看见他们每天在水稻田里捡田螺，就好奇地问道："你们怎么每天捡这些东西？"

"烧了吃啊。"周建平答道。

"这东西这么脏，我们这里的人从来都不吃的。"赵礼国说。

"我们城市里的人吃这些东西啊。"何少卿说。

"你们城市里的人也真是，这么脏的东西还吃？"赵礼国皱起了眉头，不解地摇了摇头。

"这东西有什么脏的？把外面的壳敲碎，把里面的肉拿出来洗干净烧了当菜吃，可好吃了。"周建平解释道。

"你们没有菜吃，不如到河里面捉点鱼来吃啊。"赵礼国说。

"捉鱼吃？"

"对啊，我们这条辽河里面鱼可多呢，吃鱼总比你们吃这些东西要干净多了。"赵礼国指着他们三人放在篮子里的田螺说道。

"可是我们没有捕鱼的网，怎么去抓鱼啊？"周建平看着赵礼国说。

"要什么网啊，用炸药炸呗。"赵礼国说。

"用炸药炸鱼，我们哪里有炸药啊？"何少卿在边上插话道。

"你们会游泳吗?"赵礼国看着他们问道。

"会啊。"何少卿答。

"看你们没有什么菜吃,我去搞筒炸药来,和你们一起去炸点鱼来给你们吃。"赵礼国拍了拍胸口说道。

"真的?"听赵礼国说和他们一起去炸鱼,他们三人马上从水稻田里爬上来围住了他。

"够朋友吧?"赵礼国见他们三人围住了他,又拍了一下胸口,然后竖着大拇指看着他们说道。

"够朋友!"周建平拍了一下赵礼国的肩膀,笑着在他面前竖起了大拇指。

"好,你们现在就在这里等我,我回去拿炸药。"赵礼国说完后向村里方向走去。

去河里面炸鱼,许剑林他们三人还是第一次听说,这鱼怎么个炸法,炸药是什么样的,究竟是怎么回事情他们心里一点底也没有。赵礼国走后,他们三个人坐在田埂上互相猜测着。

不一会儿,赵礼国来了,他手里拿着一只网兜,网兜里放着一包东西和一只酒瓶子。

"走,我们现在就去河边。"他走到三个人面前说道。

大家从田埂上站了起来,跟着他来到辽河边上。

辽河是赣江的一条支流,它是沿着纵横的山脉弯曲绕行,河的两岸山影苍翠,千树万竹直立岸边,河流从上而下,有的地方水流平静如镜,有的地方水流波涛汹涌、浪花飞溅,滩多流急,流水惊涛裂岸,空谷回声,沿河两岸有着星星点点的自然村落。

四人沿着河岸绕过一座村落来到一僻静处。

赵礼国停了下来,他对大家说道:"这里离村子远,炸药的声音他们听不到了。"

说罢赵礼国蹲了下来,把网兜里的一包东西和酒瓶拿了出来,他打开了纸包。

"这是木屑?"三人第一次看见炸药,周建平好奇地说了一声。

"什么木屑,这是炸药。"赵礼国看了他一眼。

"炸药是这样的?"一直没开口说话的许剑林问道。

"那你说炸药是什么样的?"赵礼国看着许剑林。

"我想炸药应该是黑色的一块。"许剑林想了想说道。

"炸药有好几种,有的炸药像糯米团子一样好软好软,你见过吗?"赵礼国看着他问道。

"没见过,你这炸药我也是第一次见。"许剑林说。

"好了,你们赶快捡一些小石块来放在这瓶子里面。"赵礼国把瓶子递给了许剑林。

大家开始在河边捡小石子,不一会儿就把酒瓶装满了。

"不要这么多的石子。"赵礼国拿过装满石子的瓶子倒掉了瓶中的一半石子,然后把木屑一点点装进了瓶子,最后他从衣服的口袋里拿出了一个小"鞭炮"来。

"用鞭炮干什么?"周建平问。

"这哪是鞭炮,这是雷管,你们上海人一点儿都不懂。"赵礼国笑着看了周建平一眼。

大家看着赵礼国又从另外一只口袋里拿出了一节导火线,他把导火线的一头塞在了雷管屁股后面的空当里,再把插好了导火线的雷管塞进瓶子的炸药中间,露出半截导火线,用肥皂把瓶口封了起来,做完这些事情后他站了起来。

看着赵礼国手里拿着的炸药瓶子,三个人紧张得都退到了一边。

"你们怕什么,现在又不会爆炸。"赵礼国看见他们三人紧张地退到了一边,把手里的瓶子晃了晃笑着说道。

"我们没玩过这东西,总觉得有点吓人。"周建平说。

"不要怕,现在咱们沿着河边上走,看看哪里有鱼群?"赵礼国说着朝河的上游走去,大家就跟在了他后面。

中午的阳光直射在清澈的河面上,到处都可以看到河里在阳光下闪着银光的鱼儿。

"快来看，这里有一大群的鱼。"赵礼国站在河岸边一块凸出的岩石上叫着大家。

大家站在岩石上朝河下面一看，果然看见清澈的河水底下一堆岩石的周围，数百条的鱼闪着银光在那里翻滚嬉闹。

"就在这里炸它一炮。"赵礼国清瘦的脸上露出了一丝笑容，他从口袋里摸出了香烟，抽出一支点燃后吸了几口，然后用香烟的火点燃了手中的炸药瓶。

导火线发出了呲呲的燃烧声。

赵礼国把炸药瓶朝河里面的鱼群扔了过去，鱼群受到了惊动，一下子散开了。瓶子沉到了河底，河面上出现了一连串的气泡，受惊的鱼群看见气泡又游了过来。

轰隆一声闷响，河水蹿出水面一丈多高，河底的沙子、卵石都翻出了水面，方圆几里的河面一下子变得浑浊不清。不一会儿，好多的鱼肚子朝天躺在了水面上。

"快下去捞。"赵礼国朝大家挥着手。

看着河面上漂浮着那么多震死的鱼，三人脱掉衣服穿着短裤跳进了水中。

一条，两条，三条……三人游在水里把浮在水面上的鱼，一条一条地朝河岸上扔。

浑浊的河水一点点变得清澈起来，河底下面一片的银白，河底岩石的四周都是翻肚的鱼。

三人一次次地潜入河底把鱼一条一条地捞上来抛向河岸。赵礼国在岸上连忙把抛上来的鱼堆在一起。

直到河底看不到死鱼了，三人才从河里爬上了岸。

"哇，这么多的鱼。"看到河岸上一大堆的鱼，三人如同做梦一样，简直不敢相信这是他们今天的收获。

"来，我们把鱼分成两堆。"赵礼国喜滋滋地看着三人。大家七手八脚忙活了一阵，分好了鱼。

赵礼国把他那一份鱼用网兜装得满满的，但鱼还没装完，他脱下了长裤子，把两个裤脚扎紧，然后把鱼塞进了裤脚里面。

何少卿他们三人也学着把鱼塞进了扎紧的裤脚里面。每人背了一大包的鱼兴冲冲地回到了宅院。

"你们在干什么？"当宅院里的女生们看到他们三个人光着身体，穿着湿淋淋的短裤，每人身上背着一大包的东西走进宅院时，吃惊地问道。

"都是鱼。"三人放下了背在身上塞满了鱼的裤子。

几十斤的鱼从裤子里倒了出来堆在大厅。

"你们从哪里弄来这么多的鱼啊？"张小佳惊讶地问道。

"我们和赵礼国去了辽河用炸药炸的。"周建平说道。

"一下子炸了这么多的鱼？"陈莉在边上惊呼。

"是啊。"许剑林答道。

"用炸药不危险啊？"张小佳看着他们三人说。

"一点也不危险，还挺好玩的。"何少卿答道。

下午宅院里忙开了，女生们忙着洗鱼，他们男生则在厨房里忙着烧鱼，有清蒸鱼、红烧鱼、香葱鲜鱼汤等。

鱼烧好了，大家围坐在一起，好久好久没有闻到过鱼的香味了，顿时一阵狼吞虎咽……

几十斤的鱼一时也吃不完，女生们有的把鱼腌起来，有的把鱼放在锅里面烘干，热闹得像过节一样。

晚上赵礼国破例来到了宅院。为了表示对他的感谢，许剑林慷慨地送给他一双从上海带来的海绵拖鞋。

那时海绵拖鞋在乡下农村是件很吃香的商品，这里的乡下姑娘在结婚时，如果男方送给女方一双海绵拖鞋的话，那真是一件很上档次的事情了。

赵礼国做梦也没想到许剑林会送给他一双海绵拖鞋，他眉开眼笑，把这双拖鞋拿在手里翻来覆去地看个不停，他说他早就想要一双这样的拖鞋了。为了感谢大家送给他的礼物，他对大家说过几天再与大家一起去炸鱼。

（二十四）

时间过得飞快，转眼又到了农忙"双抢"的季节了，在热闹的端午节过后，农村人开始做农忙前的准备工作了，年年都是这样，整理好了自己家的菜园子，砍好了足够的柴火。

宅院里的人同样在这期间做着这些准备工作，现在自留地已不是柳文婷一个人去整理了，张小佳和陈莉也一直在帮忙，这段时间三个女生在太阳底下忙着整理菜园子都被晒黑了。

他们三个男生已砍好了够用几天的柴火，许剑林说还不够，还要去山上砍一天的柴火，第二天清早三人拿着砍刀挑着木挑子上山了。

三个人在山上闷头砍下了几棵干枯的树木后，把这些树木拖在了路上，然后再把这些干枯的树木砍断后放进了木挑子里。

木挑子装满了，地上的柴火没有了，许剑林左右看了一下，见前面的山坡下还躺着一根大的枯木，他走了过去。

走到那棵躺着的枯木前，他朝手心吐了口唾液，然后举起刀朝那枯木拦腰砍去，咚的一声，刀正好砍在了枯木的结疤上，刀弹了回来，这时只听许剑林哎呀叫了一声。

"怎么了？"何少卿和周建平吓了一跳，两人连忙走了过去。

许剑林扔掉了手中的刀，双手捂住了左腿的膝盖处，坐了下来。

"怎么回事啊？"两人走到许剑林的面前问道。

"刀弹在了腿上。"许剑林抬头看着他们，紧皱着眉头痛苦地说道。

"让我看看。"何少卿蹲了下来，他拿开了许剑林捂着膝盖的手，只见膝盖上有条裂口，裂口中露着白白的骨头，这时血从裂口中扑扑地冒了出来。

"哎呀!"何少卿一时感到毛骨悚然,吓得全身鸡皮疙瘩都起来了。

这时许剑林脸色煞白,头上冒着冷汗,他咬着牙齿说道:"你俩快扶我回去。"

"好。"何少卿这时有点慌乱,他连忙拿下了挂在脖子上的毛巾,紧紧地扎住了许剑林膝盖上的伤口,然后与在边上不知所措的周建平连扶带背地急忙下了山。

"出什么事了?"这时宅院里的女生们刚从自留地里回来,见何少卿和周建平两人背扶着许剑林进来吃惊地问道。

"他的腿被刀砍了一下。"周建平背着许剑林气喘吁吁地说道。

"什么被刀砍了一下?"张小佳惊得愣住了。

"快,拿红药水来。"何少卿对她说道。

"红药水有什么用!柳文婷,你快去房间里把我的药箱拿过来。"张小佳这时反应了过来,她马上帮忙一起扶着许剑林。

三人把许剑林扶进北厢房放在了他的床上,陈莉也焦急地跟了进来。

柳文婷从房间里拿了药箱,急匆匆地走进了北厢房。张小佳接过药箱,打开药箱拿出了一瓶云南白药,用力拧开盖头倒出了一粒红色珠子,把珠子塞进许剑林的嘴里。

"把珠子吞下去。"她对他说。

何少卿解开了许剑林膝盖上已经被血浸湿的毛巾。张小佳把瓶里的药粉全部倒在了他的伤口上。

柳文婷走出房间到厨房打了一脸盆的温水又走了进来,她把脸盆放在许剑林的床边,然后拿了一条干净的毛巾弄湿后,轻轻地擦洗着许剑林腿上的血迹。

擦干净腿上的血迹后,张小佳又从药箱里拿出了一卷纱布小心地把许剑林腿上的伤口包扎了起来。

"出了这么多的血怎么办?"张小佳包扎好伤口后,看着大家痛心地说道。

"去买些鸡蛋来给他补一补。"柳文婷小声地对张小佳说。

"我去买。"在边上的陈莉听到柳文婷对张小佳说的话转身走出了房间。

许剑林痛得忍不住呻吟了一声，大家围着他不知如何是好。

下午，许剑林发起了高烧，他不断地呻吟着。

"怎么办？"看着他迷迷糊糊的样子，张小佳焦急地看着大家。

"这里又没有医院，只有去大队叫赤脚医生过来。"何少卿也很焦急。

"我现在去叫。"柳文婷说。

一个小时后，柳文婷带着大队赤脚医生来到了宅院。

赤脚医生解开许剑林伤口上的纱布，伤口已红肿了起来，他拿出了消毒药水，把伤口消毒了一遍，然后再倒上了药粉，最后又打了一针消炎针。

"我这里只有止痛片和消炎片。"赤脚医生做完一切后，从药箱里拿了些药片放在桌子上。

赤脚医生走后，大家围在许剑林的床前，张小佳和柳文婷坐在他的床沿上，听着他迷迷糊糊痛苦的呻吟声，眼泪都流了出来。

整个晚上大家都没有睡觉，大家在房间里熬夜，焦急地守在他的身边。

第二天，许剑林的高烧仍旧没有退下去，给他喂好了药片以后大家困得眼睛睁不开了。

"你们都去睡觉吧，我来照顾他。"张小佳看着大家熬红的眼睛说。

"你也困了，还是你去睡吧，这里我和周建平两个人陪着。"何少卿说。

"你们都去睡，还是我来照顾他吧。"柳文婷在边上说道。

"不，你们都去吧，还是我来。"张小佳坐在许剑林的床沿上执着地说道。

大家拗不过她，只好让她一个人守在了许剑林的身旁。

整整三天三夜，张小佳只睡了几个小时，其余的时间她一直守在许剑林的身边，喂他吃药、喝水，给他轻轻地按摩伤口。

第四天许剑林的烧终于退了下去，几天的高烧使他的身体变得很虚弱，他睁开眼睛无力地看着神情疲惫的大家，眼神里透着歉意。

"你终于醒了，快来吃点东西。"张小佳拿起早晨柳文婷为他准备好的一碗蛋汤，用勺子慢慢地喂他。

许剑林苍白的脸上泛起了一丝红晕，他感激地看着张小佳，吞咽着她喂给他的蛋汤。

一个星期后，许剑林膝盖上伤口的红肿在逐渐消退，伤口在向好的方向发展。看到他逐渐好起来，大家终于松了口气。

残酷的"双抢"农忙又开始了，宅院里的人没有任何理由推掉这繁重的体力劳动，除了许剑林有伤不能外出以外，其余的人全部下了农田。在暴热的太阳底下，他们收割着成熟的稻谷和栽种着新的秧苗，这成天弯着腰的农活简直像在地狱里一样，但他们必须咬着牙坚持下去，因为现在不能像第一年那样。第一年刚下来每个月是有生活费的，而且第一年他们根本就不熟悉农田的工作，经过了一年左右的农村生活和劳动，他们基本熟悉了农活。另外，他们也清楚他们已正式踏上了社会，现在这就是他们求生的工作，这工作就像他们不来农村在城市里分配进工厂一样，也是要干活的。在城市工厂干活和在农村农田干活的区别就在于一个是在室内工作，一个在室外工作。在室外工作就要经受风雨的洗礼和太阳长时间的照射，这就是城市年轻人最害怕的地方，因为城市青年对自己的身体、肌肤、容貌有着一种特别的敏感性，所以第一年刚下来时，他们是绝不心甘情愿地在农田里干活的。

第二年没有了生活费的保障，而且从现状来看国家等于安排了他们的工作，他们现在的工作就是在农村与农民一起种田求生存、如果你不愿意做这个工作，你可以回城市由父母养活你一辈子，但城市里不会安排你任何工作，因为你的户口已经在农村了，你的一切生活保障都在农村。如果你害怕在农村风吹日晒中工作你也可以不做，但你的一切生活费用和收入都会为零，生产队到了来年是不会给你发工资的。

踏上了社会，都是成人了，也都是血气方刚的年轻人，必须脱离父母自力更生、养活自己，这工作就是在地狱里你也得忍受。另外，还有一个原因，年轻人的本性都希望表现自己的存在和自己的强大，在同性和异性之间表现自己有能耐、自己能吃苦耐劳的精神面貌、自己能适应环境的生存能力。本能告诉他们没有一个人喜欢一个无能的人、庸俗的人。在城市学校时那种什么抛头颅、洒热血、一辈子扎根农村干革命也是年轻人为了在别人面前表现自己，证明自己的存在，让别人注意、欣赏自己。而现在是实实在在干活而不是喊口号的时候了，是真刀真枪地表现自己能力的时候了，是真实地踏上社会生活的开始，所以在这次农忙中，宅院里的人也没太多的怨言了，只是每天跟着贫下中农在田里忙活。

现在最忙的是张小佳了，自己在农田里累得腰都快直不起来了，但她还担心着许剑林的伤口，她担心这么热的天他的伤口是不是还会发炎，担心他营养不够而伤口长时间不愈合。其实宅院里每一个人都关心着许剑林的病情，但她显得特别关心。

在田间休息的时候，张小佳说她早晨出来时忘记帮许剑林的伤口换纱布了，她现在要回去帮他去换纱布。

张小佳走后，陈莉偷偷地对坐在身边的周建平说："张小佳看上许剑林了。"

"张小佳看上许剑林也是正常的，许剑林人这么好，是姑娘都会看上他，难道你没看上他？"周建平率直地反问了陈莉一句。

"我……没这个福气。"陈莉怔了怔，尴尬地笑了笑。

"说实话，张小佳的心思我和何少卿早已看出来了，去上海探亲回来时，他俩也是一起回来的。本来许剑林应该是我们两个男的来照顾的，我们见张小佳这么热情，我也就不好再插手了，成人之美嘛。"周建平说道。

"那他们俩现在在谈恋爱？"陈莉问。

"这个我不清楚，我也没听许剑林说过，要不你自己去问？"周建平说。

"这个我怎么好意思去问？"陈莉不好意思地看了周建平一眼。

"你不去问，我也不知道了，反正他俩谈恋爱也是好事情，我作为朋友也高兴。"周建平义气地说道。

"你说何少卿和柳文婷会谈恋爱吗？"陈莉又轻声问周建平。

"这个我说不上来，看他俩是蛮好的。我们去上海的这段时间他俩一直单独住在一起，但我们回来到现在也没看见他们有什么特别的表现，要不还是你去问问吧。"周建平看着陈莉说。

"讨厌，你怎么总是叫我去问啊？"陈莉笑着用手打了下周建平。

"这个事情是你在问我啊，又不是我在问你，当然应该你去问啊。"周建平说。

"不过我这次回来后发现柳文婷和以前有点不一样了，以前她话不多，总是闷闷不乐的，现在好像比以前活跃了很多。"陈莉带着女人的直觉说道。

"以前大家不熟悉，本来她的话就不多，现在大家都熟悉了，比以前活跃是很正常的。"周建平反驳陈莉的话说道。

"你这个人就是不讨人喜欢，我和你说正经的事情，你总是不和我想在一起，没法和你说了。"陈莉白了周建平一眼说道。

"这是什么正经事啊，大家在一起互相关心就是谈恋爱了？你也想得太多了。"周建平满不在乎地说道。

二十岁相同年纪的男女青年在一起，对于恋爱的感觉是不一样的。或许女生成熟得早，而男青年都还是毛头小伙子，虽然他们对异性有着一种追求，但他们对爱还是有点懵懂的，所以周建平和陈莉对恋爱的话题是聊不到一起的。

（二十五）

张小佳确实看上了宅院里的许剑林，她这段时间对他的关心、照顾已超越了朋友之间正常的范围，虽然农忙季节又苦又累，别人一天下来，连话都不愿说，但每天却能看到她充满青春活力的脸。她恋爱了，或许在她如此精心照料许剑林的这段时间，许剑林因感激她而说了很多体贴的话使她情窦初开、春心怒放，即使他俩没有恋爱，但她还是暗恋着他。

张小佳出生在一个环境不错的家庭，父亲是一个厂的厂长，母亲是厂里的科室人员，她是独生女。父母对这颗掌上明珠百般宠爱，父母的宠爱使她从小养成了争强好胜的性格，虽然表面看上去她长得很文气，白净娇嫩的脸蛋，苗条匀称的身材，但是她骨子里性格和男孩一样，有时大大咧咧的，一点儿也不拘小节。在学校读书时，她也是班级里那些小男生追求的对象，那些小男生荒诞的情书、纸条她也收了不少。政治运动开始时，她也参加了红卫兵组织，"献忠心""迎宝书""跳忠字舞"她也都参加了。一直到毕业分配，本来她要去黑龙江的农场，是班级里几个男生邀她去的，后来不知什么原因，可能是父母对她说黑龙江太远了，又很冷，所以她就不声不响报名来了江西这地方。

青春期的女生对异性是敏感的，当她和柳文婷第一次看见和她们是同一个生产队落户的许剑林、何少卿、周建平这几个男生时，她眼睛突然一亮，除了周建平在她眼里有点粗以外，另外两个男孩长得眉清目秀，十分讨人喜欢，想到今后将与这几个男孩一起相处，共同生活在一起，她的心中就一阵窃喜。在离开他们到达目的地公社去生产队的路上，她一直显得很活跃，为的就是引起眼前这几个男孩对她的注意，可是那几个男孩对她好像一点都没在意，然而使她心中最不平衡的事情是，和她一起的柳文婷在去生产队的路上经过辽河边那条很窄的山路时，何少卿竟拉着她的手走在一起，这使她心中产生了一丝醋意，事后她曾幻想过当时的情景如果发生在她身上该多好。

生活中的几个男孩和她们几个女孩根本没发生过任何感情纠葛，他们始终在为生活奔波忙碌着。

在艰苦而浪漫的一年插队落户生活里，他们整个宅院里的人都有了一定的感情基础，但这种感情似乎和自己的家人一样，只是关心、帮助、同舟共济。他们男孩子们还打架，像江湖中人一样，把她们几个女孩当家里的妹妹一样，什么事情都是公开、坦率的，没有一点秘密存在。

第二年的生活开始了，她特意在上海联系了许剑林一起回来，主要就是想和这个男孩单独在一起，有更多互相了解接触的机会，同时也可以让别人产生一种想象，流淌着青春血液的男女青年能一起出门，一起旅行，那意味着什么？

许剑林意外的受伤使她有了更加贴身的机会。张小佳的细心照料，使他对她有了一种感激不尽的歉意。大热天她帮他清洗伤口，帮他换洗衣服，给他做有营养的菜，这些有营养的菜都是她自己掏钱买的，而她所做的一切，许剑林从来也没拒绝过。她看到了在他的眼中，不仅有感激，而且有喜欢。

初恋的美妙使她兴奋无比，眼前的世界变得多姿多彩，爱情使她产生了浪漫的幻想。她幻想着在今后的岁月里她和他在这风光秀丽的山川中，过着男耕女织的世外田园般的生活；她又幻想着有一天他们回到了繁华的大城市里，他俩在同一个单位工作，一起上班，一起下班，回到他们自己建筑的爱巢里面，过着甜蜜温馨的生活。

恋爱中的张小佳把她的幻想告诉了柳文婷。

"你真是这样想的？"柳文婷小声问她。

"只要他爱我，我一辈子在这里都愿意。"张小佳毫不犹豫地说道。

"小佳，你真的愿意一辈子在这里吗？"柳文婷问。

"只要他留在这里，我保证也留在这里。"张小佳说。

"我们现在这里的生活这么苦，你怎么知道他会为了你愿意一辈子留在这里，万一有一天他走了呢？"柳文婷显得很冷静。

"他不会走的，在这里我觉得非常浪漫。"张小佳天真地说道。

"他和你说过？"柳文婷问。

"没说过，但我在这里他是不会走的。"张小佳很自信地说。

"小佳，我真羡慕你。"柳文婷对张小佳的这种敢爱的行为只能表示羡慕。

"柳文婷，其实我觉得我们在这里也蛮好的，你也可以和你喜欢的人在一起，这样我们两个人就都有伴了。"张小佳说。

"我可没有喜欢的人。"柳文婷说。

"怎么，何少卿不喜欢你？你们俩一起单独生活了几个月，他对你没产生一点感情？"张小佳笑着问。

"小佳，你不要瞎猜，我们都还小，我们不谈这个。"柳文婷脸一下子红了起来。

"都这么大的人了还小？柳文婷，你们俩一定有什么事情瞒着我，你不肯说是吗？"张小佳说。

"没有，没有。"柳文婷的脸更红了。

"你俩真的没事情？你发誓！"张小佳逼问柳文婷。

"我发誓。"

许剑林的伤口在一点一点地好起来，这段时间张小佳对他的照顾使他心里对她产生了一种感情，是歉意，还是感激，他也讲不清楚，但张小佳的身影每天盘踞在他的脑海中，她甜蜜的笑容、她对他照顾时那种温馨的感觉、她对他那妩媚的眼神令他难忘。在举目无亲的异乡，只有相同命运却以前从不相识的她，在他身体受到创伤时，不顾自己的劳累这样细心地照料他、关心他，他能不对她产生一种好感、一种幻想吗？

许剑林是个很稳重的人，他平时做事情很小心谨慎，内心也很坚强，有困难他情愿自己忍着也不愿去麻烦别人。在这个集体户，有时大伙懒惰不愿去做的事情，他会一声不吭地去做，他是这个家庭的组长，他处处维护着这个家庭的利益，在这利益中他从没想过图他人的回报。就因为有他的存在，所以他们这个集体户能一直维持到现在，不然的话早就四分五裂了。公社很多城市青年的集体户下来没多长时间，因人员在一起互相之间不肯吃亏而把大锅饭分成了小锅，各人吃各人的饭，所以外面的人是很羡慕他们这个集体户的。

然而不幸的事情偏偏发生在他的身上，意外的受伤使这个家庭的成员为他忙乱了好一阵子，尤其是张小佳在炎热的农忙"双抢"季节里，不顾自己的疲劳每天趁着休息的时间来回照顾他，这使他实在过意不去。姑娘的这种热情和对他的感情，让他曾有过一瞬间的想法，但在这漂无定居、不知前程的插队落户生涯中，他不知道用什么方法来回报这位姑娘。他记住了她的情，他一定会回报她。同时，他也牢记宅院里所有关心他的人。

半个月后，许剑林膝盖上的创口开始愈合了，这是个很大的创口，在这缺医少药、营养贫乏的穷山沟里愈合得这么快，也算是个奇迹了。

现在他每天等大家去田里干活的时候，拖着这条伤口基本愈合的腿在宅院里一拐一拐地练习走路，有时会在厨房间里帮大家烧饭，做着他力所能及的事情。

（二十六）

谁都没想到活生生的陈吉会突然死了，大家除了震惊，还是震惊。

"双抢"农忙后，许剑林的腿已基本好了，已很长时间没去公社镇上了。昨天晚上下了一场很大的雨，早晨起来阳光和煦，许剑林说去公社买点日用品回来。周建平没有去，其他的人全部一早去了公社。

周建平一个人在家里，陈吉与陶韦来到了宅院。

他们已很长时间没来宅院了，今天一早来了宅院，周建平猜想他们肯定有什么事情。

果然陈吉一见周建平的面就气冲冲地对他说，昨天下午他们去田里干活时，他们的房间被别人撬窃了，被偷走了好多东西。

"是谁这么大的胆子，会不会又是陈韦国他们那些人？"周建平问。

"陈韦国去年回了上海，今年他压根儿没有回来。"陈吉说。

"那会是谁干的？"周建平问。

"可能是林源大队张银宝他们那伙人干的。前段时期听别人说他们这些人很不干净，而且听林萍说田间休息时她回来喝水，看见那伙人从他们生产队经过。"陈吉说。

"那我们现在去林源找他们。"周建平撸了一下袖口说道。

"我也这样想，找到他们问个清楚。"陈吉眼中冒着火。

"我们现在去周家叫上吴坚和潘国军他们。"周建平说。

"何少卿他们人呢？"陈吉见宅院里只有周建平一个人问道。

"他们刚走，全部去公社了。"周建平说。

三人离开宅院来到了周家队。

吴坚和潘国军刚吃好早饭，听说去找张银宝，两人一口答应。

"你昨天发现你们房间被人撬了，应该马上来找我们，我们就连夜去找他们。"吴坚看着陈吉责备地说道。

"昨天我们收工回来才发现的，而且收工后晚上下了那么大的雨。"陈吉辩解道。

"噢，对，昨天晚上的雨是下得很大。"吴坚突然反应过来，拍了一下自己的额头。

"现在去找他们也不晚。"周建平看着吴坚说。

"好，现在就走。"吴坚挥了挥手说。

五个人带了点准备打架的工具离开了周家生产队。去林源队的路上要经过辽河，他们几人来到了河的渡口。

昨晚下了一场大雨，河里的水比平时涨高了很多，河面的水也浑浊不清，摆渡船在河的对面。

他们放开喉咙大声吆喝了一阵，也不见撑船的人出来，河对面连一个人影也没有。

"撑船的人去哪里了?"陈吉忍不住骂了一声。

五个人在河岸边等了十来分钟,仍不见对岸撑船人的踪影。

"撑船的人死了,我游过去把船撑过来。"陈吉不耐烦地说道。

"不行,河里的水这么大,昨天下过雨河中间有激流。"吴坚阻止欲脱衣服的陈吉。

"那我们怎么过去?"陈吉眼睛快冒火了。

"再等一会儿。"吴坚说。

又等了半个小时,河对面仍旧没有一个人影。

"妈的,今天撑船的人真的死掉了。"陈吉忍不住又骂了起来。

"过不去怎么办?"在边上的潘国军问周建平。

看着河中间的激流周建平皱了皱眉头说:"反正张银宝这些人是跑不掉的,今天过不去我们明天再来。"

"不行,今天我非要去寻他们那些人,我游过去。"陈吉见大家有些犹豫拍着胸口大声说道。

"不行,游过去太危险了。"潘国军见陈吉脱衣服忙上前阻止他。

"你放心,我能游过去。"陈吉一下子推开了潘国军,三两下脱掉了衣裤,穿着短裤纵身朝河里跳了下去。

"陈吉,危险!快上来。"河岸上的人着急地叫了起来。

秋天的河水再加上昨晚的一场雨,水非常凉,陈吉在水中打了个寒战,他回头看了一眼河岸上叫喊他的人,犹豫了一下,但他还是朝河中间游了过去。

河中间有激流,河水更加冰凉,陈吉感到有点不对劲,他想往回退,可是他整个身体在激流中失去了平衡,他拼命地蹬着双腿,挥动着双臂想朝岸边游去,可是激流推着他飞快地向下游冲去。河水呛进了他的鼻孔,他慌乱了,眼前一片混沌,腿忽然开始抽筋了,他舞动双手挣扎着,河水淹没了他头顶。他已完全失去了控制,整个身体在向下沉去,脑子变得一片空白,耳边只听见隆隆的水流巨响声,胸腔里沉闷得快要爆炸，眼前一黑他失去了知觉。

"陈吉！陈吉！"站在河岸上的人看见他被河中间的激流一下子冲到了很远的地方，随后沉了下去，都惊慌了起来。

"陈吉！陈吉！"大家沿着河岸奔到了陈吉刚才沉没的地方，焦急拼命地叫喊着。

可是回答他们的是河水哗哗的激流声。

"怎么办？"潘国军焦急地看着已经呆住的其他三人。

这时大家都乱了方寸。

"我们沿着河岸一路下去。"吴坚惊慌地看了一眼周建平。

四人沿着河岸一路叫喊着陈吉的名字，一路上眼睛紧盯河面，一个小时，两个小时，他们始终没在河里看到陈吉的踪影……他们来回地在河岸上奔跑、寻找，一直到天黑，看着茫茫的水流他们泄气了。

陈吉的尸体是第二天中午在离出事地点十几公里外的浅滩上被人发现的。整个尸体被河水浸泡得又涨又鼓，双臂弯曲着，两眼瞪得大大的，鼻孔里、嘴巴里全流着泥水……

当大家知道这个消息奔到那里时，那里已围满了人群。

事情轰动了整个县城，县公安局、县领导、"上山下乡"办公室的干部全部到了现场。

县办公室组织调查组对城市青年陈吉的死亡情况进行了调查，青年点遭到了撬窃，而陈吉是为了寻找撬窃的人搭上了一条性命，跟这件事情有牵连的人全部被叫去进行了调查，但一点结果也没有。林源队的张银宝他们承认那天确实经过了余家生产队，但他们根本没有去过陈吉的住处，他们是去公社买东西回来路过余家生产队。调查组对张银宝他们的知青点进行了搜查，但什么证据也没有。是谁撬窃了余家队的知青点变成了一个谜，而陈吉却白白地搭上了一条性命。

陈吉的母亲从城里赶到了余家生产队。她是一个五十来岁的女人，穿得很朴素，裤子上的膝盖处还打着补丁，每天靠着在菜场卖葱姜养活着一家人，陈吉是她的小儿子。

余家生产队做了一副白皮棺材，把陈吉的尸体放进棺材后，抬到生产队后面的山岗上葬了。

看到陈吉的母亲在墓地上哭得死去活来，一起来送葬的人都悲伤不已。陈吉就这样走了，走过了十九年的人生，在他最青春活跃的年龄却意外地死了，如今他只能被埋葬在这异乡偏僻的山岗上。今天来了这么多人为他送葬，以后还有谁会来祭拜他呢？

葬礼结束，下山岗时何少卿回头最后望了一眼山岗上新堆起的坟墓，对走在身旁的许剑林伤感地说道："以后谁会来这里看他呢？"

"太可惜了，一点儿都不值。"许剑林沉闷地说道。

何少卿与陈吉的感情比其他的朋友要好，出事的那天晚上，当周建平他们几个人忐忑不安地回到宅院和他们讲陈吉在河里失踪的事情时，他心里隐隐感到事情不妙，他不断地责备着周建平、吴坚他们，应该阻止他下河。整个晚上大家是在不安中度过的，第二天陈吉的死讯传来后，大家急急忙忙地赶到出事的地点，看到经常在一起的朋友那令人恐惧的脸部表情，何少卿的心里悲痛万分。

想到去年过年时他们还在一起，是陈吉和陶韦一起陪伴着他，还有柳文婷。他们在风雪呼啸的大年三十晚上，几个孤苦伶仃的人围在火盆边思念着亲人，喝着酒，他们相依为命，一起快乐、一起叹息，互相安慰着，盼着希望的曙光。

（二十七）

时间过得太快了，转眼又到了年底，这年宅院里的人全部回家探亲了，大家卖了些粮食凑了点路费给柳文婷，让她去了浙江她舅舅那里。

来年的春天大家又回到了宅院，宅院里的人回来后和生产队结了一次去年的账，生产队分给了他们一年的口粮和各种经济作物，扣去了他们去年所有的工分，结果还倒欠了生产队一笔债。

“累死累活做了一年，结果还倒欠生产队，明年我不来了。”陈莉从生产队会计家回到宅院后沮丧地说道。

“是啊，去年忙了一年，连今年的油盐钱也赚不到。这地方太穷了，我们怎么活啊？”张小佳苦笑着看着大家。

“去年回家，我家里帮我算了一笔账，家里给我寄了整整一百五十块钱，这些钱在城市也够我一年的生活了，现在来这里吃了那么多的苦还要欠债。”陈莉倒着苦水。

“你说明年不来，那如果有上调呢？”在边上的周建平说了一句。

“这样的形势还上调？我看上吊差不多。”陈莉看了他一眼。

“你不来，可是户口在这里啊。”张小佳说。

“户口在这里有什么关系，反正这两年我看是没什么希望，你们也看到了城市里的人还在继续下乡。”陈莉说。

“那不一定，明年已经是第四年了，新的下来，我们这些老的怎么办？上面应该会有点声音吧。”张小佳说。

“那等着吧，你这次回家没看到城市的形势吗？没看见城市青年扎根农村是社会主义革命的百年大计、千年大计吗？”陈莉说。

“也是，看来我们这些人是没有什么希望了，这里又这么穷，我们这些人怎么办？”张小佳承认了陈莉的观点，无奈地说道。

“既来之，则安之吧，我不相信我们这些人会一辈子在这里。”许剑林的语气非常平静。

宅院里的人像往常一样又开始下农田了。

到了下半年，宅院里出了些小的变动，大队缺少小学女老师，想不到陈莉给大队看中，调去当了一、二年级的老师。

这可把宅院里的人羡慕死了，虽然晚上仍回宅院住，但她至少可以不用下农田了，不用晒太阳，不用弯腰曲背在风里雨里干活了，而且拿的也是大队工分，甚至还有补助。这么幸运的事情会落在陈莉的头上，是谁也没想到的。

宅院里的男生也只是羡慕了一下，因为大队里要的是女老师。

而宅院里最嫉妒的要数张小佳了。

"大队缺少老师怎么会叫陈莉去，不叫我去？"她实在想不明白。

这是一种无形的打击，同样是女的，而且陈莉又貌不惊人，大家都是中学毕业，她水平又高不到哪儿去，大队干部怎么会看中她？这是领导干部对她们信任的问题，这是一个死结。因此，张小佳郁闷了好长一段时间。

柳文婷却比张小佳平静多了，虽然她也很羡慕陈莉去大队当小学老师，但她知道像这种好事是轮不到她的，她在这里能够安安心心地生存下去已经很好了。

宅院里很长一段时间都没什么变动，而且这一年大家做的工分仍旧抵不了一年的口粮钱。

第四年的春天，有个城市青年的父亲壮着胆给上面写了一封信，反映了城市青年在农村的艰难困境，城市青年在农村穷得连剃头钱也没有。

结果上面批示：在农村的城市青年每人补助三百块。

三百块如干旱中的甘露一样贴补了落户在农村的城市青年，此后再也听不到关于城市青年的任何动向。

每人三百块落在了生产队，生产队扣去每个人欠的债，多余的则退给了大家。

落户在农村第四个年头，前途、命运像谜团一样困扰着城市青年，遥遥无期地接受贫下中农再教育的农村生活，每个人为自己的前程担忧起来，很多人开始思考今后的真正去向。

"知识青年接受贫下中农的再教育。"总要有一个眉目，查字典"再"字表示又一次，而不是永久性，可是这又一次到何时才能结束呢？

盼着，等着，半年又过去了。希望是那样渺茫，城市青年中很多人再也不愿在这个"再"字上等待下去了，他们清楚地看到等待下去的前程仍旧是一片空白，因为城市青年毕业生的分配去向还是农村。

　　有些城市青年开始做调整，他们与家里商量通过各种途径离开了农村，有的回到了自己父母亲的原籍，有的女生因年龄大了而选择嫁到了离城市很近的郊区农村。

　　这是城市青年的一次小逃亡，在这次逃亡中，张小佳也受到了部分朋友和同学的影响，准备把户口迁到江苏农村一个远房亲戚的家里。

　　"你真的准备离开这里？"一天晚上柳文婷问她。

　　"我在这块红土地上实在受不了了。"张小佳的表情是厌烦的。

　　"那你和许剑林怎么办？"柳文婷关切地问。

　　"什么怎么办？其实我和他也没有什么，我俩谁也不欠谁的，我喜欢他是我一厢情愿，但是一辈子在这里我实在受不了，真的没办法继续生活下去了。"张小佳说。

　　"许剑林人这么好，你和他的感情就这么算了，你没有想过？"柳文婷问。

　　"想过，但有什么办法呢，俗话说夫妻本是同林鸟，大难临头各自飞嘛，况且我是在恋爱，而且这恋爱也是我一厢情愿的。"张小佳说。

　　柳文婷对她的选择也不能多说什么，每个人都有自己的选择。在这茫茫无期的插队落户生涯中，谁也不能说出自己今后的命运归宿是怎么一回事，或许她今天的选择比以后留在这里要好、要幸福呢。

　　经过了一个多月的思想斗争，张小佳终于迁离户口要走了。许剑林对她的离开只能表现出一种留恋和遗憾，他心里始终感恩患难时她对他的关爱，他没去挽留她，因为他知道他们不可能在这穷乡僻壤一直待下去。在这里没有物质基础，没有生活能力的保证，男女之间的感情能维持到最后吗？

　　宅院里的人对张小佳的离去也表示理解，因为他们不可能为她改变现在生存的环境。既然她不能在现在的环境和当前形势迷茫的情况下适应这里的生活，那么唯一解决的办法就是离开，与她生活过的这段日子也算是人生旅途中的一段记忆。

　　张小佳在走前的最后一个晚上，对天天和她在一起的柳文婷说，人总要选择好的环境去生存，能去好的环境时总要牺牲一些东西的，男女间的爱情是情窦初开的吸引，只要有机会，有适合的男女在一起，经过碰撞后都会迸发出火花的；如果一味地去追求感情而不考虑周围生存的环境，将来是会吃苦头的。她看过一本书名叫《基督山恩仇记》，小说讲述了男主角爱特蒙和未婚妻美茜蒂丝的爱情，因爱特蒙牵涉了一桩政治案件而和美茜蒂丝分开了。爱特蒙是非常爱美茜蒂丝的，但命运的安排没有让他们成为眷属，后来爱特蒙和海蒂走在了一起。所以说人的爱情是上帝在冥冥中帮你安排好的，你一厢情愿是没有用的。

李文菲走了，张小佳走了，陈莉去大队当老师了，宅院里更冷清了，少了几位姑娘的欢笑声，生活变得死气沉沉。

留在宅院里的人，他们的心情是压抑的，命运和前程像两座大山一样沉重地压在了他们的胸口上。

本来不爱说话的许剑林更沉默寡言了，何少卿和周建平感到了伙伴们的惆怅与不安。

更孤独的还是柳文婷，南厢房本来是女生们热闹的房间，而现在白天只能看见她一个人了，女伴的相继离开对她造成的很大的心理压力。

一天在田里干活时，她对几个男生说："我害怕你们也会全部离开这里。"

"不要担心，我们走不了，我们几个是没有地方去的。"周建平第一个安慰着她。

"是啊，我们几个家里都没有亲戚在农村的，就是有我们也不会去的。"何少卿说。

"放心，在这里我们几个男的会照顾好你的。"许剑林用宅院当家人的口气说道。

柳文婷看着他们几个使她能依靠的男生，心中是感激的，因为宅院里别的女生走后，他们一直都很照顾她。

（二十八）

又一个金色秋天已来临，大家刚度过了一个疲乏艰难的夏天，感觉秋天是那样的舒畅和轻松。

但就在这舒畅轻松的日子里，何少卿做梦也没料到他们的这个集体户、他们的这个家庭会有一个大变动。

县城召开了城市青年代表大会，许剑林是这个青年点的组长，他被通知去县城开会三天。

吃了晚饭，周建平和回宅院过夜的陈莉去了生产队队长赵诗石的家里。这段时间他们两人经常去生产队的干部家里联络感情。

宅院里只留下了何少卿和柳文婷两人。

"何少卿，你来一下。"在厨房里收拾好碗筷后，柳文婷在回自己房间的门口叫住了在关宅院大门的何少卿。

"什么事？"何少卿关好宅院的大门后跟着柳文婷进了她的房间。

柳文婷进了房间后，坐在自己的床沿上沉默了一会儿，然后轻轻地说："我大概要走了。"

"你说什么，你要走了？"何少卿一时感到很突然也很吃惊，因为他从来没有听说她要离开这里。

"是的，我外婆来信叫我去舅舅那里落户，那里的乡下同意接收我了。"柳文婷低着头轻声地说道。

"你准备去吗？"何少卿看着她，说这句话时显得很无力。

"你说我应该去吗？"柳文婷的眼神中露着一丝犹豫。

何少卿看了她一会儿，然后轻轻地说："去吧，这里太苦了。"

"其实我是不想离开你们的，去了那里我一个朋友也没有了。"柳文婷强忍着泪水，看着他轻声说道。

"不，你去吧，和你的外婆、舅舅在一起要比在这里强多了。"何少卿忍住心里的失落看着她说道。

柳文婷的眼泪流了下来，她沉默地坐在那里。

看着流泪的柳文婷，何少卿一时也不知如何是好，在他的意识中，他是不希望她离开这里的，虽然他们没有像别人那样名正言顺地谈恋爱，但他和她有着一种心灵上的默契。他知道她在心底里爱着他，虽然她平时没有表示出来，但他心里明白在她的心灵深处有一种自卑的压抑在阻挡着她，所以她不能像别的女生那样想爱就爱，想谈恋爱就不顾一切地去示爱，完全暴露在大庭广众之下。她是羞涩内向的，也是深明大义的。今天她对他说要离开这里，这是对他的尊重和征求。怎么说呢，在这穷乡僻壤的山沟沟里，何年何月才能出头呢？在这个地方他有什么能耐来安排她的前程呢？她在这里多待一天就多一天的孤苦，或许有一天他们几个男的真的调走了，她没有调走，一个人孤零零地留在这里，那该怎么办？现在她可以回到她唯一的亲人那里，是她目前最好的归宿。

想到这里，何少卿看着流泪的柳文婷，语气坚定地说"你走，一定要走，在这里以后都是渺茫的，没有结果的。"

"我走了，你怎么办？"这是柳文婷第一次压制不住自己心中的感情。

"我……我们几个男的不是都在？听天由命吧。"何少卿苦笑了一下说道。

柳文婷要走了，何少卿一时间感到恍惚，他心里有种说不出的惆怅，这种心情或许和张小佳走时许剑林当时的心情一样。

这么好的一个姑娘，一个有着极大忍耐力的姑娘，从来不惹是非，又重情重意，以后可能再也见不到她了。

"什么？柳文婷也要走？"许剑林从县城开会回来了，听到柳文婷要走，也感到突然。

"是啊，我们宅院里的女生都走了。"何少卿惋惜地说道。

"你可以把她留下来啊，这么好的一个姑娘，走了多可惜，恐怕以后一辈子再也见不到这样的姑娘了。"许剑林对柳文婷的印象极好,他也实在感到惋惜。

"我有什么能耐把她留在这里?这几年来我们这些人的家里至少还可以寄点东西或者寄点钱来,而她呢?有谁给她寄过东西?她在这里连买牙膏的钱都没有,有时刷牙就放点盐在上面。她一个人在这里默默地吃苦,除了你我有点关心她,还有谁来关心她?现在她能到唯一的亲人那里去,我有什么理由去留住她?再说我们自己以后的命运也不知道是怎么样呢。"何少卿看着许剑林伤感地说道。许剑林沉默了。

谁都没想到,就在何少卿和许剑林在说柳文婷要走的这件事情时,赵诗石来了宅院。

"小许在吗?"赵诗石一进宅院就高声喊道。

"什么事情?"许剑林从房间里走了出去。

"快,大队通知你现在就去大队。"赵诗石说话有点急。

"大队叫我去有什么事情?"许剑林感到有些不安。

"放心,好事情,去了你就知道了。"赵诗石见他有点不安,放慢了说话的语气,说完后看着他笑了笑,然后离开了宅院。

许剑林带着疑虑来到了大队部。

"小许,你来了。"大队书记看着他笑吟吟地说道,然后他从办公桌的抽屉里面拿出了一张上工农兵大学的通知书递给了许剑林。

许剑林接过通知书,一下子愣在了那里,幸运之神一下子降临在他的头上,他做梦都没想到大队会推荐他去上大学。

"高兴吗?"大队书记看着他发呆的神情笑着问道。

"我是在做梦吧。"许剑林简直不敢相信这是真实的事情。

"你回去赶快整理一下自己的行李吧,时间很紧,大后天就要去南京报到,明天就去公社办理户口迁移手续。"大队书记看着他,和蔼地嘱咐着。

许剑林拿着通知书兴奋地向大队书记深深地鞠了一躬,离开了大队部,在回宅院的路上,都是连蹦带跳的。

许剑林要去上大学，而且马上就要走，宅院里的人听了这个消息都惊呆了。

"以后你们都有机会的。"许剑林一边忙着整理行李，一边安慰着大家。

一起风风雨雨生活了好几年，突然间要分别，而且这次的分别是上面正规的调动，是彻底地离开农村，这是谁都没预料到的事情。许剑林能一下子离开穷乡僻壤的山沟去上大学，大家一下子很难接受，走的人心情是多么的兴奋，留下的人心情就有多么失落。

第二天，许剑林带着他全部的生活用品就那样匆匆地走了，他远走高飞了，再也不会来红山村了，他的幸运确实使留在宅院里的何少卿和周建平眼红，甚至是嫉妒，但这是老天为他安排好的命运，是谁也分享不了的。

宅院里像散了的宴席一样，一下子变得无比冷清。

许剑林走后的一个星期，柳文婷也走了。

何少卿送她去了长途汽车站。

"我走了，你自己一定要多保重，以后就只有你和周建平还有陈莉住在宅院了……"柳文婷在车站门口眼里溢着泪水深情地看着他。

"你也保重，放心地去吧。"何少卿握着她柔软的手久久没有松开。

汽车要启动了，柳文婷匆匆地从身上拿出一封信塞给了他，然后她向他招了招手上了汽车，汽车从何少卿的面前慢慢开走了。

"再见，一路保重……"何少卿对坐在汽车窗口看着他的柳文婷大声地喊了几声。

走了，都走了，看着渐渐远去的汽车，这时何少卿的心中感到了无比的空虚和惆怅。

太阳渐渐向西边沉去，何少卿拖着无力的步伐回到了红山村。

走进了宅院，前南厢房已空无一人，房间里留着一张空床和几条长板凳，地上是一些凌乱的纸屑。

昔日热闹的宅院如今有一种人去楼空的感觉，天渐渐暗了下来。一阵秋风吹进了宅院，还带着几片树叶，何少卿顿感凄凉。

陈莉和周建平还没回来，不知道他俩去了什么地方。

回到自己的房间，他点燃了煤油灯，坐在煤油灯前拿出了柳文婷临走时给他的一封信，他打开信纸在煤油灯下慢慢地看了起来。

少卿：

你好！

当你看到这封信时，我已离你远去。今生和你相遇，是上帝给我安排的一种缘分，这些年在红山村的生活我永生难忘。

我是个命不好的人，在人生的道路上可能是一个多余的人。我父母去世后，我一直生活在悲伤的阴影中，别人看不起我、鄙视我，我也只能含泪默默承受，我不敢正眼看别人，生怕再惹来灭顶之灾。虽然外婆带我离开了自己伤心的家并抚养了我，但我对生活所有的一切失去了希望；我在忧郁中度过了三年中学时期，中学毕业后赶上了"上山下乡"的热潮，我报名来了江西。张小佳是我老房子的邻居，我们的相遇是我没想过的，我和她分在一个生产队里，然后遇上了你们。你们几个都是重情重义的人，和你们生活在一起使我对人生有了重新的认识，你们一点儿都不嫌弃我，而且是那样关心我、爱护我，我心里非常感激你们。

红山村的生活虽然很苦，但这些年来和你们在一起我却感到非常满足，我对生活有了幻想。你记得吗？我们从来没有自己种过菜，当我撒下去的菜籽发芽长出绿叶时，我是多么兴奋，我从来没有那么兴奋过，因为这些发芽的绿叶是我的希望。我感谢上苍把我和你们分在了一个集体户。在大队每个月开知青会时，别的生产队的女生们都说我们这几个女生运气好，能和你们生活在一起是种幸运。每次见面她们都会拿自己队里的男生和你们相比，事实是这样，和你们在一起确实是我一生中的幸运。

现在我走了，去到另一个我不熟悉的地方，以后是什么情况我也不知道，对于去留我已想了很久，我的心里是不愿离开你们的，因为像我这样的人在哪里都是一样的。你执意地要我离开这里，其中的原因我心里是很清楚的，你是为了我好，在这看不清希望的生活中不让我一个人孤零零地留在这里。

现在我离你们而去，但红山村是我时刻留恋的地方，因为你还留在这里，我会想你们的。

今后的命运会怎么样，我也不知道，我没有能力去掌控，就像你曾经对我说过的那样，我们像掉在地上的一片树叶，没有归宿，没有终点，只有随风飘荡……走了，我离你远去了，红山村的生活曾给我破碎的心灵带来过温馨和快乐，这一切我将永远保留在心灵的深处，一直把它带进坟墓。

再见了，何少卿，你自己要多多保重，我希望有一天能再见到你。

衷心祝你前程美好！

柳文婷
一九七四年九月

何少卿紧紧地握着手中的信纸，他抬起头来看着窗外黑暗中的一片树林，很久很久……

秋天虽然不冷，但这时的秋风从窗口吹进来，使他感到了寒意。集体户散了，他们一个一个都随风飘走了，柳文婷也飘走了。可怜的姑娘，她去了那边的乡下，或许她的舅舅会让她嫁给一个她不愿意嫁的乡下农民，或许她……何少卿不敢往下去想，失落与惆怅涌上了心头，他走出了房间，看着空空的宅院，感到一阵寒心。

（二十九）

十月份生产队也有了变动，原来有几个村落组成的生产队因管理不善，分队了。原来的生产队分成了三个生产队，现在是占坊生产队、新基生产队和沙洲生产队，而宅院里留下的三个城市青年也因分队被分到了三个生产队。陈莉仍旧留在了宅院，周建平去了新基生产队，何少卿则去了沙洲生产队。

新基生产队就靠在辽河边上，这里景色独特，村前村后都是一片巨大的樟木树和板栗树，在这片树丛中夹着不少的果树，如李子树、桃树、枇杷树，全村三十几户人家，也都是赵姓。周建平来到生产队后，生产队队长赵礼发把他安置在村大门口边上的一幢木结构的房屋里，这幢房子有两个房间，一间是厨房，一间已住了人，里面住的也是从城市下乡来的人，是个四十岁左右的单身汉。原先他是在南昌城里一个杂技团做事，政治运动开始后杂技团解散了，政府把他们全部安排到了农村。他们和下乡青年不一样，他们叫上山下乡户，前面说到的南昌人罗学义也是上山下乡户。现在这人叫陈宝坤，是个和善而滑稽的人，每天和他在一起，周建平都会被他逗得捧腹大笑。

周建平搬到了陈宝坤的隔壁房间后，两人很快成为了朋友。这个陈宝坤很有生活经验，没几天周建平就对他佩服得五体投地。两人都是单身，成为朋友后也很投机，所以两人合伙在一起吃饭，一起生活。

而何少卿像掉了队的大雁一样，孤独地来到了沙洲生产队。

沙洲是个小村，这里三面环水，一面靠山。村的四周是一片竹林，竹林中穿插着很多果树，这里景色秀丽苍翠，环境幽雅。全村十多户人家，一半人家都是做手艺活的，有木匠、竹匠，还有裁缝，他们大多也是赵姓。

何少卿来到这里后，生产队队长赵传富把他安置在村中央的一间小仓库里。这间白墙黑瓦的小仓库有三个房间，小仓库的前后有两棵碗口粗的桂花树，搬进小仓库就能闻到一股浓浓的桂花香。

孤独了，真正孤独了，没有了昔日的同伴，没有了宅院里的欢笑声，白天随着村里的人去田里干活，晚上坐在昏暗煤油灯下的小木屋里，寂寞得可怕。

这时何少卿感到自己实在是一无所有了，甚至连生命也不复存在了。

在寂寞孤独的昏暗中，他静静地思索着他短暂的人生，静静地回想着已过去了的那些生活。他不明白，为什么他不能和其他人一样，离开这里远走高飞，为什么他们这个集体户和他一起下来的同伴可以幸运地离去，而他却不能，为什么？

他感到自己的命运是那么坎坷，想到周建平和陈莉过不了多久也可能会离开这里，而他将可能永远留在这里，留在这偏僻的异乡。

他为自己不公平的遭遇感到沮丧，他诅咒上帝对他如此残忍和不公平，让他过着这种孤独的生活。正当他孤独地徘徊在这寂寞的日子里时，有一个人意外地闯进了他的生活，他像上帝派来的使者一样出现在了他的面前。

这是个看上去平平常常极不起眼的人，有五十来岁，整天穿着一套破旧的黑衣服，消瘦的身材，满脸皱纹，文绉绉地操着一口福建口音，他的模样很像鲁迅笔下的孔乙己。

他是生产队的会计，姓蔡名德壮，村里人都叫他老蔡。

老蔡年轻时被国民党部队抓了壮丁，与日军拼杀过，抗战胜利后他离开部队回到了家乡，可是回到家乡，家园已是一片废墟，在混乱的战争年代，他的亲人早已不知去向。望着那已成废墟的家园，他满脸是泪地坐在废墟上呆呆地过了一天一夜，然后他带着满腔的悲伤又一次离开了他的家乡。

从此他开始四处流浪，一直流浪到现在的沙洲村，他看上了这块幽静的地方，为了在这里安身下来，他娶了这里的一个傻姑娘为妻。

这傻姑娘原本是一大户人家的女儿，因傻乎乎的，到了出嫁的年龄也一直没人上门提亲。

那时他正好流浪到这里，饥寒交迫，除了身上一套能蔽体的破烂衣服外一无所有，这户人家收留了他，为了安身他就做了这户人家的上门女婿。

没多久岳父母大人相继去世，他变卖了她家的一些财产安葬了他们。因为傻女人不会料理家务，再遇上新中国成立前各种不安定的因素，岳父母留下的一些家产全部被耗尽，但他始终和傻女人生活在

132

一起。

新中国成立后，当地政府对他的背景进行了调查，当时政府有政策：凡参加过国民党部队连长以下的兵员一概不追究。因为他们大部分来自穷苦百姓，而极大部分是被迫抽壮丁的，所以土改时工作组按他原来的身份将他划为贫农。

老蔡小时候读过几年书，会写会算，生产队看他有点才能就让他担任了会计一职，这对他来说是个很合适的工作，他很勤恳，一直做到现在。

老蔡的一生可以说是潦倒的，除了现在这份会计的工作外，他没什么其他成就。或许在他的生活中有过什么机会，但他心灰意冷没有努力过或者争取过。总之他的一生虽有过很大的波折，但也还算平平淡淡。

老蔡与傻女人没有自己的孩子，一天村里的人在辽河边捡到了一个弃婴，他领养了，还给他取了个名字叫蔡家平。傻女人在生产队不能挣工分，孩子又小，全家靠着他一个人挣工分糊口，现在十分贫困。

老蔡的家离何少卿现在住的小仓库前后只有几步路，他家的门前也有一棵桂花树，他家的后面是一片竹林和一块开垦出来的菜园。菜园整理得很干净，里面菜的品种也很多。老蔡一般都在家里做事情，很少外出，所以何少卿来到沙洲村后一直没有注意到他。

这天晚上何少卿收工后吃了晚饭一个人在屋里实在无聊，他想找个人说说话，走出了房门，村里很安静，他信步来到了自己的房间后面，看见后面人家亮着灯光，他便走了过去。

这晚老蔡忙完了一天的事情，打发了傻女人和养子到楼上睡觉后，一个人坐在下面客厅里的一把破藤椅上滋滋地吸着旱烟。

门吱的一声响了，何少卿从外面推开了门。

"谁？"老蔡拿着烟杆看着门口的人。

"是我。"何少卿带着笑容站在门口。

"哦，是小何啊。"老蔡见是他忙站起身来热情地招呼道，"快屋里坐。"

133

何少卿也不客气地走了进去。

"来，坐。"老蔡满脸笑容地拿过一条板凳放在了他面前。

"你还在忙？"何少卿坐下后看见桌子上还摊着账本和笔笑着问。

"忙好了。"老蔡和气地说道。

"如果你还没忙好，我就不打搅你了。"何少卿礼貌地从板凳上站了起来。

"我真的忙好了，你坐，你坐。"老蔡见他起身忙按住了他的肩膀。

何少卿又重新坐了下来。

"来，喝茶。"老蔡热情地泡了一杯热茶递给他。

"谢谢。"何少卿接过了茶杯。

"一个人在这里过得惯吗？"老蔡把茶杯递给他后，也坐了下来看着他问道。

"太寂寞了，一个说话的人也没有。"何少卿坦率地说道。

"那你每天晚上没事情就来我这里坐啊。"老蔡热情地说。

"好啊。"何少卿高兴地点了点头。

"唉，一个人在外面确实不容易啊！"老蔡看着他叹了口气。

"没办法。"何少卿说。

"下来好几年了吧？"老蔡问。

"五年了。"何少卿苦笑了一下。

"不容易啊。"老蔡无奈地叹气。

"下来了五年到现在上面一点儿声音也没有。"何少卿摇了摇头。

"今年多少岁了？"老蔡问。

"二十四了。"何少卿答。

"在新基生产队的小周和在大队教书的小陈姑娘也和你一样年纪？"老蔡问。

"是的，我们都同龄。"何少卿说。

"你们男孩子这个年龄在这里还问题不大，可女孩子这个年龄可麻烦了，我们这里二十四岁的姑娘小孩子都有了。"老蔡说。

"是啊，在这里我们还不知道要待多长时间。"何少卿说。

"唉！我在你这个年纪时也一个人流落在外。"老蔡叹了口气说。

"你年轻时也像我们现在一样在外面？"何少卿问。

"是啊，我不是本地人，我老家在福建，我是流落到这里来的。"老蔡说。

"你不是江西人？"何少卿惊讶地问。

"是啊。"老蔡点了点头，然后谈起了他年轻时纵横交错的身世与流浪生活……这晚何少卿一直在听老蔡讲他年轻时的种种经历，一直到很晚才回到自己的小仓库里。

（三十）

分队后陈莉一个人留在了宅院里，虽然她已不在农田里干活，但是每天晚上和平时休息天她还是要回宅院的，因为宅院还是她的家，她仍吃着生产队的口粮，户口仍旧在这里。

偌大的宅院以前热闹非凡，谁都不会想到最后留在宅院的会是她，当时大家都在的时候是她先脱离农田去大队当老师的，那时大家是很羡慕她的，如今留下她一个人在这里，她的心情和何少卿、周建平是一样的，人去楼空，冷清凄凉，甚至她比他们两个男生还要感到凄惨。刚下来时有四个女生，现在她们一个一个地离开了这里，虽然她们是通过自己的各种途径离开这里的，去的地方仍旧是农村，但是别人走了，而留在这里的人心态总归是不平衡的。后来两个男生也离开了宅院分到别的生产队去了，她现在一个人无依无靠，孤零零的。

陈莉也想过离开这里，在这里没有一个说话的伙伴，既孤独又害怕，可是她能到什么地方去呢？她出生在一个普通的家庭，有姐姐，有弟弟，她是家里的老二，家里父母对她是关心的，但她没有家里的原籍，所以她什么地方也去不了，如果一定要离开这里，唯一的办法就是嫁人。但嫁给城市近郊的农民她是不情愿的，所以只能无奈地等，等到有出头之日的那一天。她想反正现在也不下农田了，在这里当老师，生活问题也暂时能解决，过一天算一天吧。

在宅院里一个人害怕，她就叫大队里一起教书的另一个女老师和大队的赤脚医生水妹子陪伴她。

和她一起教书的女老师是余家生产队的，叫余翠萍，死去的陈吉就是他们生产队的，余老师人很年轻，长得水灵讨人喜欢。赤脚医生水妹子和她是一个生产队的，她是生产队会计的女儿，刚从县城卫校读书毕业回来，做了大队的赤脚医生。水妹子细条的身材，鹅蛋脸，皮肤白净，二十岁，在农村算得上是个美人坯子了。

两个年轻的乡村姑娘不像自己家里的父母那样保守，城市青年下来后对她们有着一定的影响，她们羡慕城市年轻人能脱离父母的视线，在这里畅快地生活。青春期的乡村姑娘羡慕城市女青年和城市男青年打打闹闹的场面、那种和男青年卿卿我我的样子，她们还羡慕城市年轻人得体的服装穿戴，城市女青年贴身的文胸是她们最眼热的服饰。她们感叹自己怎么会生在这闭塞的乡村里，乡村的闭塞、落后、封建使她们根本不知道外面的花花世界、外面的人情交往、外面的恋爱自由。她们曾向往过城市的生活，在这些城市青年刚下来时，她们也曾想到他们中间去，可是这些城市青年似乎根本没把她们放在眼里，他们在农田里或者在平时生活里的交往纯粹是一种客套，他们简直就是两个世界的人。

当陈莉一个人在宅院里感到孤独害怕需要人陪时，她熟悉的两个乡村姑娘当然都很愿意陪她。两个姑娘家里的父母也不反对自己的女儿能和城市女青年成为朋友。从此以后，陈莉和两个乡村姑娘成了无话不说、形影不离的好朋友。

周建平和南昌下来的老陈一起生活了数日后，他对老陈讲起了他们在宅院的那些偷菜、偷鸡的事情，可是老陈对他们以前在宅院的那些偷鸡摸狗的事情根本不屑一顾。

"你们去别人自留地里偷菜，其实人家都知道，人家只是不说而已，你想以前这里人家家里从来没少过东西，你们一来，人家自留地里少了菜，不是你们偷的是谁啊？他们也知道你们刚下来没有什么吃的，所以他们也没怎么声张，一些菜而已又不是什么很贵重的东西。这里的老乡其实很淳朴的，时间长了你就知道了。"老陈说。

"那我们也没办法，天天吃白饭，实在受不了啊。"周建平说。

"小周，这些下三烂的事情在我这里千万不能再去做了，没有菜吃，情愿费点力气把自留地搞好。这种事情做得多了，时间长了对你的名声是非常不利的，没有钱、没有吃的我们可以想办法。"老陈说。

"在这个穷地方还能有什么办法？"周建平看着老陈不解地问道，因为几年下来他除了回家探亲外，基本上都在农田里干活，可是这里的工分价值实在太低了，十个工分也只有五毛钱，他一天是八个工分做满也只有四毛钱，整年下来他做的工分根本抵不了一年的口粮钱，穷得叮当响，他实在不知道还能有什么办法。

"这里的工分价值是很低的，但是人家贫下中农家里都是拖儿带女的，人家可以过，你怎么在这里不能过呢？"老陈看着周建平问道。

"乡下人在这里土生土长吃得起苦，平时又很节约，他们每家养猪、养鸡，凑合着当然能过啊。"周建平说。

"那他们在这里造房子、娶媳妇、嫁女儿，平时过年过节的钱是哪里来？"老陈问。

"这些都是他们平时节约下来的。"周建平说。

"这里的工分价值这么低，整年下来每家能分到多少钱？他们还有一年的开销，再节约也没办法去造房子、娶媳妇、嫁女儿啊，这个问题你想过没有？"老陈看着周建平说道。

"那他们这些钱是哪里来的啊？"周建平不解地看着老陈问道。

"嗨，这你就不知道了吧。"老陈摇晃着头地笑着。

"我哪里知道这么多啊？"周建平说。

"告诉你，在这里弄钞票是有门道的，以后你跟着我，我保证你家里再也不用寄一分钱过来。"老陈凑近周建平轻声地说道。

周建平疑惑地看着这个矮胖滑稽的老陈，有点不相信他的话，他想在这么个穷乡僻壤的山沟沟里能搞到钱，简直是异想天开。

"不相信是吗？"老陈看着他笑道。

"不相信，你有什么办法在这里搞到钱啊？"周建平用迷惑的眼神看着他。

"我跟你说，其实这里到处都是钱，这里有那么多的山，山上都是树木、竹林、柴火，到处都是板栗树、茶叶树，到了开春天这里遍地都是竹笋，这都能卖了换钞票。这里的乡下小孩子每到春天就去采竹笋晒干卖到供销社去，到了秋天在地上捡板栗卖到供销社去。大人们空下来偷偷摸摸去山里砍柴火到下面去卖，有时还砍杉木树和毛竹到下面去卖。下面平原地区要造房子，要烧柴火都要到上面来买，你说这里的乡下人一年要赚多少钱？"老陈对周建平神秘地说道。

"小孩子采竹笋捡板栗赚钱不说，但他们在山上砍树木砍毛竹生产队知道了会没有声音？"周建平问。

"生产队会有什么声音？大家都是这样，连生产队的干部都是这样，大家还会有声音？"老陈说。

"但这些都是生产队的财产，有人砍多了，有人砍少了，没有人会嫉妒？"周建平说。

"这你就不知道了，他们都是在自己的山上做这些事情，他们绝不会去别人的山上做这些事情的，因为在人民公社成立前这些山都是他们私人的，人民公社成立后大家没办法，这些山这些地只能归生产队，但他们骨子里仍旧惦记着自己祖宗留下来的那些财产，虽然现在是归生产队，是大家的，但他们在暗地里仍旧分得很清楚。"老陈说道。

"怪不得这里的乡下人虽然看上去很穷的样子，但仍旧在造房子。我也在想这么穷还造什么房子，但造房子时好像每户人家都拿得出钱来。"周建平这时才有点恍然大悟。

"你以为这里的乡下人靠田里这些收入就可以过日子了？他们根本不在乎田里的这些收入，反正吃大锅饭做好做坏都一样，上面叫种田他们就种田，上面叫干什么，他们就干什么，但在暗地里他们仍旧过他们的日子。"老陈说。

"那如果我们和乡下人一样去山里砍柴火、木头、毛竹去卖，我们又不知道是谁家的，别人知道了去向生产队汇报怎么办？"周建平担心地说道。

"这你就又不知道了吧，你放心，我们也不会明目张胆地去做这些事情，我们也不会去生产队里这些私人家的山头，我们是到生产队每年搞副业的山里做事情，因为这些山的主人基本上都死了，而且死了的人都没有后代，也就是说这些山是生产队的，但这些山和生产队里任何人都没有关系，就是让别人看见了，他们见是我们这些人，也会视而不见，因为他们不想得罪人，他们在暗地里搞，我们也可以啊，但不要太声张了，你现在明白了吗？"老陈对周建平分析道。

"明白了。"周建平听懂了老陈说的话，他想了想觉得他们下来到现在其实一点都不了解这里真正的情况。在他看到的穷乡僻壤经老陈一说简直是一种表面的现象，生产队的穷是吃了大锅饭以后谁也不想真正把心思放在集体上，最后倒霉的是他们这些外来的人和那些没有劳动力的人。这里确实到处都是钱，就看你用什么方法去搞你的经济小算盘了，他终于明白靠山吃山、靠水吃水这句话的真正含义了，他现在就等着老陈拿主意出来一起在这里生活下去。

（三十一）

第二天晚上何少卿又去了老蔡的家里。

对何少卿的到来老蔡很高兴，特地给他泡了杯香浓的茶。

"这茶好香啊。"何少卿喝了一口就感到有股特别的清香，他平时从来都不喝茶的，嘴巴干了就喝白开水。在城里去亲戚家做客时喝过一次茶，那苦涩的味道使他从此以后对喝茶根本不感兴趣。今天他喝了一口感觉并没有那么苦涩，而是感觉到一股清香润喉，他不禁称赞了起来。

"这是我自己做的茶叶。"老蔡看着他笑道。

"茶叶也可以自己做?"何少卿有点惊讶。

"可以做。"老蔡说，"我们这山里野生的茶树到处都是，每年在谷雨前我就去山上摘茶，那时茶树刚长出嫩绿的叶子，我把采来的嫩叶放在锅里慢慢烘干就成了茶叶，这就是人家常说的雨前茶，因为它是谷雨以前做的。"

"哦，这就是雨前茶啊。"其实何少卿对茶一窍不通，他觉得这茶很好喝就又多喝了几口。

"你喜欢，我去拿点给你。"老蔡见他很喜欢这茶就笑着说。

"不用了，谢谢，我没喝茶的习惯。"何少卿客气地婉拒道。

"你不要客气啊，我这里别的东西没有，但茶叶我有，我每年都要做十几斤的茶叶。"老蔡客气地说。

"我确实没有喝茶的习惯，如果想喝我再来你这里拿。"何少卿说。

"你来我这里做客，我也没什么招待你的，实在不好意思啊。"老蔡见他一味地谢绝面露难色地说道。

"要什么招待啊，现在能和你一起这样聊天喝茶我就已心满意足了。"何少卿说。

"是吗?"老蔡脸上露出一丝笑容。

"真的，如果我不来你这里，我一个人在那屋子里也不知道去做什么。"何少卿说。

"年轻时我也像你这样，一个人孤零零的，身边没有一个亲人，那时的心情真是无法形容，寂寞、空虚，尤其到了晚上一个人坐在煤油灯下，像一个孤魂鬼影一样。"老蔡深有同感地说道。

"现在你可好多了。"何少卿说。

"唉，也没什么好，现在我仍旧感到很孤单。"老蔡叹了口气继续说道，"你看我这个老婆傻里傻气的什么都不会做，我那孩子糊里糊涂的只知道吃，我也老了，什么事情也做不成了。"

"慢慢来，现在孩子还小，将来会好起来的。"何少卿看见老蔡有点失落，忙安慰道。

"唉，希望是这样。"老蔡又叹了口气。

"这不是希望，以后孩子大了一定会好的。"何少卿说。

"小何，你现在一个人在这里生活确实困难，你不像这里的人，这里的人生活困难他们有办法，但你是真的一点办法也没有。"老蔡变了话题看着他说道。

"有什么办法呢，只能过一天算一天了。"何少卿笑了笑。

"其实你还年轻，不应该过一天算一天，应该在乡下争取点什么东西，学点什么东西。"老蔡说。

"你说我能争取什么东西，学什么东西啊，我现在什么都没有。"何少卿看着老蔡，他一点儿都不明白老蔡要他争取什么东西。

"你年轻，又从大城市里来的，有思想，人又聪明，人生对你来说刚刚开始，以后的路还很长很长，你现在应该趁着年轻力壮的时候多去学点东西。"老蔡说。

"在这个地方我能去学什么东西呢？"何少卿一头雾水地看着老蔡。

"生活中要学的东西太多了，比如今天我们喝的茶叶，我刚才讲了怎么做，但你去做就不一定会做好，因为在这件事情里面有很多门道。刚开始我也做不好，把茶叶烘焦了，或者没烘干，根本不能喝，后来慢慢掌握了火候大小、做茶的时间，就知道了里面的门道。掌握了这些门道也就是说你在生活中学会了一样东西，虽然你学会了这样东西或许对你本身来说没多大用处，但这是一种知识的积累，在生活中你学的东西越多，那你的知识积累就越多，人也懂得越多，这样你以后生活中的困难就会越少，你说是吗？"老蔡说道。

"是啊。"何少卿点了点头，他觉得老蔡的话有点道理。

老蔡继续说道："学东西首先要让自己先勤奋起来，做到勤奋，你学的东西就多了，对你以后的帮助也就大了。"

何少卿看着他只是点头。

老蔡又继续说："像我们在农村种田必须要知道天气的情况和季节的交换，要看太阳、看月亮、看云彩，知道几时会下雨、几时会天晴，什么季节可以种什么农作物，这些都是应该知道的。虽然知道这些事情可能对现在的你没什么用，但你掌握了，总有一天会对你有帮助，你说对吗？"

听了老蔡说的这些话，何少卿忽然感到眼前的这个老头很有意思，他发现这个孔乙己样的人物肚里好像有点东西，同时他也感到自己来农村五年多了，这些应该知道的事情，现在却实在是一无所知。

"你在想什么？"老蔡见他愣在那里笑着问。

"我……我在想你刚才的话。"何少卿回过神来说。

"没什么奇怪的，我年纪这么大，走的地方多，看得也多，有些是生活的经验，我现在看你一个人在这里不容易，所以才讲给你听，让你有时间也学一点，以后时间长了，我再慢慢地教你一些。"老蔡说道。

"好啊，现在我一个人什么事情都不知道，我是要学点东西。"何少卿高兴地说。

"小何，以后晚上就来我这里，和你一起聊天我也很高兴。"老蔡说。

"好啊，我也觉得很有意思，以后你多教我点农村知识。"何少卿应道。

此后，每天晚上何少卿都要来老蔡这里，这似乎成了他的一种习惯，他喜欢和老蔡在这间有点古雅的小客厅里畅谈，他一来到这间客厅就感到有股温馨的感觉。

他和老蔡成了忘年之交，他知道的事情也越来越多，他们在一起谈历史、谈人生、谈命运、谈生产队以前的事情。

老蔡告诉他人民公社成立以前，这里的人根本不像现在这样的贫穷，他们都有自己的山、自己的地，他们做着自己的营生，不像外面说的那样吃了上顿没有下顿。如果都是吃了上顿没有下顿，人早就死光了；吃了上顿没有下顿的人是有的，那是村里的懒汉和乞丐，他们不想干活所以生活潦倒。他说人民公社成立后吃起了大锅饭，你看他们现在每天好像都出来干活，其实他们都是出工不出力地混日子、混工分；生产队里的那些妇女算好了农忙的日子就大起了肚子，这样她们在农忙时就可以不下农田干活了，但他们干起私人的活都是集中精力的，他们有时偷偷地在山里砍柴、砍树木卖给下面的人。

"那这些事情上面不知道？"何少卿问。

"知道什么？生产队只要把每年的公粮交上去就行了，这么大的地方谁来管？就是有工作组下来，这里的人糊弄一下也就过去了。一句话，在这里一起种田是搞不好的，因为有些政策不对头，我最清楚了，我有账目，这里每户人家都欠生产队的钱，从人民公社成立到现在生产队从来没有过累计。"老蔡说。

"怪不得我们在这里做了几年一分钱也没拿到过，反而还欠生产队的钱。"何少卿说。

"你们怎么可能拿到钱呢？生产队什么副业都没有，单靠田里种出来的这些粮食，交了公粮后还有什么粮食好卖？生产队按照这些粮食的价格算工分，哪里还有钱分给你们？你在这里只要分到口粮就不错了。"老蔡说。

"这样说我在这里做再多的工分也是分不到钱的？"何少卿问。

"工分越多，工分的价值就越低，你想啊，一共只有一块钱，五个工分，每个工分可以分两毛钱，十个工分只能分一毛钱了，你多做也是白做啊，所以你们第二年开始吃生产队的口粮时，生产队里的人反应那么大，为这事情别的生产队差点闹出人命吃了官司。因为这一块钱本来是五个人分的，现在又多了几个人分，每个人的利益都受到了影响，如果是你，你会没有反应？"老蔡说。

"来这里不是我们想要来的。"何少卿说。

"是啊，所以说你在这里早晚是要走的，因为这里的人不希望你们在这里，你们在这里劳动他们是欢迎的，但是在这里分粮食吃了他们就不满意了。另外还有一层，如果今后人民公社散了，土地仍旧归还私人后，你们在这里谁来养活？因为你们在这里是没有土地的。"老蔡说道。

"可是快五年了，上面一点声音都没有，还不知道要等到什么时候呢。"何少卿说道。

"看社会的形势，慢慢来。"老蔡说。

虽然何少卿每天来老蔡这里聊天暂解了他生活中的寂寞，但茫茫无期的落户生活仍使他心神不定、闷闷不乐。他的这种心情老蔡早已看在眼里。

一天老蔡约他去村后的山上砍柴。两人来到了村后的风岭山脚下，很快砍好了两担柴火。

"小何，这山顶你去过吗？"砍好柴火后老蔡笑着问他。

"没有。"何少卿答。

"时间还早，我们上山去看看。"老蔡说。

"好啊。"何少卿应道。

两人沿着一条崎岖的山路，约有一袋烟的工夫上了山顶。

在山顶的一块空地上可以看见四周的景色，看着眼前的山山水水何少卿的心情十分舒畅。

"你看那里。"老蔡指着眼前的一片山脉。

眼前群山起伏，山连山，山叠山，有种一览众山小的感觉。

"好漂亮啊，真有气势。"何少卿情不自禁地说道。

"你再看下面。"老蔡指着对面的群山脚下。

群山脚下是条蜿蜒如带的河流，这是他们生活中离不开的河流，从山顶看这条河感到格外奇绝妖娆，只见弯曲的河流，有的地方水流湍急、波浪滔天、水花飞溅，在山顶也可听见水流的响声；有的地方河流平平稳稳、水面如镜，河的两岸千树万竹一片苍翠，在阳光的照射下，河流、树木如涂上了一层金色，色彩瑰丽。

"太美了。"何少卿情不自禁地叫了起来，在这里他爬过很多的山，也看过了不少的景，但从来没有像今天这样看过如此迷人神奇的景色，他的心也渐渐地亢奋起来。

"你现在心里在想什么？"老蔡在边上看到他亢奋的神情忽然问他。

"在这群山的环抱中人都是渺小的，我感到自己也很渺小。"何少卿说。

"你现在心里还有烦恼吗？"老蔡又问。

"没有，一点儿烦恼也没有了，我现在只感觉心情舒畅，想大声叫喊。"对着眼前的景色何少卿觉得自己的脑海一片清晰，没有一点杂念。

"我以前苦闷的时候经常一个人到这山顶上，一坐就是一两个时辰，看着这四周的景色，心里的烦恼也就一下子消失在这山川中，心情变得愉快起来，人也开朗起来，会觉得人世间的一切事情都那样微不足道。"老蔡坐了下来对他说道。

何少卿一下子明白了为什么今天老蔡会带他到这里来，原来在这荒无人迹的山顶上看着那秀丽的景色可以消除心中的一切烦恼，让思绪变得清晰，让一切事物变得微不足道。

"来，我们坐在这里休息一会。"老蔡招呼着他坐下来。

何少卿坐下后，老蔡从腰背后抽出了烟杆，塞上了烟丝吸了几口说："小何，你感觉到了吗？在这里我们俩是很快乐的，这种快乐别人是领悟不到的，其实人活在世界上就是要懂得快乐，不要为眼前的处境去闷闷不乐，不要与别人比较。我知道你的那些伙伴都走了，有的上了大学，有的到别的地方去了，这所有的一切不过是环境发生了小的变动，他们只是从这个环境走向了另外一个环境，至于他们是否快乐，我想他们也只是暂时得到了一种满足。人活着最重要的是信心，不管在什么地方快乐地去面对生活，在生活中创造快乐，让自己充实起来，这样你就可以面对任何的困难，有信心把自己的生活处理得更好。"

何少卿听着老蔡的每一句话，他想在这偏僻的异乡能有人在你彷徨、惆怅、寂寞的时候给你生活的指导、增加你生活的勇气的，此种境遇不是每个人都能遇上的。他感到老蔡像一个慈祥的父亲，谆谆地教导着他要对生活充满勇气，同时老蔡还告诉了他在这里生活的奥秘。

<h1>（三十二）</h1>

到农村的城市青年几年下来对生活的认识和对农村的适应有着不同的方法和方式，他们可以去克服生活中的各种困难，但有一个现实的问题摆在他们的面前，这是他们无论如何也很难跨越的鸿沟。这个问题牵涉着他们的前途和一生，年龄变大是任何人都避免不了的，城市的男青年还可以等待，可是对于城市的女青年来说却是无法等待的急事。二十四五岁的大姑娘，她们的生理早已成熟，在农村这样年纪的姑娘早已结婚，而且孩子大的也有四五岁了。虽然城市的姑娘进入婚姻的年龄不像农村姑娘那么早，但到了这个年龄已经无法再拖下去了。

陈莉恋爱了，而她的对象是潘国军。大家一起在宅院的时候，陈莉对许剑林、何少卿、周建平这三个熟悉的男生心里也有过男女之情的幻想，但她在几个女生当中是最不活跃的。她内向、胆小、老实，不大会表达自己的感情，当她隐约感觉到宅院里两个讨人喜欢的男生与张小佳、柳文婷走得很近时，她心中暗暗有过醋意。虽然周建平不是她理想中的人选，但在这种落单的情况下，女生的自尊心让她想去亲近周建平，但周建平和她一点儿都不投机。而经常来宅院玩的潘国军却对这位胖乎乎有着肉感的女生情有独钟，大家还在一起的时候，潘国军来宅院总是有意无意地逗她说话，逗她开心。时间长了，她对他就有了好感。那时大家都没注意，就是注意了大家也没放在心上，因为当时宅院里的人正处在乐不思蜀的热闹中，没人在意那些细节。

最后宅院里的人一个个都走了，就留下了她一个人，潘国军的机会也来了，在她最孤单最需要安慰的时候出现在了她的面前。事情有一定的偶然性和必然性，整个公社要通电，工程很浩大，在山区里面把一根一根的水泥电线杆架起来不是一件容易的事情，每个生产队都要出民工，而这些民工很可能以后会被供电局招为正式职工。潘国军被生产队派到了供电局当民工，指挥部的分部是在象湖大队部，潘国军负责保管电气设备，因为他是城市青年，有文化，这是工作单位特意安排的，所以他不需要像别的民工那样去做很危险的在山上安装电线杆的工作。陈莉正好在大队部教书，这样两人每天都能见面，晚上下班后也有足够的时间在一起。在这苦难寂寞的日子里，两人的感情发展得很快，因为他们都需要异性的帮助和安慰。

在休息天的白天，陪伴陈莉的两个乡村姑娘回家去了。躺在潘国军怀里的陈莉在这宁静的宅院里感到无比的幸福，潘国军也感到他们的爱情是那样的浪漫，这里安静到没有人打搅他们，整个下午他们一直在随心所欲地亲热中……"你以后会对我好吗？"陈莉姑娘全身赤裸地躺在潘国军的怀里边吻着他边撒着娇道。

潘国军第一次尝到了女人的魅力。他兴奋异常，他紧紧地抱住了她，吻着她的嘴唇柔情地说："我喜欢你，我爱你，我要永远和你在一起……"在异乡的山川中，两个年轻人就这样相爱着，他们没有任何的物质，他们相依相偎，他们的爱是很纯洁的。

陈莉相信潘国军对她的承诺，她疯狂地爱着他，他也同样回应着她，两人的感情感染了陪伴她的两个乡村姑娘。城市青年浪漫的爱情使她们也春心荡漾，她们早已对乡村婚姻的说媒、父母做主的陈旧一套心存不满，她们的心里也向往浪漫的爱情生活，都想嫁给一个城市青年。

"陈莉，我好羡慕你们这样的恋爱，自由自在的，父母一点都不干涉。"晚上三个女生在宅院的南厢房里，一起坐在陈莉的床上，余翠萍羡慕地说。

"是啊，你们城里人谈恋爱就是浪漫，不像我们农村，就是谈恋爱了也不敢手拉手，很封建的。"水妹子说。

"我们农村哪里是谈恋爱啊，就是父母做主，看看人家条件差不多就让你嫁过去，男的好坏他们也不知道。你不嫁，他们就逼着你嫁，嫁过去了就是人家的人了，一点自由都没有。"余翠萍说。

"是啊，我们农村女的嫁到了人家家里，有时候还要被人家打，我们是很可怜的，一点自由都没有，不像你们城里人。"水妹子说。

"那你们两个以后也嫁城里人。"陈莉看着她们说。

"我们哪里配得上你们城里人啊？"水妹子说。

"这有什么配不上的，你们俩都长得这么漂亮。"陈莉说。

"我们这么土里土气的，城里人哪里看得上我们？"余翠萍说。

"我以后帮你们俩介绍城里人怎么样？"陈莉说。

"你们现在在这里的男青年基本上都有女朋友了。"水妹子说。

"我们生产队那个你们一起下来的男青年朱成康，也在和你们那些女青年谈情说爱。"余翠萍说。

"我们这里的何少卿、周建平不是还没有女朋友吗？我把他们介绍给你们，你们一人一个怎么样？你们俩说你们喜欢哪一个，要不小周给翠萍，把小何给水妹子。"陈莉开玩笑地说。

"啊，不行，不行，我哪里配得上小何？陈莉你不要乱说，被别人听见我羞死了。"水妹子红着脸忙摇着双手。

"小周已经有了女朋友，陈莉你还介绍给我。"余翠萍也涨红了脸。

"什么？周建平有女朋友了，我怎么一点都不知道？"陈莉惊讶地看着余翠萍。

"我看到过好几次了，他和我们生产队那个也是和你们一起下来的女青年林萍在一起了，两个人晚上经常在一起。有一次天刚黑，我在回生产队的路上就遇上他俩了，林萍看见我了，还不好意思地把脸转了过去，还是周建平和我打了招呼呢。"余翠萍说。

"周建平和林萍谈朋友我真的不知道。"陈莉说。

"那你欠我一个男朋友啊。"余翠萍开玩笑地说。

"好，我欠你一个男朋友，以后叫潘国军帮你找。"陈莉笑着。

周建平在老陈的怂恿下，两人偷偷地在山里砍了几千斤的柴火卖给了下面有需要的人，而这些人老陈早就认识了，他们是老陈的熟客。这些买柴火的人都是撑着船从辽河上来的，他们每过一段时间就会撑船上来买柴火。如果有木材和毛竹他们也会买，因为他们下面造房子做竹制品的东西都要到山里面来买。

柴火一分钱一斤，几千斤的柴火两人砍了两天，拿到了几十块钱。当这些买柴火的人装满一船下去之后，周建平终于相信了老陈对他说的话，一点没错，下来好几年了，这是他第一次在这里靠自己的力气拿到了这些现钱。老陈告诉他做这些事情不能每天去做，隔一段时间去做一次，要细水长流，你太黑心了，别人也会讲话的，在这里你只要不缺钱就可以了。

有了钱，两人买了一些生活用品，多下来的钱两人平分了。

四十几岁滑稽矮胖的老陈晚上去了村里一个寡妇的家里，这寡妇姓秦名兰菊，村里人都叫她兰菊妹子。兰菊妹子四十岁不到，人长得很丰韵，丈夫得急病已死了好几年，家里有两个孩子，生活有点拮据，丈夫死后家里就靠她一个人料理。兰菊妹子对人很和善，人也很温顺，所以村里有些人对她心存不轨，人人都说寡妇门前是非多。老陈捷足先登后，兰菊妹子对他温柔有加，干柴遇烈火，自有一番风流。村里人虽有说辞，但也无奈，因为孤男寡女在一起也是人之常情。

周建平虽说和老陈生活在一起，但到了夜里老陈经常去兰菊妹子家，他也经常一人落单很是寂寞。

有一天，他去大队供销社买东西正好遇上了余家队的林萍。以前林萍经常来宅院玩，后来已有很长一段时间没来了，今天碰巧遇上，一时间两人感到有些亲切。

"很长时间没有看见你了，现在还好吗？"周建平主动打招呼。

"是啊，我也很长时间没见你了，我有一年多一直在上海没有下来，你们现在都好吗？"林萍笑着。

"我们以前住的地方现在只有陈莉一个人住在那里，我现在搬出来了，在新基生产队了，何少卿在沙洲生产队，其余的人都走了；许剑林上了大学。"周建平说。

"许剑林上大学我听说了，你们现在都不住在红山村了，那时你们那里多热闹啊！"林萍笑着说道。

"现在不热闹了，现在我们都是一人一个生产队，冷冷清清的。"周建平说。

"我一年多没有下来了，想不到你们这里变化这么大。"林萍说。

"你在上海过得还可以吗？"周建平问。

"在城里一点事情也没有，别人都在上班，就你一个人闲在家里，无所事事的，你说还可以吗？"林萍脸上露出一丝忧郁。

"是啊，下来这么些年了，上面一点声音也没有，回城市又没有工作，只好在这里混日子了。"周建平说。

"你们男的可以混混日子，我们女的就苦了。"林萍说。

"苦什么，跟着我们一起混啊。"周建平说。

"我们生产队的那些男的和你们不好比的，又自私又小气。以前我们女的有些困难叫他们帮一下忙，他们都不肯，我可不想和他们在一起混。"林萍说。

"你现在一个人吃饭？"周建平问。

"是啊，以前和王宝琴在一起两个人烧着吃。这次我回来，王宝琴和朱成康好上了，现在他们两个人像夫妻一样在一起过日子。我怎么好意思和他们在一起？"林萍说。

"他们在一起很正常的，大家年龄都大了总要谈朋友的。"周建平说。

"小周你谈朋友了吗？"林萍问。

"在这里谈什么朋友啊？"周建平说。

"是啊，我们现在工作也没有，自己的前途也不知道，谈什么朋友？"林萍跟着说道。

两人在供销社里聊了一阵，周建平邀请林萍去自己的生产队玩，林萍觉得也没什么事情就答应了他的邀请。

中午林萍在周建平这里吃了饭，饭间老陈的滑稽使她笑个不停。说实在的，她已经很久没有这么开心过了，今天她在两个男人面前失去了往日的矜持，她笑着说以后她要经常来这里，和他们在一起实在太好玩了。

林萍走后，老陈对周建平说："这么好的姑娘你还不去追？人长得漂亮，身材也好，机不可失，时不再来。"

周建平对林萍的印象也是很好的，但他感觉自己有点配不上她，因为他很有自知之明，他除了人长得高一点，他的容貌是姑娘不喜欢的，所以他对男女之事都是心里想而从来不去主动招惹。今天听老陈一说，他心中也有些蠢蠢欲动。

"男人嘛，只要有气质就行，不要猥琐，我看你长得挺高大的，你的相貌还不错，走在马路上又没影响市容，你害怕什么？你看像我人长得这么矮胖，兰菊妹子还把我当宝贝呢。女人只要你对她好，对她真心，她别的就什么都不在乎了。"老陈把对女人的一套办法全部灌输给了对男女之事不开窍的周建平。

周建平和林萍有了往来，宜人的秋天是爱情频发的季节，也是爱情收获的季节。黄昏时在山清水秀、寂静的辽河边，两人一起散步、一起聊天是多么令人羡慕的一件事情。

新基生产队离余家生产队只有三里路，两个自然村全在辽河的边上。在林萍一个人孤单寂寞的时候，周建平趁着秋天舒爽的季节、也是春心萌动的季节，频频约林萍出来散步。果然同老陈说的那样，林萍姑娘根本一点都不在乎他的容貌，反而觉得他很诚实，不风流，不花心，是个靠得住的男人。当林萍第一次主动吻他的时候，他才发现这个世界原来是那么美好，那么绚丽多彩，他感到了这里的一切都是那么的亲切，这里的一山一水、一草一木都是为了他的爱情而存在的。

（三十三）

时间过得很快，转眼间何少卿来沙洲村已有一年多了，他在老蔡的指点下和年轻的生产队副队长赵家水的帮助下，学会了很多农田里的活，同时在他们两人的帮助下生活也有了改观。他现在能平静地对待目前这种乡村生活。

生活中有了一种精神，空虚的情绪也渐渐消失了，融入这里群体的生活使何少卿受益匪浅。这里的人接纳了他，把他当成了自己人，当成了他们赵氏宗族中的一员，尤其是年轻人，他们在一起成了无话不谈的好朋友。

但是何少卿关系最要好的还是老蔡，他现在还是时常去老蔡的家里，因为和老蔡聊天使他感到特别亲切和轻松。现在经常来老蔡家的还有新任副队长赵家水，家水称老蔡为秀才，他说老蔡就像是《水浒传》中的智多星吴用，和老蔡在一起很长知识。

赵家水是家里的长子，父母为了让自己的长子在赵家的这块地盘上能挣上些荣誉，就不惜一切供他上学，希望他将来成才，可是时运不佳。政治运动后没有了高考，中学毕业的他只能回家务农，现在当了生产队副队长，也算是为祖宗争了点光。

家水下面有一群弟弟妹妹，全家七八口人，只有父母和他三个人挣工分，所以家里也很窘迫。

家水家里虽然很窘迫，但他会在家里难得有点鱼肉时给何少卿带一些来。

家水时常对何少卿说只要上面对他们城市青年有什么调动，他会极力推荐他去。

对赵家水的这份情义何少卿颇为感激，所以何少卿也经常过去他家帮忙。

昨天晚上三人又在老蔡家里聊天，说着说着又说到了现在生产队的情况。

"现在的日子越来越难过了，每年靠着田里的这些收成，到了年底不但红利分不到，还要欠生产队的钱，以后都不知道怎么办。"家水倒着苦水。

"是啊，生产队没有副业是很难有钱分给大家的。"老蔡也是一脸的焦虑。

"我爸说在人民公社成立以前我们这里人的日子还可以，每户人家种自己的田，空下来的时候去做手艺、做买卖，去山上搞点副业，烧点木炭，种点香菇。每家养很多的鸡、很多的猪，山里面还有很多土产可以拿出去卖。后来吃了大锅饭，大家都在混日子，现在更不行了，什么路都堵死了，连鸡和猪都不能多养了，这个日子不知道要怎么过下去。"赵家水说。

"一直到粮食统购统销后，我们这里的日子一天不如一天了。"老蔡说。

"现在我们生产队除了赵礼文家不欠生产队的钱，其他的人全部欠生产队的钱。"家水说。

"礼文家他们父子俩都是做木工手艺的，又不在家里吃饭，当然不会欠生产队的钱啊。不过欠就欠吧，反正大家都欠生产队的钱，没什么大不了的。"老蔡说。

"现在农村只有做手艺的人家日子过得还可以，靠田吃饭的人家都不行，老蔡你说是吗？"家水看着老蔡说。

"是啊，有手艺可以吃天下，什么时候都不用担心，也不会饿死。"老蔡说。

"小何，你其实人挺聪明的，在这里你可以学门手艺啊。"提到手艺人家日子好过，赵家水对坐在边上一直在听他们说话的何少卿建议道。

"对啊，家水说得没错，小何你在这里是应该学一门手艺，这样你以后不管到哪里都有饭吃了，而且有了手艺娶媳妇也容易。"家水的提议老蔡十分赞成。

"我在这里能学什么手艺呢?"何少卿对两人的提议有点茫然。

"学木匠，这里做木匠是很吃香的，如果你去学，一定学得会。"家水说。

"学木匠要拜师傅的，这里谁愿意收我为徒啊?"何少卿说。

"是啊，在这里要拜个木匠师傅确实很不容易，我从学校毕业回家就有这个想法，可就是拜不到师傅。"赵家水说。

"难啊，这里有手艺的人家都是传家里人，不传外人的。"老蔡说。

晚上三人从生产队的状况谈到了学手艺，虽然有点像不切实际地空想，但老蔡和家水的建议还是给了何少卿一个启示。

这晚何少卿回到了自己的住处，睡在床上想了很久。

时间过得很快，转眼到了中秋，中秋节是农村的一个重要日子。生产队杀了猪，村里的家家户户都有亲戚朋友来往，每家煮肉炒菜，打酒买饼，一片热闹。

中秋晚上老蔡炒了几个菜，买了酒，客气地邀请何少卿去他家吃饭，何少卿也不客气地来到了他家。

两人在他家门前一棵大的桂花树下搭了一张桌子，坐在桂花树下看着明亮的皎月，闻着阵阵的桂花香气，边喝酒边聊天真是另有一番情趣。

当两人正沉浸在这番情趣中时，赵家水踏着月光踉跄地走了过来。

赵家水已有一段时间没来老蔡这里了，每天收工后也不见他的人影，因为他最近与邻村的一个叫如妹子的姑娘打得火热。

如妹子叫周诗妹，是周家会计周伯青的女儿。

如妹子芳龄十九，长得挺文静的，两根乌黑的长辫拖至腰间，白里透红的瓜子脸上一双忽闪忽闪的大眼睛特别惹人喜欢。

如妹子的母亲是周家队的妇女主任，是一个干净、利索、很精细的女人。

听老蔡说当年如妹子的母亲嫁到周家村时，是个百里挑一的大美人。周围村的好多男人看见她都口水直流，他们眼红周伯青能娶到这么个漂亮女人。从那时起，好多人都有事没事地来他家玩。

现在的如妹子正像当年她母亲那样，出落得艳丽风姿、亭亭玉立，大家都说如妹子的身材比当年她母亲的身材还要苗条秀丽。

对于家水和如妹子的相爱之事何少卿和老蔡早已有所耳闻，因为有天晚上家水把如妹子带到老蔡家里坐了一会，何少卿也见到了如妹子，确实艳姿靓丽，他和老蔡为家水今后能娶到如妹子而高兴。

看见家水，两人忙站起身来招呼，老蔡转身进屋拿了一只凳子出来。

家水接过凳子一屁股坐下后，从口袋里拿出了香烟点燃后大口大口地猛吸起来。

"家水，这是出什么事情啦？"老蔡见他异样的神情关切地问道。

"今天中秋节怎么没和如妹子在一起？"何少卿在边上问道。

"别提了，如妹子她娘准备把她嫁到外面去。"家水的声音显得非常愤怒。

"什么？有这样的事情，你们俩不是谈得很好吗？"老蔡惊讶地问道。

"如妹子她娘说我家穷，说如妹子嫁到我家里将来会吃苦的。"家水愤愤地说道。

"这是什么话啊？她娘也太瞧不起人了。"何少卿为家水感到不平。

"如妹子是什么意思？"老蔡问。

"如妹子不敢违背她娘的意思，她娘替她找好了一户人家，对方是个手艺人，今天人也在她家里。"家水沮丧地说着。

"真有这事？难道她娘不知道你们已经好了很长时间了？"何少卿听到家水的话感到心里很不舒服。

"本来今天我想叫如妹子来我家的，可我一进她家知道了这事后，转身就走了。"家水气闷地说。

"你们农村姑娘怎么一点主张都没有啊？"看着家水气闷的模样何少卿不禁问道。

"小何，农村姑娘不像你们城里的姑娘，农村好多事情你是不知道的。"老蔡在边上说。

赵家水坐了一会儿就闷闷地走了。

"他不会有事吧？"何少卿看着赵家水走远的背影担心地问老蔡。

"大概不会有什么事情吧。"老蔡忧虑地答道。

"他和如妹子就这样结束了。"何少卿感到很可惜。

"唉，家水家孩子太多，穷啊。"老蔡叹了口气。

"上次家水带如妹子来你这里，我看他们两人那样的亲热，我还等着喝他们的喜酒呢。想不到事情会变成这样，农村姑娘真是一点主见都没有。"何少卿无奈地摇着头。

"农村姑娘就是这样的，即使看中了哪个小伙子，但只要家里不同意她们就一点办法也没有了。我们这里农村的婚姻就是父母做主，如妹子的母亲是个多么精细的女人，她怎么可能让自己的女儿嫁到家水那么穷的人家。"老蔡摇着头说道。

"真不知道家水以后怎么办？"何少卿为赵家水担忧着。

"农村的婚姻讲就得是门当户对，有钱娶老婆，没钱打光棍。"老蔡说。

如妹子要出嫁了，邻近村的人都去看热闹。

"这么快就出嫁了，男方才上门几天就要把如妹子嫁过去了？"何少卿问老蔡。

"农村就是这样的，只要对得上了，还等什么？"老蔡说。

老蔡说农村结婚的场面是很热闹的，应该去看看。再说如妹子和赵家水有过一段情，现在的新郎官究竟是怎么样的一个人，也应该去看一看。

在老蔡的怂恿下，何少卿跟着他去了周家村。

周伯青一家这天穿戴得格外整洁，一家人满脸喜气地招呼着来他家的人。

如妹子羞羞答答地坐在自己的闺房里，她今天打扮得漂亮极了，一件大红的褂子，领口和胸前绣着五彩的花朵，下面穿的是条大红裤子，脚上是双绣着鸳鸯的红鞋子，两根长辫已整整齐齐地盘在了脑后。白嫩清秀的脸上涂着淡淡的胭脂，一双忽闪忽闪的大眼睛显得格外明亮。

如妹子那苗条轻盈楚楚动人的神态，在这大喜的日子里展现得淋漓尽致。

"如妹子确实风采照人啊。"老蔡不禁低声喝彩起来。

一阵鞭炮声响后，男方迎亲的人来了，新郎官走在前面，他穿着一身蓝色的新装，脸很白皙，五官还很端正，虽然个头比家水略矮了一些，但从气度上看，他确实要比在农田里干活的赵家水强多了。

新郎官潇洒地走进了如妹子的家，他恭敬地向岳父母大人行了礼，而后又向看热闹的人微笑作揖。在一片喝彩声中，新郎官从容地从口袋里摸出香烟散发给大家。

周伯青一家忙着招待男家迎亲的宾客们，如妹子的家异常热闹。

如妹子要离开娘家了，她在伴娘的陪同下扭怩地走出了闺房。在大厅里，她抱着她娘号啕大哭起来，如妹子在她娘怀里哭了一阵后，在伴娘的再三劝慰下才依依不舍地从她娘怀里出来。

重新梳妆后，如妹子的娘端上了点心，新郎官、新娘、迎亲的人用过后，在一阵鞭炮声中如妹子跟着迎亲的人离开了自己的家。

"太可惜了，家水实在是没有福气。"目睹了整个出嫁过程后，老蔡对何少卿叹息地说道。

晚上家水满身酒气地来到了老蔡的家中，他眼眶红红的，好像已经哭过了。这天他买了一瓶酒躲在了外面的山岗上对着天空，边喝酒边痛苦地大哭了一场。

看着他悲伤的神情，老蔡和何少卿只能陪伴着他一起叹息。

"家水你不要太伤心了，年纪轻轻不能被这件事情给压倒，世上的姑娘多的是，只要有缘分总会找到的。"老蔡在叹息中不时地安慰着他。

"我这辈子一定要学一门手艺，如果我学不成手艺，那我就永远不娶媳妇。"赵家水咬着牙狠狠地说道。

"家水你要冷静，你现在是生产队队长，眼光要放长远，你将来会有前途的。"老蔡说。

"老蔡，你不要安慰我了，我很清楚，现在种田是一点前途也没有的。在农村只要有了手艺才吃香，你说现在靠着田里的收成哪年哪月才能出头？现在这里的姑娘哪个不往手艺人的家里嫁啊？"家水冲着老蔡说道。

"唉，种田人娶个媳妇难啊。"老蔡长叹了一口气。

"家水，振作一点，我相信以后你一定会娶上一个你心仪的姑娘。"何少卿对着他说。

"小何，你也别安慰我了，我知道你们都为我好，今天我说一句实话，你一个人在我们这里确实不容易，你想在这里活下去唯一的办法就是去学一门手艺，否则在这里靠种田是没有出息的。如果我现在不是生产队队长，是个手艺人，我保证如妹子她娘会把如妹子嫁给我，因为前一阵子如妹子对我说过她娘的意思，叫我去学手艺。可我娘说你现在是生产队队长了，学什么手艺？你一学手艺家里就少了一个劳动力，家里的弟弟妹妹怎么办？靠我们两个老的到头来又要欠很多的钱，我就犹豫了，这一犹豫如妹子就这么嫁走了，我真是懊恼。当时如果听她的话，去我舅舅那里学做竹匠，如妹子看到有希望了，她就不会这么快嫁人了，她等也会等我一两年的。"赵家水伤心地说道。

"唉，太可惜了，原来如妹子叫你去学手艺，你不听，所以如妹子伤心了，一气之下嫁了人？"何少卿说。

"这事情只能怨我自己，我想如妹子还年轻，不会这么早就嫁人的，谁知道她……"家水一下子说不下去了，他又伤心地哭了起来。

过了一会儿，家水平静了下来，他说他这个生产队队长肯定不当了，不管家里同意不同意，明天就去他舅舅那里学手艺，说完后他就走了。

"可惜啊。"家水走后，老蔡一直叹息着。

何少卿在家水走后心里一直很不平静，他想赵家水和如妹子应该是很好的一对，因为贫穷剥夺了他们在一起的机会，这是男女爱情中的一个悲剧。虽然如妹子今天嫁给了一个大家都认为比家水好的人家，但他们之间好像根本没有感情，农村人的婚姻难道真的不讲爱情？他们这种机械式的男女结合真的能一辈子过下去？

虽然何少卿还不清楚婚姻结合的真正内幕，但他还是为如妹子这样的草率而感到不理解：一个读过书容貌艳丽的姑娘，应该有思想有感情，在一个以前从来没有过感情的男人面前，一下子脱光了衣服她真的情愿吗？难道农村的婚姻真的像鲁迅笔下么老六说的那样，房门一关就会好的？

从赵家水和如妹子的这场爱情悲剧中何少卿隐隐感到，贫下中农根本没有以自己家里的贫穷为光荣，什么资产阶级思想，什么越穷越光荣，人的思想和行为根本不是一致的，从行为上看，这里的每户人家都在为追求好的生活方向计算着利益。

赵家水说得不错，没钱、穷，什么事情也办不成，连幻想都不存在，学手艺挣钱从夹缝中求生存脱离贫穷才是唯一的出路。

（三十四）

"这妹子长得不错啊。"供电局的技术员小王是一个二十八岁的小伙子，来这里拿电器配件时正好遇上在学校中午休息时来配件间和潘国军一起吃饭的陈莉和余翠萍。等她俩吃好饭走后，技术员偷偷地指着余老师的背影对潘国军说道。

"怎么，看中余老师了？"潘国军笑着。

"这妹子长得水灵，这地方还有这么漂亮的妹子！"技术员眼睛里发着亮光。

"你不看看我们这里是什么地方，山清水秀的，漂亮妹子多得是，我们大队的赤脚医生水妹子你还没见到，比这个余老师还漂亮。"潘国军在技术员小王面前炫耀地说道。

"哦，这个余老师好，不但漂亮，而且丰满性感，我喜欢这样的姑娘。"技术员小王毫不掩饰自己心里的想法。

"要不我把她介绍给你做老婆？"潘国军见技术员那发直的眼神笑着说。

"这余老师没有男朋友？"技术员看着潘国军。

"没有。"潘国军说。

"兄弟拜托你了，事成了，我是不会忘记你的。"技术员小王一下子拉近了和潘国军的距离。

"一句话，包在我身上。"潘国军拍了一下自己的胸口说道。

"只要你兄弟帮忙，以后我们供电局招人，我第一个把你调进来。"技术员小王对潘国军许下了承诺。

"王师傅你太客气了，就是以后你不把我招进供电局，我也会尽力把这件事情办好的，大家都是出门在外讨生活的，做个朋友。"潘国军是个很圆滑的人，说起话来很有一套。

"你真是够兄弟，够朋友。"技术员小王笑着对潘国军竖了一下大拇指。

"我这个人做事情一向很讲义气的，今天晚上下班我就带你去认识余老师。"潘国军看着技术员说道。

"真的？"技术员脸上一下子露出惊喜的神情。

技术员的真名叫王鹏，南昌城里的人，今年二十八岁，正规的国家企业工人，因供电局工作长年累月在外面，所以还没成家。小伙子心里急，家里的父母也急，但也没办法，工作的流动性太大，一直没有时间去相亲，或者说根本没有碰到合适的。今天他无意中看见了余翠萍老师，一下子被她的容颜吸引了，他实在有点不相信在这山沟沟里会有这么一个他一看就喜欢上了的姑娘。这姑娘有股清爽自然的美，很多城市里的姑娘都不及她；如果能娶上这样的姑娘做老婆，再苦再难也心甘情愿了。

技术员王鹏下班后就跟着潘国军来到了红山村，当他来到这个隐藏在山川中的村落时，他对这里的景色感到惊讶。

"这里还有这么一个幽雅的村落，这地方太美了。"在太阳完全落山前，红山村的宁静和秀丽使技术员王鹏顿感他好像来到了一个美丽的童话世界。

进了宅院，陈莉和余老师已经在家了，她俩正忙着在厨房烧饭，水妹子出诊在外还没回来。

"兄弟，我实在没有想到你们这里住的环境这么好，这么大的一个宅院就你们几个人住在里面，这里如世外桃源，与外界隔绝，太好了。"技术员王鹏对他们的住处赞不绝口。

"只有我女朋友一个人住在这里，余老师和水妹子住在这里主要是由于我女朋友晚上一个人害怕，她们来陪伴的。"潘国军对技术员解释道。

陈莉和余老师中午的时候就见过技术员了，晚上潘国军把他带到宅院来，她俩有点意外，但既然来了就得招待，晚饭是在一起吃的。为了招待技术员，陈莉和余老师多做了两个菜，水妹子因为家就在这里，所以她是每天晚上在自己家里吃好了饭才来宅院的。

饭间潘国军用眼神和陈莉交流了一下，陈莉马上明白了技术员来宅院的目的。陈莉和潘国军恋爱后聪明了很多，所以在吃饭间她故意怂恿余翠萍夹菜给技术员，翠萍在大方地给技术员夹菜时，技术员王鹏的脸一下子涨得通红。

饭后潘国军带王鹏在陈莉的房间里休息，陈莉和余老师则在厨房里面。

"翠萍，你看小潘带来的这个技术员怎么样？"陈莉悄悄地问余翠萍。

"他是来我们这里安装电的技术员？"余翠萍对这位帅气的城里小

伙子根本没有任何幻想，她只知道是潘国军带他到这里玩的。

"你不是说让我帮你介绍城里的男朋友吗，今天潘国军不是带来了吗?"陈莉笑着说。

"是他?"余翠萍一下子脸涨得通红，"我怎么配得上他，人家是城里人，长得又帅气，又是技术员。"她觉得这样的好事绝不可能落在她的头上。

陈莉和余翠萍回到了房间，为了活跃气氛和增进感情，潘国军提议四个人打扑克牌，打四十分。这样陈莉和潘国军搭档，余翠萍和王鹏搭档，这样一来二去，余老师和王鹏很快没有了之前拘束的感觉，而且两个人配合得很默契，打到开心时俩人还互相高兴地击掌。

晚上水妹子来了宅院，王鹏见她确实长得清秀漂亮，她和余老师相比是另一种美，山里的妹子直爽大方，熟悉后都很热情。这晚王鹏好像跌进了云雾中，他相信了潘国军说的话，山里的妹子个个都是如花似玉，真是山里出凤凰。

之后王鹏跟着潘国军一有时间就到宅院来，渐渐地他和余翠萍成了知己，他带她去了南昌城市自己的家，翠萍也带他去了自己的家里，半年后两人终成眷属。

婚礼很热闹，这是在农村很少有过的城乡婚姻，余翠萍的婚姻给在农村追求自由、脱离农村家庭的年轻姑娘起了一个头，原来她们可以嫁城里人，她们在这原始的乡村看到了一丝希望。

王鹏和余翠萍的家暂时安排在了余家生产队，因为他在这里还要工作一段时期，完成了这里工作后他们才能回到城里的家，当然潘国军和陈莉也成为了他们最好的朋友。

周建平和林萍成了朋友后，林萍现在经常来他这里，有时晚上还偷偷住在他这里。

一天晚上林萍对周建平说她腰经常疼得厉害，有时疼得人都站不起来，周建平叫她趴在床上，撩开了她的衣服，看到她腰的部位好像有点红肿，他不经意地按了一下，林萍疼得叫喊了起来。

"你应该去医院检查一下，你这里好像不对劲。"周建平说。

"那你明天陪我去医院。"林萍忍痛从床上爬了起来。

第二天周建平陪着林萍来到了县城医院。

"你这腰疼了多长时间了？"医生问林萍。

"大概有一个多月了。"林萍说。

"我们现在检查下来，你这脊椎骨腰部的第三节、第四节已经肿了起来，我们这里没有拍照的设备，你要到上海去检查。你现在千万不能再去田里劳动了，否则后果很严重。"医生严肃地说道。

两个人一听医生说的话都吓了一跳。

"严重到什么程度？"周建平问医生。

"你们最好尽快去上海治疗，我们这里没有办法，大城市医院是有治疗办法的。我现在把你的病情写在病历卡上，你们到大城市的医院去，医生会知道的。"医生说。

两人回到生产队后商量了一下，周建平决定让林萍一个人回上海看病，他拿出三十块钱给了林萍，第二天他把林萍送到了南昌火车站。

半个月后林萍来信，她的脊椎骨第三节、第四节骨裂，现在正在治疗，但以后就是治疗好了也不能弯腰和干重体力活了。她家里正在和街道有关部门商量，很可能她的户口要迁回城市，永远不来农村了。

这个消息对周建平来说是一种打击，因为他很有可能再也没有机会和她相处了，以后一个回到城市，一个仍旧在农村，他们的恋爱能维持下去吗？而且谁也不知道他们以后的命运会是怎样的，回到了城市，城市的选择余地是很大的。周建平感到失落，但他也很无奈，事情的发展只能听天由命了。

而对林萍来说这可能是一大惊喜，因为这个病治疗好以后她可以回到城市，这是她目前生活最好的结果。上调也好，上大学也好，再也没有比回到原来的大城市更加幸运的了。

几个月后林萍办理好了一切回城市的手续，她和周建平的恋爱也因此画上了句号。因为明白人都知道，一个姑娘不可能已经有了自己的希望还去跳入没有结局的恋爱中，恋爱最后的目的就是婚姻，婚姻是要靠一定的经济基础和相应的环境来完成的。林萍已经到了年龄，她已等不起了，她和周建平的恋爱只能是人生旅途中的一次相逢，她只能将患难中的浪漫爱情深深地埋在心底，成为一个永恒的记忆。她是公社第一个因病退回城市的青年，很多城市青年在她的案例中得到了启发。

（三十五）

农村开展了社会主义革命教育运动，每个大队都要抽人去搞这次社教活动。何少卿被大队叫去参加了这次活动，为期三个月，工分是大队给的，每天还有两毛五分钱的饭贴补助。

接到通知后，何少卿去了公社社教办报到，在社教办上了三天的学习班后，被分配到了象湖大队隔壁的周口大队蹲点。

和他一起搞社教宣传活动的是周口大队的团支部书记周雪兰，一个二十来岁、长得挺清秀的姑娘。

何少卿来到周口大队，周雪兰热情地接待了他。

"你就是来我们大队和我一起搞宣传的何少卿吧。"周雪兰闪着一双水灵的眼睛看着他。

"是啊。"何少卿答道。

"我认识你。"周雪兰笑着。

"你怎么会认识我？"何少卿看着这位灵气的姑娘惊讶地问道。

"象湖大队打架英雄我怎么会不认识呢？"周雪兰笑着。

"惭愧，那都是前两年的事情了，以前打架都是迫不得已的。"何少卿说。

"你们这些城市青年在这里就是喜欢打打杀杀调皮捣蛋，弄得你们大队余家队的城市青年陈吉都死在了这里。"周雪兰说。

"这都是以前的事情了，不提他了。"何少卿惭愧地说道。

"你们大队以前还有一个来自南昌的叫罗学义吧?"周雪兰笑着问。

"是啊,你认识?"何少卿问。

"你们大队城市来的人我都知道,那个罗学义现在已经回南昌了,他以前在南昌是个很厉害的人物,是一个造反派组织的司令,很多小流氓看到他都害怕。"周学兰说。

"真的?你怎么会知道。"何少卿这时才明白为什么当初那个南昌青年宋金彪和陈韦国来报复他们时,宋金彪一看见罗学义就显得恭恭敬敬。

"我怎么会不知道呢?我还是这里大队的民兵营长,来公社的特殊人物情况我们都知道。"周雪兰神气地说。

"不过这个罗学义是挺讲义气的。"何少卿想到这个罗学义曾帮过他们的大忙,而且平时他对人也蛮和气的,够朋友。

"你们这些人啊,开口是朋友,闭口是义气,江湖一套,没有一点正经。"周雪兰笑着说。

"这有什么办法,在家靠父母,出外靠朋友,不讲一点义气在外面怎么混啊?"何少卿苦笑了一下。

"其实我也很羡慕你们这些人,自由自在的。如果我像你们一样,我也会这样生活的。"周雪兰直爽地说。

"你如果像我们这样你就倒霉了,今天不知道明天的事情,整年整月漂泊在外面,没个安定的日子。"何少卿说。

"这样的日子才带劲呢!没有父母在身边,想怎么样就怎么样,就像我们大队现在的这些城市青年,高兴就去田里做事,不高兴就在家里男的女的一起,嘻嘻哈哈地玩,不像我们乡下人整天在田里忙着,一年到头也没有时间去玩。"周雪兰说道。

"我们这种日子你也羡慕,我们没有办法,只能在这里上不上下不下的,下来这么些年了,也不知道以后是怎么回事,苦中作乐而已。"何少卿苦笑着摇了摇头。

"这不是羡慕,你们城里人就是比我们农村人想得开,我们农村人再怎么样也就是每天忙着家里的事情。"周雪兰说。

一个年轻的团支部书记竟然也羡慕他们现在这种插队落户的生活，这是何少卿没有想到的。他这种日混三餐、夜度一宵的日子根本不是他们愿意过的生活，他想可能农村的年轻人羡慕的就是他们没有父母在身边比较自由吧。

社会主义教育运动就是每天去各生产队宣传，他们张贴上面发下来的一些文件，大力宣传社会主义制度的优越性。

几天下来何少卿和周雪兰相处得很熟悉了，他发现这个农村姑娘的性格又活泼又开朗，她笑起来非常好看，很容易让人接近，她是个很有魅力的姑娘。

周雪兰今年已经二十三岁了，像她这个年龄的姑娘在农村本该有婆家和孩子了，可是不知什么原因她仍孑然一身。何少卿想，像她这样丽姿清秀的姑娘在农村应该有不少小伙子对她口水直流吧，可是现在她好像还没有对象。

这天下午，两个人在大队部弄好了宣传资料空闲下来后，何少卿好奇地问她。

"周姑娘，我看你们农村姑娘到了你这个年龄早就嫁出去了，有的小孩子都有了，你怎么到现在还没结婚？"

"你问这个干什么？"周雪兰看了他一眼。

"好奇啊。"何少卿笑了笑。

"这有什么好奇怪的，嫁不出去呗。"周雪兰无所谓地回答道。

"你们周家大队每个生产队我都去过了，有哪个姑娘比你长得漂亮？你还会嫁不出去？"何少卿说。

"胡扯，我真的有那么漂亮吗？"周雪兰的脸一下子红了起来，她满脸笑意地看着何少卿。

"千真万确。"何少卿笑着答。

"你们城里人就是油嘴滑舌。"周雪兰对着他皱了皱小巧的鼻子笑道。

"想嫁个城里人？"何少卿猜道。

"没想过。"

"嫁个大干部？"

"配不上。"

"那你准备嫁什么样的人？"

"什么人也不想嫁。"

"为什么？"何少卿问。

"那你到现在为什么不结婚？"周雪兰突然反问了他一句。

"我？"何少卿突然被她问得愣了一下，但他马上反应过来说，"我和你不一样。"

"你为什么和我不一样？"周雪兰看着他问。

"我现在这个情况可能吗？结婚的事情我是想也没想过的。"何少卿说。

"那我看到你们大队和我们大队的城市青年和你的情况都一样的，他们都在谈恋爱啊。"周雪兰笑着。

"他们是都在谈恋爱，但又没人结婚。"何少卿辩解道。

"那你也可以找个人去谈恋爱啊。"周雪兰笑着。

"我找不到人啊。"何少卿说。

"你长得这么帅气，这么俊俏，怎么会找不到呢？"周雪兰笑着。

"我长得俊俏？"何少卿看着她。

"千真万确。"周雪兰笑着。

"好啊，你这个乡村野丫头把我刚才的话全部还给我了是吗？"何少卿一下子醒悟了过来，手指着她说道。

周雪兰露着一排整齐的牙齿咯咯地笑了起来。

"你这个调皮的丫头。"何少卿走到她面前用手点了一下她的额头。

"讨厌，是你先惹我的啊。"周雪兰用手抹了一下被他点过的额头，皱着眉头说道。

"我怎么惹你了，我只是好奇地问你啊。"何少卿说。

"有你这样问的吗?"

"我知道了,你一定是没有合适的人选吧。"何少卿说。

周雪兰的脸一下子羞涩地红了起来。

"这样,以后我看到合适的帮你介绍一个,怎么样?"何少卿见她脸红了起来忙随口说道。

"谁要你介绍?"周雪兰睁大了眼睛,在他手臂上狠狠地拧了一下。

"哇,你好凶啊!"何少卿冷不防被她拧了一下,疼得叫了起来。

周雪兰又咯咯地笑了起来,她活泼的神情使他也跟着笑了起来。

周口大队部要做一批办公桌和文件柜。请来了两个木工师傅,他们是师兄弟,师兄项斌根,二十多岁,是周口江南生产队的人;师弟余正青是象湖大队余家生产队的人,他和何少卿是一个大队的。

何少卿遇上了来周口大队部做事的两人。

"哟,小何,你怎么在周口大队部啊?"余正青见了他惊讶地问道。

"我在这里搞社教。"何少卿笑着答道。

"不错啊。"只是余正青伸出了大拇指。

"有什么不错的,只是暂时的。"何少卿说。

"你现在是干部了。"余正青笑着。

"我哪里是干部啊,我是来这里跑腿的。"何少卿说。

两人刚说了几句话,周雪兰就来到了大队部。

"你好!"周雪兰看见何少卿笑吟吟地打了声招呼。

何少卿笑着和她点了点头。

周雪兰走进了大队部的办公室。

"小何,她对你不错嘛。"余正青见周雪兰看到何少卿时笑吟吟的脸部表情,带着羡慕的口气说。

"不错什么啊?"何少卿看了余正青一眼。

"她对你笑得这么甜你感觉不到?"余正青说。

"我们每天在一起做事情,她对我打个招呼笑笑你也大惊小怪?"何少卿不经意地说道。

　　"每天和周口大队这么漂亮的姑娘在一起，真是艳福不浅啊。"余正青呲着嘴说道。

　　"每天和她在一起就是艳福不浅？我怎么没有感觉到啊。"何少卿说。

　　"你是榆木疙瘩，难道周雪兰比你们城市姑娘差劲？这么漂亮的姑娘和你在一起你还感觉不到？装样的吧？"余正青说。

　　"我装什么样啊？我和她又没什么。"何少卿说。

　　"追啊，怎么好的机会，谁能娶她做老婆那真是前世修来的福气啊。"余正青露着一副馋相说道。

　　"看来你是想动脑筋了？"何少卿看着余正青问道。

　　"我是没有这个福气了，我已有老婆了，不过我师兄现在还没对象呢。"余正青调皮地挤眉弄眼看了一眼正在低头锯着木料的师兄项斌根。

　　"怎么扯到我身上来了？"一直没有说话的项斌根直起腰来腼腆地看了何少卿一眼，嘀咕了一声又低下头锯起木料。

　　"你师兄还没有成家啊？"何少卿问。

　　"你有什么好的姑娘帮他介绍一个。"余正青笑着说。

　　"我有什么姑娘可以介绍给你师兄？"何少卿说。

　　"你现在经常在外面走，留心点吗？"余正青笑着。

　　"好，我留心，有机会我一定帮他找一个。"何少卿笑了笑。

　　"不要听他瞎说。"项斌根抬起头来看了一下余正青，红着脸对何少卿说。

　　"师兄你也真是，我好心托人家小何帮你找对象，你反过来埋怨我。真是狗咬吕洞宾，不识好人心。"余正青看着他师兄说道。

　　"你这个人就是喜欢胡扯。"项斌根红着脸埋怨了他一声。

　　"那算我瞎起劲。"余正青嘀咕了一声，然后拿起了斧头劈起了木料。

　　一时间只听见两人斧劈锯破的木料声。

何少卿在一旁看着他俩忙碌了一会儿，忽然灵机一动，他想起了老蔡他们说学手艺的事情，他就试探着问余正青。

"余正青师傅，你俩想带徒弟吗？"

"怎么你也想学这木工的活？"余正青接过他的话抬起头来。

"我想学你们能带我吗？"何少卿笑着说。

"这木工活又苦又累的，你们以后要回城市去的，学了没用。"余正青说道。

"为什么学了没用？就是回城市也有用的啊。"何少卿说。

"干这活你们城里人吃不消的。"余正青说。

"你小看我们城里人是吗？不信我也来弄两下给你看看。"何少卿听他说城里人吃不消有点不服气了，他撩起袖口走了上来，随手拿起了木工台上的一只刨子，拿过一根劈好的木料搁在木工台上准备来两下。

"好了，好了，我知道你行。"余正青怕他把木料刨坏了，忙笑着把他手中的刨子拿了下来。

"你知道我行，那你收我做徒弟啊。"何少卿笑着。

"这——"余正青为难地看着他。

"没话说了是吗？"何少卿知道他不会收他做徒弟就故意缠着他。

"叫我师兄带，他手艺比我好。"余正青不想明着得罪他，就圆滑地把他推给了师兄。

"怎么又扯到了我身上来了？要带你带。"项斌根抬起头来看了一眼他师弟，然后把何少卿又推回给了他。

"小何，这样吧，你如果帮我师兄找个对象，我保证收你做徒弟。"余正青嬉皮笑脸，不知怎么想出了这个怪主意。

"这——"何少卿一下子愣住了，他在想他到哪里去为项斌根找对象啊。

"这下没话了吧。"余正青见他愣在了那里一时间觉得很得意。

"你说话当真？"何少卿见他得意的样子，为了挽回面子不服气地唬了他一句。

"说话算数，骗你是狗崽。"余正青拍了拍胸口说道。

"好，我保证——"何少卿话刚说了一半，只见周雪兰从大队部的办公室里走了出来。

"你们在说什么这么热闹？"周雪兰走到何少卿的身旁笑着问道。

"没说什么，我在问他们做一张办公桌要几天时间。"何少卿掩饰地说道。

周雪兰不相信地"哼"了一声，一双水灵的眼睛看着余正青和项斌根两人。

这时余正青和项斌根两人头也不敢抬一下，他俩又是锯又是刨的，显得格外卖力。

周雪兰在何少卿的身旁看了一会儿他俩干活后就走了。

等她一走，师兄弟两人的活慢了下来，余正青抬起头来对着何少卿伸了一下舌头做了一个鬼脸。

"余正青师傅，把周雪兰姑娘介绍给你师兄怎么样？"何少卿忽然心头一热地对余正青师傅轻声说了一句。

"你有这能耐？"余正青睁大眼睛看着他。

"你俩别胡扯。"边上的项斌根听见脸一下子红了起来，他目光散乱地看了何少卿一眼说道。

"小何，你真有本事把她介绍给我师兄，我俩不但收你做徒弟，而且我把这套木工家伙全部送给你。"余正青指着自己的工具箱起劲儿地说。

"说话当真？"何少卿一时显得很冲动，但他对这事心里一点儿谱都没有，他也从来没有做过媒人。

"有半句假话天打五雷轰。"余正青手指天空发了誓言。

"好，我去试试，不过你们说话一定要作数。"何少卿头脑发热地说。

"我已发了毒誓你还不相信？"余正青露着不满的眼神看着他。

"不行的，你俩不要拿我寻开心，我怎么配得上她？"项斌根见他俩玩起真的来了红着脸忙阻止道。

"师兄，你让小何去试一试嘛。"余正青正经地对项斌根说。

"不行的，你俩别胡扯，人家是大队干部，又是这里数一数二的顶尖姑娘，怎么会看得上我？"项斌根一个劲儿地推脱着。

"那不一定，小何没去说你怎么知道，说不定你俩有缘分呢，再说师兄你人也不错啊。"余正青说。

"不行，不行。"项斌根一个劲儿地摇头。

"项斌根师傅，我去说说试试，我会看情况探探她的口气，如果不行我在她面前绝不说师傅你半句，说不成我也不牵连你，怎么样？"何少卿说。

"小何够意思，是朋友。"余正青伸出了大拇指。

"我找机会一定帮你去说。"何少卿说完后离开他俩去做自己的事了。

等何少卿一走，项斌根埋怨地看着自家师弟："你和他胡扯些什么啊？"

"帮师兄你找对象啊。"余正青嬉皮笑脸地说。

"那你们也不应该把人家周雪兰胡扯进来啊，人家是什么身份，怎么会看上我啊，这事情搞大了被别人知道了，往后我还怎么做人啊？"项斌根头上冒着冷汗，忐忑不安地看着自家师弟。

"这有什么？人家周雪兰也是姑娘，姑娘总要嫁人的，喜欢她有什么过错？没什么不好做人的。"余正青幽幽地说着。

"你啊，和你在一起总是会惹些事情出来。"项斌根皱着眉头不安地说道。

"我说师兄你怕什么啊，就是事情没有说成，人家周雪兰也不会吃了你，你放心，以后有什么麻烦的事情，你就推在我和小何身上。你就说这事情你不知道，是他们俩在胡扯。"余正青拍了拍自己的胸口说。

"推在你俩身上别人会相信吗？再说以后遇上了周雪兰多难为情啊。"项斌根无奈地直摇头。

"如果事情不成，以后遇上她我们就绕道走，不和她碰面就是了。"余正青笑嘻嘻地说道。

"可能吗？一辈子都不碰面，我越想越觉得这事情丢人。"项斌根不停地摇着头。

"我说师兄啊，你怎么总往坏处想？或许人家小何把这事情说成了呢。"余正青说。

"明摆的事，怎么会说成呢？人家是什么人？我是什么人？你俩开玩笑，也不能把这事情当成真的啊。"项斌根一味地埋怨着自家师弟。

"开什么玩笑啊？你是男人，她是女人；男人总要娶老婆，女人总要嫁人啊。"余正青笑着说。

"你到现在还开玩笑，快去把小何找回来，叫他不要去说。"项斌根看着自家师弟说。

"人家已经出去了，说不定他现在已经和周雪兰在一起了。"余正青说。

"好了，这下是你们惹的祸，我也没办法了，就等着丢人现眼吧。"项斌根头上冒着汗，泄气地说道。

（三十六）

这天下午何少卿和周口大队的会计在办公室聊天，周雪兰走了进来。

"小何，这里有一些宣传资料要油印，我们快去打印出来。"周雪兰手里拿着材料的底稿说。

何少卿站起身来，两人来到了隔壁的办公室。

何少卿把材料底稿放在了油印机里准备油印，周雪兰上来帮忙。

"我的周雪兰妹妹，你歇一会儿，还是我一个人来吧。"何少卿推开了她伸出的手。

"你叫我什么？"周雪兰那双水灵的眼睛看着他。

"我叫你周雪兰妹妹啊。"何少卿对她扮了个鬼脸笑着。

"我可没有你这样俊俏的上海哥哥。"周雪兰冲着他皱了皱鼻子。

"怎么不愿意做我的妹妹？"何少卿对着他眨了一下眼睛。

"我乡下人没有这个福气。"周雪兰嘟着嘴。

"什么乡下人、上海人的，我现在也不是和你一样是乡下人了吗？"何少卿说。

"一样什么？你们早晚都得回城市去。"周雪兰说。

"你说的，如果回不去怎么办？"何少卿说。

"保证会回去的，不信我和你打赌。"周雪兰伸出了她细巧的小手指。

"赌什么？"何少卿也伸出了小手指。

"打赌你保证输。"周雪兰肯定地说。

"输就输吧，趁我现在还在这里，就做一回你的哥哥吧。"何少卿笑着用小手指勾了一下她的小手指。

"你想讨便宜是吗？"周雪兰缩回了手。

"讨什么便宜啊？我的年龄比你大，难道不能做你哥哥？"何少卿笑着说。

"行。"周雪兰对着他声音很响地说了一声。

"那现在就叫一声好听的。"何少卿笑着。

"去你的。"周雪兰红着脸在他身上打了一下。

"怎么想赖账？"何少卿顺势在她的小鼻子上轻轻地刮了一下。

"讨厌。"周雪兰捂着自己的鼻子转过身去。

"怎么生气了？"何少卿见她转过身去忙笑着问。

"我才没那么小气呢。"周雪兰转过身来，摸了一下额前的秀发说。

"我说呢，你不会这么小气吧？"何少卿笑着。

"你快点印吧，印好了我想早点回家。"周雪兰收住脸上的笑容看着他说道。

"我也去你家好吗?"何少卿随口说了一句。

"好啊。"周雪兰爽快地应着。

何少卿加快了手脚,一会儿宣传材料全部油印好了。两个人把办公室里面整理了一下,就关上了办公室的门离开了大队部。

周雪兰的家离大队部有四五里路,一路上的景色秀丽。他们翻过了一座树木苍翠的山岗,下面就是周家生产队了。

时间还早,生产队里的人还在田里干活。周家村很安静,周家村大概二十来户人家,都是明清式样的瓦房。周雪兰家在村的西面,是一幢旧的白墙黑瓦宅院,房子的四周是一片竹林,门前有几棵枇杷树和两棵很高的桂花树。

走进宅院,中间是天井,天井两边是木结构的厢房,她家的宅院和何少卿在红山村时住的宅院结构是一样的,就是面积小了一点。周雪兰的房间在北厢房,北厢房隔成两间,前面是她住的,后面是她弟弟妹妹住的;南厢房也隔成两间,前面是她父母住的,后面是客房。一般农村的家里都有客房,方便亲戚朋友来访时晚上住宿。

周雪兰一回到家就忙开了,喂猪、喂鸡、洗弟妹的衣服,已经不是大队干部潇洒的模样了,完全变成了一个标准的乡村农妇。

"没办法,我们乡下人就是这样,一回家就有做不完的事情。"周雪兰边干活边不好意思地对何少卿说道。

"你还有什么事情要做?我帮你。"何少卿看着她说道。

"不要了,你在我房间里坐一会儿,我很快就忙好了。"周雪兰笑着说。

"不,反正我现在闲着,有什么事情我帮你一起做。"何少卿说。

"那你帮我把外面的柴火拿到厨房里去,再帮我打两桶水来,等一会儿我要做晚饭。"周雪兰说。

"好啊。"何少卿照着周雪兰的吩咐拿了柴火,打了水。

不一会儿他把事情全部做好后,他看见周雪兰衣服还没洗好,就走进了她的房间。

周雪兰房间里摆设很简单，一张老式的木框床，床框里挂的蚊帐已有点发黄，床上的被子叠得很整齐，床头放着几件衣服。

床边是一张书桌，桌面上放着一面镜子和一把木梳，桌面靠墙有一套《毛泽东选集》和几本其他类型的书。

房间的摆设虽然简单，但整个房间很干净。

何少卿在周雪兰睡觉的那张床沿上坐了下来，床后的空间中散发出一股轻微的香味，这是姑娘身体上的一种味道。

闻到了这种香味，何少卿忽然感到自己很唐突，自己怎么会走进姑娘家的闺房。

在农村姑娘家的闺房一般人是不能随便进的，房间里有着姑娘很多的秘密，进了姑娘的房间等于知道了姑娘一半的秘密，房间只有姑娘最喜爱的人才能进去。我是周雪兰姑娘的什么人？竟然走进了她的闺房？何少卿一想不对，他马上从床沿上站了起来，拔腿就朝门外走去。

这时周雪兰正好拿了杯茶走了进来，把他堵在了房门口。

"我到外面去坐。"何少卿接过了茶杯，有点慌乱地指着外面。

"就在我房间里面坐吧。"周雪兰笑着把他推进了房间。

"不，我还是在外面坐比较好。"何少卿不安地说。

"你啊，怎么怕别人看见你在我的房间里？"周雪兰她看出了他心里的不安。

"是啊，别人看见了会说闲话的。"何少卿坦率地说着。

"看见了怎么样啊，我都不怕你怕什么？你是城里人，别人看见了也不会多话的。"周雪兰笑着说。

何少卿抹了一下鼻子上因不安冒出来的汗珠，朝窗外看了一眼。

"看你紧张的，就这还是大地方出来的人，还想做我的哥哥？"周雪兰姑娘讪笑着他。

"这和做哥哥是两码事，随便出现在你的房间里不好。"何少卿尴尬地说。

"看你一本正经的，生怕我吃了你是吗？"周雪兰有点生气地说道。

看见周雪兰生气的样子，何少卿忙又走到床边坐了下来。

看出了第一次来到她家感到拘束的何少卿，周雪兰笑着从桌子的抽屉里面拿出了一本相册，里面都是她学生时期的照片。

周雪兰翻着相册里面的照片和他讲起学生时代的很多趣事。

周雪兰说做学生的时候无忧无虑、很快活，毕业了回到家里一点劲儿也没有，整天在外面忙，回家还要帮着父母忙家里的事情。她是家里的老大，几个弟弟妹妹还小，有两个还在读书，要帮他们洗衣服，教他们做功课，一点别的时间都没有。

"你在中学读书时，有男孩子追过你吗？"何少卿看到几张她和两个男孩子的合影后，突然问道。

"你问这干什么？"周雪兰脸红了起来。

"想了解了解。"何少卿笑着回答。

"那你在读书的时候有女孩子追过你吗？"周雪兰笑着反问他。

"我们在上中学的时候正好在搞政治运动，那时我们不经常上课，对班里的女孩子也不大熟悉，稀里糊涂地上了三年中学就来了这里。"何少卿说。

"我在县城读书的时候我们男女生都蛮好的，大家在一起很开心，晚上住在学校的宿舍里经常在一起打打闹闹，有时几个特别要好的男女同学一起溜出学校，去县城的电影院看电影。"周雪兰说到自己的学生时代时，脸上露出了开心的笑容。

"那时你肯定有心仪的男生，是吗？"何少卿笑着问。

"讨厌。"周雪兰笑着用手打了他一下。

"和心仪的男生谈恋爱了？"何少卿笑着。

"没有，就是互相传传纸条。"周雪兰坦率地说。

"那现在还有来往吗？"何少卿笑着。

"没有。"周雪兰沉下脸摇了摇头。

"为什么？"何少卿问。

"家里父母不同意。"周雪兰说。

"为什么?"何少卿问。

"他家里条件太差了,我家里条件也不好,我父母不同意。"周雪兰说。

"怪不得到现在还没嫁出去,原来心里有人啊。"何少卿笑着。

"你坏,你笑我是吗?"周雪兰又打了他一下。

"没有笑你,我是想像你这样漂亮的妹妹不至于找不到一个家庭条件好又心仪的男孩子吧?"何少卿说。

"谁说的?"周雪兰的脸又红了起来。

"现在没有上门求亲的人?"何少卿问。

"谁说没有上门求亲的人?"周雪兰红着脸说道。

"一个都没相中?"何少卿问。

"我也不知道。"周雪兰姑娘收敛了笑容。

"我帮你找一个合适的人怎么样?"何少卿想起了他和余正青打赌的事情忽然说道。

"你帮我找?"周雪兰疑惑地看着他。

"怎么不相信我?"何少卿正经地看着她。

"你帮我找谁啊?"周雪兰看着他正经的模样不禁好奇地问。

何少卿故意用手敲了敲自己的额头,然后想了想说道:"那个在大队做木工的项斌根师傅怎么样?"

"他?"周雪兰姑娘愣了愣,然后涨红着脸指着他说,"好啊,怪不得前几天你和他们在一起鬼鬼祟祟的,说,是不是在动歪脑筋?"

"没有,没有。"何少卿连忙摇着双手说。

"那你们在一起到底在说什么?"周雪兰绷紧了脸。

"我们没说什么,随便聊聊。"何少卿尴尬地笑着。

"是不是在说我?"周雪兰追问。

"说……说你长得漂亮,是周口大队最漂亮的姑娘。"何少卿看着她的脸小心地说着。

"他们真是这样说吗?"周雪兰脸上的表情放松了下来。

"余正青师傅和我说，像你这样的漂亮妹妹应该找一个像项斌根师傅这样有手艺的人，以后一辈子就不会吃苦了。"何少卿看着她小心谨慎地说道。

"项斌根师傅这么好，你们有妹妹就把妹妹嫁给他啊。"周雪兰看了他一眼。

"我们都没有妹妹啊，只有你是我妹妹啊。"何少卿这时只能开玩笑地说着。

"你看我怎么收拾你。"周雪兰脸涨得通红，举起了手就朝他打来。

何少卿一看大事不妙，拔腿就向门外逃去。

周雪兰也没追出来，她只是走出了房间，来到厨房开始做晚饭。

她忙着把洗好的米倒进了锅里，然后点燃了灶膛里的火，坐在灶膛前的小板凳上，看着灶膛里的火一动也不动。

"生气了?"何少卿见她这般模样走上前去赔着笑脸小心问道。

"有什么好生气的?"周雪兰看了他一眼，随手拿起一根木柴塞进了灶膛里。

"那你为什么——"

"你老实告诉我，你怎么会想到帮我找项斌根的?"周雪兰转过脸来打断了他的话问道。

"我觉得项斌根师傅人长得不错，手艺也好，人也老实；你长得漂亮，脾气也好。我觉得你俩很般配，所以我就想帮你找他了。"何少卿小心地说道。

"不是他们叫你来说的?"周雪兰很正经地问道。

"他俩在我面前不断地夸你，说能和你在一起是要有福气的，尤其是项斌根师傅一提起你，眼睛都发光了。"何少卿添油加醋地说道。

"我们这里农村姑娘多的是，他是个有手艺的人，上门提亲的姑娘那么多的，难道他家里一个都没相中?"周雪兰说道。

"这个我不知道，但我看他的样子好像是喜欢你。你在这里哪个小伙子不眼馋啊？无论谁和你在一起都得求菩萨。"何少卿奉承地说着。

"那你求菩萨吗？"周雪兰看着他笑着问。

"我……"何少卿没想到她会这样问，他不禁愣了一下，但他马上反应很快地说，"我不信菩萨的啊。"

"那你从现在开始信啊。"周雪兰对他大胆地笑着。

"我信了也没有用，我不是你们这里的人啊。"何少卿一下子变得脸红耳赤。

周雪兰嫣然笑着看了他一眼，低下了头看着灶膛里的火。

项斌根和周雪兰都是周口大队的人，他家在江南生产队，父亲是生产队会计，母亲是生产队妇女主任，项斌根下面还有一个妹妹。他的手艺是跟着他叔父学的，他家在地方上也算是一户殷实的好人家了。

周雪兰知道在他们这里想嫁到项斌根家里去的姑娘多的是，可她万万没想到今天从这个城市青年口中听到他竟然对自己有意思，她的芳心不禁波动了一下。在农村，现在很多人家的姑娘都想嫁给有手艺的人，这不是一种时髦，而是一种生活的安全感，她至今未嫁也是因为没有实在的人家，上门说亲的人不少，但大都是田里的庄稼人。现在单靠种田收入的人家条件实在不好，现在这个城市青年和她提起了项斌根，她一时也不知怎么说才好。

"怎么不说话了？"何少卿见周雪兰一直闷坐在那里，就又开始逗她。

"你刚才说的话是不是在骗我？"周雪兰抬起了头来看着他。

"我为什么要骗你？是斌根师傅看中了你，不信你去问余正青师傅。他还说如果相中了你，他一辈子就心满意足了。"何少卿感到她有点动心的样子更是添油加醋地乱说一通。

"不会吧。"周雪兰摇了摇头。

"骗你是小狗，我向伟大领袖毛主席保证是真的。"何少卿用当时很流行的一句话发了誓言。

"行了，行了。"周雪兰见他一脸正经的表情，不禁笑了一下阻止他发誓。

何少卿见周雪兰脸色好转，觉得事情好像有了点眉目，不觉心里有点得意。他与余正青打赌说把周雪兰介绍给项斌根本来就是胡说八道的，心里根本没有什么把握。学手艺的事情也是听了老蔡他们说的，一时心血来潮想尝试一下，想不到余正青想出这么个鬼主意来，把他推在了风口浪尖上。为了面子他竟然拍着胸口答应了下来，更想不到的是今天他和周雪兰胡言乱语了一通后，这个平时让年轻人敬畏的团支部书记竟有了点反应，他觉得这件事情可能有点成功的希望。

这时周雪兰又眼睛一眨不眨地坐在灶膛前思考着什么。

"怎么又不说话了？"何少卿看着她那呆呆的神情又开口逗她。

"说什么话啊？"周雪兰抬起头来看了他一眼。

"我刚才说的事情你有什么想法？"何少卿笑着问。

"什么想法，哪有这么简单？"周雪兰的神情一下子显得很平淡。

何少卿觉得好像又没什么希望了，刚才那得意的劲儿一下子消失得无影无踪。

时间不早了，太阳也落山了，何少卿趁她父母还没从田里回来就告辞了，周雪兰竟也没挽留他。

何少卿走后周雪兰仍在想着他刚才说的事情，她在想他说的话是不是真的？项斌根在她的印象中是个很实在的人，他的手艺和他的为人在年轻人当中也是屈指可数的，他家里的条件比她家里要好多了，如果真的嫁到他家里，那她真是……周雪兰的芳心有点乱，同时她又想到了这个俊俏的城市青年和她说起这件事情时的紧张、可爱表情，她不禁偷偷笑了起来。她想等父母回来，听一听他们的意见再做决定。

晚上周雪兰姑娘把母亲叫进了自己的房间，悄悄地和母亲谈起了项斌根的事情，想不到母亲竟然一口赞成。

"如果那城市青年说的是真的，你能嫁到项斌根家里去也是你的福气。"

周雪兰听母亲这么一说，调皮地对母亲做了一个鬼脸，然后嘟着嘴巴说道："你想赶我走啊？"

"我可没赶你走，现在有这么好的人家你不去，你就等着做老姑娘吧。"母亲用手指着她的额头亲昵地说道。

"好，我嫁，我嫁。"周雪兰摸着自己的额头看着母亲笑了起来，一连说了好几声。

第二天，何少卿和周雪兰在办公室里碰了面。

"喂，昨天晚上想了一夜想得怎么样了？"何少卿小声问着周雪兰。

"想什么事情啊？"周雪兰故意莫名其妙地看着他。

"你装糊涂是吗？"何少卿见她的模样心想没戏了。

"你在说什么事情啊？"周雪兰忍住不笑，她很喜欢看他紧张、可爱的模样。

"就是你和他的事情。"何少卿指了指外面正在干木工活的项斌根师傅。

"你小声点。"周雪兰朝外面偷看了一眼，然后凑近他耳朵边轻声说，"你等着，我妈要找你了。"

"你妈找我干什么？"何少卿一惊。

"昨天我把你和我说的事情和我妈说了。"周雪兰小声说道。

"你怎么和你妈说呢？"何少卿抱怨地看着她。

"这么大的事情我怎么能不和我妈说呢？"周雪兰奇怪地看着他。

"你妈怎么说？"何少卿急忙问。

"我妈说——我妈说——我妈叫你今晚到我家里去一次。"周雪兰故意慢吞吞地说。

晚上何少卿又去了周雪兰家里。

周雪兰父母对他敬如上宾，又敬烟又敬茶的。他还没开口，周雪兰的母亲就在他面前夸起了项斌根，并满口赞成他俩的事情，而且拜托他早点叫项斌根家里人来提亲。

这是何少卿意想不到的事情，何少卿有些得意地离开了周雪兰的家，当晚就去了项斌根家里。

余正青也睡在项斌根家里，当何少卿来到项斌根家时，师兄弟感到很意外。

何少卿把好事情告知给了他们师兄弟，项斌根的脸一下子激动得红了起来。

余正青得意地用拳头捶着师兄的肩膀："你说我瞎起劲，现在你说啊，你说啊。"

按照当地的风俗，项斌根家请人去了周雪兰家里提亲。

事情办得非常顺利，双方的父母对何少卿撮成他们儿女的这桩婚事感激万分。

为此，项斌根的父母还把何少卿认作了干儿子。

"小何，我服了，你有能耐。"余正青对着他竖起了大拇指。

"你俩发的誓言怎么办？"何少卿得意地仰着脸。

"照办，照办。"兄弟俩人连声说道。

（三十七）

陈莉和潘国军结婚了，这是场简单甚至有些简陋的婚姻，他们什么都没有。除了刚下来时带的一床被子和一顶蚊帐，唯一的不同就是陈莉睡觉的床铺加宽了一块板，新房就在陈莉所在宅院的南厢房。

两个相爱的年轻人在这样的环境下结婚是需要一定勇气的，贫下中农贫穷，但他们的家在这里，他们有土地、有山作为他们生存的依靠。俗话说再穷家里还有三担铜，而陈莉他们在这里什么都没有，一个是临时的民工，一个是大队临时的老师，他们在这里一点经济基础都没有，以后他们还要生儿育女完成生命的延续。什么叫插队落户？插队就是原来就有一个集体的生产队，你是临时插进去的，落户是你的户口落在了这里，并不是你的家落在这里；如果说插队落户是一个永久性的词语，那应该说知识青年来农村安家落户，而不是叫插队落户了，所以说他们两人的情况想在这里安家是一件很悬的事情，好像浮在半空中没有什么保障。"贫下中农"这个词语，还有一个"中"字在里面，而他们在这里安家连"贫下中农"都算不上，只能称为"贫下下农"了。

何少卿、周建平、吴坚和余翠萍夫妇还有大队赤脚医生水妹子参加了他们的婚礼。没有仪式，没有鞭炮声，甚至连新房的门上都没有贴"囍"字。

宴席也是新娘陈莉自己在灶台上烧出来的，主菜是一碗红烧肉，其余的都是蔬菜，猪肉是水妹子从家里拿了一张肉票到公社的供销社买来的。那时公社的每户人家每年必须要向政府交一头猪，猪必须要一百二十斤以上，卖给国家后，政府会当场给你五斤买猪肉的票子。有了这票子，今后就可以随时随地去公社供销社买猪肉了。

陈莉和潘国军在几个朋友的见证下喝了交杯酒，成了一对正式夫妻。他们可以称得上是一对真正的患难中的夫妻，虽然他们一无所有，但是有两颗相爱的心。人生道路很长很难，以后他们的生存、脚步的深浅就看他们自身的潜力和能量了。

来农村插队落户已是第七年了，城市青年最小的年龄也有二十五岁了。青春在慢慢地消失，等待中希望也变得越来越渺茫，现实在考验着每个城市青年，而延续生命的本能使这些健康的年轻人艰难地忍受着，"孽债"事情的发生就是有些年轻人在寂寞中看不到希望，生命延续本能释放的结果。

今天是陈莉和潘国军在简陋的条件下成了夫妻，以后可能会有更多的城市青年在这偏僻的异乡和当地的人成家，或许是城市青年和城市青年成家。

今天是宅院最后一次热闹了，以后他们这些人可能不会经常聚在一起了。周建平被调到了公社的农机厂，吴坚准备回城市另谋出路，项斌根已答应何少卿等社教一结束就带他学徒吃百家饭，往日热闹的宅院在今天也将告一个段落。

社教结束，项斌根和周雪兰的婚事也完成了。

何少卿挑上了木工工具跟着项斌根师兄弟开始了吃百家饭的学艺

生涯。

上海城市青年跟着本地木工师傅学手艺，在这块古老闭塞的土地上还是第一次见，所以师兄弟的压力很大，同行的闲话也很多，连有些东家都有闲话，因为在他们的心目中，城市青年都是些东游西荡、偷鸡摸狗、不干正事却又不能得罪的特殊人群，他们学手艺怎么会循规蹈矩呢？他们只不过是跟着混日子、骗吃骗喝而已，很多人怕吃亏，婉言拒绝了项斌根师兄弟他们的做工。

老实而又倔强的项斌根师傅见外人这么多闲话，干脆辞去了以前预订的所有木工活，去了自己亲戚家做工。自己家里亲戚的闲话少，而且他们都了解为什么项斌根会收这个城市青年为徒弟。

在亲戚家里做工，师兄弟不时地嘱咐何少卿要争口气，什么事情都要勤快地去做，不能让别人看扁了。

劈、锯、刨等木工活不但要有灵巧的双手，而且还要有充沛的体力。

几天下来何少卿觉得这木工活并不是他想象得那么轻松潇洒，看人挑担不吃力，自己一搭上手，这种木工活比在农田里干活要累多了。一天下来浑身酸疼不说，人累得像散了架一样，甚至吃饭也嚼不动了。

"要挺着，这样的机会以后再也不会遇上了，再苦再累也要把这手艺学到。"何少卿拼命地坚持着，暗暗地对自己说道。

一个多月过去了，何少卿对木工中的基本活——劈、锯、刨熟悉了一点，随着师兄弟的指点，他对这活开了点窍。

又过了一段时期，他已懂得如何用巧力去做这木工活了。

何少卿进步非常神速，师兄弟都惊叹万分，几个月下来，他不但能精确快速地出料，而且还能独立地做一些小的家具，还做得还十分精巧。

"城里人就是聪明。"项斌根把这一切都看在了眼里，他私下情不自禁地对师弟说道。

"这家伙确实聪明勤奋，别说带他三年，一年下来他就完全可以独立做事，甚至还会超过我们。"余正青不免有点嫉妒。

随着何少卿手艺的进步和他的勤奋，东家改变了对他的看法，他们似乎忘记了他是个学手艺的城市青年，人们开始尊敬他，称他为博士师傅了（农村人称木工为博士）。

局面在慢慢地打开，邀请项斌根他们去做工的东家又多了起来，刻苦与勤奋有了回报，何少卿终于在这行当中站稳了脚跟。

项斌根对这位徒弟非常满意，但他还是反复叮咛："小何，吃我们这行饭的人是做到老，学到老，永远也不能满足。"

"是，师傅，徒弟明白，我绝不会半途而废的。"何少卿认真地听着师傅的教诲。

随着手艺越来越精湛，一天何少卿突发奇想，想在这里做一套城市式样的家具，他想让这里的人开开眼界，他把这个想法告诉了两个师傅。

"好啊。"余正青第一个赞成。

"等这里完工后，去我家里做一套你们城市式样的家具。"项斌根兴致勃勃地说道。

几天后结束了东家的活，三人回到了项斌根的家里。

何少卿在师傅家里细心地画了一套城市家具的图纸交给了师傅。

当天三人按照图纸开工了。

埋头干了十天，一套细巧精湛的城市风格家具在项斌根家里立了起来。

三开门的挂衣柜、四抽屉一门的五斗橱、流线型的一副床架、两只小巧的床头柜，漂亮的梳妆台配着一只小凳子，灵巧的一张小方桌配着四把靠背椅子，这套线条简洁的家具和项斌根房间里原来一套笨重土气的家具一比，不知耀眼了多少。

"城市家具的式样确实好看。"周雪兰和项斌根的父母见了情不自禁地称赞起来。

项斌根请来了漆匠，刷漆后的家具更加靓丽。

村前村后的人家都来参观这套家具，他们都羡慕地叫起好来。很多人都缠着项斌根要做这样的家具。

三个人根本忙不过来，很多当地的木工师傅也偷偷地来看这套家具。何少卿没想到他的奇想会在这里引起这么大的反应，然而他更没想到的是几年以后，这里的木工师傅都改变了以往那种传统家具的打造方法，这里的人都流行起了城市家具的式样。

何少卿对生活有了创意，他在生存中创造了生活。这时他已不再寂寞与孤独，他学会了生活中需要的一项本领，他的手艺还在不断地进步，他今后肯定能靠着他学的本领去独立生存了。

(三十八)

何少卿一直跟着两个师傅吃着百家饭走东穿西，时间已来到了1976年，这年是闰八月。

何少卿在打工时，总听见农村老人说闰八月是灾难年。

元旦过后，传闻越来越多，而且愈演愈烈，有种天要塌下来的感觉。果然没几天出事了，还是一桩惊天动地的大事。

这天三人在东家吃了早饭准备开工，很多人突然从家里出来，慌慌张张地向村东围去。

"正青，你去看看出什么事情了。"项斌根伸长了脖子看着还在陆续向村东走去的人。

余正青刚想过去，东家却神情紧张地走了过来。

"祸事来了，大祸事来了。"东家走近他们三人低声说道，"不好了，周总理逝世了。"

"什么？"三人都惊呆了。

哀乐声在农村响了几天，人们怀着沉痛的心情悼念了周总理。

没多久一切又恢复了正常。

开春后天渐渐热了起来，晚上收工在和东家聊天时，谈的更多的是闰八月年成不好的事情。"为什么说闰八月是灾难年？"何少卿问东家。

"这是老一辈人传下来的说法，可能是每遇上闰八月的年头灾难和祸事特别多的缘故吧。"东家说。

端午节一过，江南的梅雨季节来了，天空下起了雨。

一连几天阴雨蒙蒙，天气潮湿而闷热，地上一片泥泞。

这天晚上小雨变成了大雨，一直下个不停，第二天早晨还没停。

三人在帮东家造房子，看着下个不停的雨，东家也很心急。

"项斌根师傅，这样的天看来是不能开工了。"吃了早饭，东家皱着眉头对项斌根说。

"是啊，看来只能等天晴了再开工。"项斌根也显得很无奈。

雨天不能干活，三人商量了一下决定回家休息几天。

何少卿也好久没有回生产队了，决定趁这几天回趟生产队。

说走就走，三人在雨中分手了。

东家离沙洲村只有二三里的路，要过辽河，何少卿披了件雨衣冒着雨来到了渡口，这时他全身已经湿透了。

"小何师傅回生产队啊？"撑船的老头认出是他后忙打招呼。

"是啊，下雨不能做工了，回生产队休息几天。"何少卿答道。

"看你淋得都湿透了，赶快上船，小心着凉生病。"老头赶忙招呼他上船。

何少卿上了渡船，老头开始撑船摆渡。

船到了河中间，河面的水已很浑浊。"老伯，河里好像在涨水啊？"何少卿问。

"是啊，昨晚下雨到现在河里已经涨了一尺多高的水了，如果雨不停的话，可能就要发大水了。"老头说。

"发大水就不好摆渡了。"何少卿说。

"是啊。"老头答道。

船靠岸了，何少卿跳下了渡船，这时雨又下大了。

他一路奔跑来到了沙洲村的村口。

"哇，小何你怎么回来了？"碰巧老蔡穿着雨衣在村口的竹林边放牛，他惊喜地问道。

"老蔡！"已经很多天没见老蔡了，何少卿一时也很激动。

"回来什么事情啊？"老蔡亲热地拉住了他的手。

"下雨天不能做工，回来休息几天。"何少卿笑着说。

"好，好，快回去，全身都湿透了，当心感冒。"老蔡关心地说道。

"好，我先回家，等会儿去你家里。"何少卿说。

"好，饭在我家里吃。"老蔡说。

"好。"何少卿应了一声后，一路跑回了自己的住处。

回到自己的小仓库后，他换掉了全身已湿透的衣服，烧了一大锅的热水洗了澡。

时间还早，他撑了把雨伞去了大队的供销社。

何少卿在大队的供销社里买了香烟和酒，他想着把这些东西送给生产队队长和老蔡，因为他在沙洲村除了老蔡和家水是他最好的朋友外，生产队队长赵传富夫妇一直对他很照顾。他这次去学木工手艺生产队队长也支持他，他去学艺后自留地一直是他们夫妇帮他管理的。

买好香烟和酒回到了沙洲村，老蔡还没回来，他就去了生产队队长的家里。

"哎呀，小何回来了，快坐。"赵传富见到了他，亲热地忙把他拉到了凳子上。

"队长，很长时间没看见你了。"何少卿把带给赵传富的一条香烟和两瓶酒放在了桌子上。

"这是干什么？"赵传富看着东西有点不高兴。

"队长我能在外面学手艺都靠你的支持，今天这些只是一点小心意。"何少卿笑着。

"这是什么话？你一个城市青年来我们这里，这几年你能到现在这个地步很不容易了，你送东西给我干什么？"赵传富略带责备地看着他。

"哎呀，小何哥哥来了。"这时赵传富的女儿赵家春走进屋来，一看见他就亲热地打着招呼。

赵家春是个十七八岁的小姑娘，皮肤白皙，身材丰满，笑起来脸上两个酒窝很好看。她在外面做裁缝，很少回生产队，只有在农忙的时候她才回家参加生产队的劳动。何少卿来沙洲生产队认识她后，她一直叫他小何哥哥，他就叫她赵家春。

"你今天怎么也在家里？"何少卿笑着问。

"礼文家要做衣服，我这几天一直在他家里。"赵家春笑着说。

"很久没见你了，你越来越好看了。"何少卿笑着说道。

"小何哥哥你长得才好看呢，现在又是大博士了，好吃价啊。"赵家春露着两个迷人的酒窝看着他说道。

赵传富一家留他在家里吃中饭。

饭间赵传富的老婆告诉他自留地里的菜都长得吃不完了，很多菜都老了只能喂猪了。何少卿笑着说他一个人在外面很少回家里来，自留地长的东西你们怎么样处理都可以。

饭后何少卿又坐了一会儿，离开后直接来到了老蔡的家里。

两个人已经很久没在一起聊天了，今天聚在一起有着说不完的话，很是亲昵。

"现在木工的手艺学得还可以吗？"老蔡笑着问。

"还可以，项斌根师傅对我很好，这几天在帮人家造房子。"何少卿笑着答道。

"你真的不容易啊，以前我和家水建议你去学一门手艺，想不到你现在真的学上了手艺，手艺学好了以后什么都不怕了。"老蔡笑着说。

"是啊，我也不知道会有这样的机会，稀里糊涂地和他们两人开了个玩笑，想不到事情后来竟变成了真的；我到现在还搞不明白事情怎么会这样顺利，突然就学上了手艺。"何少卿笑着说。

"这就是你的真心，只要你对别人好，别人是不会忘记你的好的，做什么事情你只要认真了都会成功的。"老蔡笑着说。

"是啊，刚开始跟着项斌根师傅他们做事，累得我人都趴下来了，那时我真想打退堂鼓，心想这活太累了，看别人做的时候好像很轻松，自己一上手真的东南西北都分不清楚了。想不做了又怕人家看不起，只好咬着牙坚持，我想别人能做的事情我为什么不能做？就这样坚持了下来，做了一段时间我知道了里面的窍门，再之后，做事就一天比一天轻松了。"何少卿说。

"做手艺这事情不但有窍门，而且还要动脑子，小何你是城里人，很聪明的，你以后的手艺肯定会超过你师傅的。"老蔡笑着说。

"我现在做的东西师傅已非常满意了。"何少卿说。

"是吗？你才学了八个月，一年还不到；如果你再做一年，你的手艺肯定会超过你师傅。"老蔡说。

"是吗？"何少卿笑了笑。

"我不会看走眼的，我相信你。"老蔡说。

"现在家水怎么样了？"何少卿换了个话题，接着问。

"家水现在跟着他舅舅在学竹匠，听他娘说学得还可以。"老蔡说。

"好久没看见他了。"何少卿说。

"是啊，要见他得等到农忙的时候了。"老蔡说。

整个下午何少卿都在和老蔡聊天，就连下不停的大雨也浇不熄两人聊天的热情。

晚上老蔡弄了点下酒菜，安排好傻女人和孩子吃了饭后，两人坐在小客厅里自得其乐地喝起酒来。

天黑了下来，外面下起了暴雨，雨倾盆而下。

"这样的雨下几个小时会出事情的。"老蔡站起身来紧锁着眉头走到门口看着外面的瓢泼大雨说道。

"那怎么办？"何少卿也站起身来走到了门口。

"我担心会发洪水。"老蔡的眉头锁得更紧了。

一道耀眼的闪电照亮了天空，天空中响起了炸雷，震耳的雷声几乎把整个大地都震动了。

"今晚会出事。"老蔡担心地说。

"会发大水?"何少卿也担心起来。

"可能会,你赶快回去,把东西放到阁楼上去。"老蔡看着他说。

"好。"何少卿拿了把雨伞,冒着暴雨奔回了自己的仓库。

他点燃了煤油灯,看着房间里一些简单的东西,不知道该把什么东西搬到阁楼上去。

"算了,没什么东西好搬的。"他自言自语地说了一声,然后靠在了床头的板壁上听着外面哗哗的雨声。

刚才喝下去的一点酒在体内发作了,何少卿感到非常疲倦,他熄灭了煤油灯,倒在床上睡了过去。

暴雨伴着雷声一直肆虐地下个不停,村里的人都开始紧张起来,他们把楼下的东西都搬到了楼上,全村的人都在紧张行动着,然而何少卿却对这一切浑然不知。

(三十九)

凌晨何少卿被一阵奇异的声音惊醒,他听见了一阵如千军万马奔腾的呼啸声尖锐地从远处横扫过来。

"水库塌了!""山洪暴发了!"村里的人惊恐地叫喊起来。

他一下子从床上跳了起来。

他想自己的东西还没搬到阁楼上去,他想去拿放在床对面的木箱子,但箱子很重,里面都是衣服和一些生活用具;他想把箱子打开,把里面东西拿出来放到阁楼上去,但洪水已从门缝中涌了进来。水一下子浸到了他的膝盖,他什么东西都来不及拿了。他瞬间有些慌乱,门外是村里杂乱的叫喊声,他隐约听到有人在叫他。

他拉开仓库的门想逃出去,水流涌了进来把他推向了板壁的深处,水一下子浸到了他的腰上，他在齐腰的水中舞动着双手费力地走到了门口。

斜对面房子门口，生产队队长赵传富站在齐腰深的水中，手里拿着手电筒照着仓库的门口拼命地叫喊他："小何快过来，小何快过来！"

"队长我来了！"何少卿在越来越深的水中朝着手电筒的光线拼命地走了过去。

赵传富抓着他的手，把他拉到了家门口里的楼梯上，然后跟着一起上了楼梯。

何少卿来到楼面，全身都湿透了，冷得全身打哆嗦，牙齿咯咯地响个不停。

"小何哥哥，我爸都快急死了，拼命地叫你，你怎么没听见？"赵家春指着他的鼻子埋怨着。

"我没听见，洪水进屋时，我乱了手脚。"何少卿哆嗦地说道。

"快把湿衣服换了。"赵传富的老婆拿着一套干净的衣服从楼面的一处走了过来。

何少卿感激地看着她接过了衣服，他看了一下楼面，走到楼面囤粮食的竹席后面脱下了湿衣服，换上了干净的衣服。

洪水还在呼啸着，赵传富家的整幢房子在洪水中抖动着。

生产队队长夫妻两人一脸凝重地在楼梯口用手电筒照着不断上升的水位。

何少卿和赵家春趴在楼面的窗口上也紧张地看着黑暗的外面。

一道长长的闪电，在一瞬间的闪亮中，何少卿看见了斜对面自己住的那间仓库已一大半淹没在洪水中。

他不由地擦了下头上冒出来的冷汗，心想若他还在仓库现在不知道会怎么样。

"你看到了吗？你那房子快淹没了。"赵家春也看到了斜对面他住的房子。

"好险啊，多亏你爸把我叫到了你家。"何少卿庆幸地说道。

| 193

天已蒙蒙亮了起来，雨也停了下来，但奔腾的洪水仍在震着房屋。

天终于大亮，天空一片灰蒙，何少卿趴在窗口上看到全村的房屋全被淹在了洪水之中，白茫茫的一片。

村里的猪圈、牛栏全部被水淹得没了踪影，村周围的树木竹林在洪水中东倒西歪。村边的那条道路已变成了洪水的通道，滚滚的水流带着各种灌木丛与杂物从村边一晃而过……

沙洲村的洪水是迂回进来的，如果村子在洪流的航道中，肯定早就被洪水冲走了。

"闰八月，灾难年啊。"赵传富看着窗外的情景满脸的忧愁。

折腾了半夜，何少卿有些饿了，粮食和吃的东西都来不及从仓库里拿出来，现在全部给水淹没了。看着外面白茫茫的一片，他不禁担忧了起来。

"小何哥哥，肚子饿了吧，我这里有饼干，等一会儿我妈把饭煮熟了我们再吃饭。"这时赵家春从楼面的另一边拿了一包饼干过来。

"你们把吃的都拿上来了？"何少卿欣喜地看着她。

"是啊，哪像你稀里糊涂的，我们看到情况不对早就把吃的用的全部拿到楼上来了，以前发大水的时候我们都是这样做的。"赵家春说道。

"谢谢你。"何少卿接过赵家春递给他的饼干狼吞虎咽地吃了起来。

"吃慢点，别噎着了。"赵家春拍了拍他的后背说道。

"我昨晚在老蔡家里喝了点酒到现在还没吃饭呢。"何少卿不好意思地看着赵家春说道。

"那你就多吃点吧。"赵家春把一包饼干全部递给了他。

"不用，我再吃几块就可以了。"何少卿从赵家春递给他的一包饼干里又拿了两块。

"小何哥哥你吃吧，我们家里还有。"赵家春又把饼干递了过去。

何少卿对赵家春的关心很是感激，但他不好意思把人家准备的干粮一个人全部吃掉，硬是把一包饼干推回给了赵家春。

　　第二天晚上，洪水已退下去了很多，何少卿疲倦地睡在了楼面一侧的角落里，蚊虫的侵袭使他在朦胧中不断地用手去驱赶。赵家春看见了，帮他弄来了用板栗花编成的一串蚊香，点燃后放在了他的身旁，并坐在他的身旁用扇子一直轻轻地帮他驱赶蚊虫。第二天凌晨他醒来，发现她靠在他头顶前的囤席旁睡着了，她手里拿着扇子，白嫩的手臂上却被蚊虫叮了好几个肿块。

　　三天后洪水全部退走了，全村一片沼泽。

　　太阳出来了，火热的太阳照在了这片满目狼藉的土地上，散发着阵阵令人恶心的腐臭味。

　　何少卿回到了自己的仓库，仓库里一片狼藉，所有的东西都在淤泥中。

　　他站在房间的中央看着四周潮湿的板壁和被洪水浸泡过的一些可怜的财产不知如何是好，除了衣服和床单可以清洗一下外，其余的东西全部都不能用了，粮食也没有了。

　　全村的人都在忙着清扫自己的家，村中央的空地上到处都是从屋里搬出来的家具和杂物。

　　何少卿也开始清理自己的房间，足足忙了一个上午，总算把房间清理干净了。累坏了的他，没吃午饭就躺在空的床板上睡着了。

　　赵家春端着一碗面条来到了他的房间，看到他已熟睡，就把面条放在了桌子上，然后她轻轻地走到了他的跟前。

　　熟睡中的小何哥哥在这位青春年华的乡村姑娘眼里显得更加俊俏，看着他白皙帅气的脸，姑娘的心激烈地跳动起来，她俯下身子在他的脸上偷偷地吻了一下。他醒了，睁开眼睛看到了站在他床前满脸通红的赵家春，马上从床板上坐了起来。

　　"不好意思，我睡着了。"何少卿看着赵家春尴尬地说道。

　　"我帮你送吃的来了。"赵家春羞红着脸说道。

　　"谢谢你。"看到桌子上一碗热气腾腾的面条，何少卿感激地看着赵家春不知说什么好。

赵家春坐在他身旁，笑着看他把一碗面条吃了个精光。

洪水把人们一切正常的生活秩序全部打乱了。

洪水过后，整个受灾的地区暴发了一种叫钩端螺旋体的疾病，一下子夺去了好几个人的生命。灾难、疾病、抗灾，何少卿已无法出去做工了。

生产队集中了所有的人员，包括做手艺的人全部投入到了生产的第一线。

生产队一半的水稻田都被洪水浸泡过了，那些刚开花抽穗的水稻东倒西歪地全部被埋在了淤泥中，人们只能把它们一棵一棵地清理出来。

洪水过后是暴热的天气，漫山遍野的竹林都开花了，白色的花朵盖满了山岗，随风飘落，到处都是。

看见这满地的竹花，村里的老人们都胆战心惊，他们不停地唠叨着："闰八月有祸事，还有大祸事……"转眼一个多月过去了，经过了生产队补救后的农田收割回了一部分的粮食。望着上半年侥幸收回的粮食，人们的脸上才露出了一丝丝安慰。

下半年该种的全部种了下去。

下半年的天气变得异常晴朗，农田里的作物长得一片翠绿，看着这茂盛的长势，人们担忧的心情渐渐平静了下来。

正当人们沉浸在下半年的好天气中时，忽然传来了唐山大地震的噩讯，几十万人的毁灭使人们刚平静的心一下子又紧张了起来，人们的心又提到了嗓子眼。

"天灾啊！天灾啊！闰八月，竹子不能开花啊！竹花如纸花，纸花是戴孝的花啊。"村里老人一片惊恐。

村里的人也跟着惶惶不安起来，唐山大地震使人们的神经绷得更紧了，每个人都在担心自己脚下的这块土地随时会抖动起来。

谣言、传说纷起，人们几乎恐惧到了认为他们好像是站在一条发怒的龙背上，发怒的龙随时会抖动身体，顷刻之间就叫你屋毁人亡。

人们在惶惶不安中度过了整个夏天。

过了白露，人们刚要舒展一下疲倦的身心时，广播里突然传来了毛主席逝世的噩耗。

公元一九七六年九月九日毛主席与世长辞。

一时间整个大地肃然无声，一片寂静……

"天灾！人祸！"

整个天空飘满了哀乐声，人们沉浸在悲哀中……

沉默的一个月过去了。

粉碎"四人帮"惊人的消息使沉默的人们一下子像火山一样爆发了。

一九七六年十月六日，全国一片沸腾，人们载歌载舞，兴奋喜悦，人们热烈欢庆"四人帮"的垮台。

如今在这喜庆的日子里，人们尽情地歌舞，尽情地欢唱，也在尽情中期待着新的形势、新的生活。

人们希望新的领袖来扭转历史的倒退，走上新的历史征程。

政治运动的结束使整整七年落户在异乡的上千万城市青年看到了曙光，他们满怀着信心和希望等待着命运之神向他们招手。

这年何少卿离开了沙洲生产队，被调到了公社的九里岗林场。

（四十）

九里岗林场位于公社西南面的边缘，这里是一片红土壤的山岗，如果这里没有人工种植的绿色树苗和果林，就几乎没有别的生机。

荒秃的红土壤山岗上建造着几排砖瓦结构的房子，房子只有一层，房屋朝向东南西北的都有，南面是林场的食堂，其他几面都是员工宿舍。每排房屋都有八个房间，每个房间住两个人。来到林场就会看到这里热火朝天的工作景象，林场的年轻人来自城市、县城和本地，这里的女青年特别多，整个林场四十几个人。除了育林、造林，其实这里还是

197

一个名副其实的工业加工厂，这里加工着棕绷床、木制门窗、翻砂电风扇外壳、翻砂木模、土制肥皂等很多工业品。

几年前这里正是一片荒凉，场长刘文俊和几个贫下中农代表在公社的指配下，带领了刚从城市下来的十几个青年在这里办起了林场。

刘文俊是个五十岁不到很有魄力的人，在他嘴里经常说的一句话就是："什么白猫、黑猫的，我认为抓到老鼠的就是好猫。"

城市青年都吓了一跳，这句话也就他有那个胆量说出口了，他把上面拨给造林的钱款拿出了一部分，买了一些小型的机械设备，做起了一些工业加工业务。

刘文俊身先士卒带领着青年们半天造林，半天搞工业，没几年就把林场搞得轰轰烈烈，林场发展形势一片光明。林场的发展成了公社的楷模，每年的利润都走在公社社办企业的前列。林场工业变成了赚钱的来源，这里员工的工资是以按劳取酬的原则，每个月的工资很可观，所以后来进林场的年轻人大部分都是城乡的干部子弟，林场里还有一部分南昌来的高干子弟。

林场已成规模，有农田科学试验组、育林组、工业综合组、后勤组、供销科、劳资财务科，同时也有党支部。

何少卿进林场因为上面有了新的规定，城市下乡青年不允许一人一队，而且林场正需要木工所以把他调了进去。

何少卿进林场第一天接触到的是劳资科的叶静。

叶静是一个很漂亮的姑娘，白里透红的脸上有一双明亮的眼睛，窈窕的身材散发着一种青春的魅力，在林场里她是个人见人爱的姑娘。

"你是何少卿？"叶静翻开一本名字登记册问道。

"是的。"何少卿看着她漂亮的脸蛋，眼前一亮。

"上海人？"叶静低头在登记册上写着他的名字随口问道。

"你看我像什么地方的人？"何少卿故意不正面回答她的话。

"上海人有什么了不起的？"叶静抬起头来看了他一眼。

何少卿一时感到很尴尬，进林场第一天就遇上了一个这么反感他的姑娘，他心里很不是滋味，之后两个人一句话也没说。

叶静给了他一个宿舍的房间号，何少卿就离开了办公室。

何少卿和一个南昌青年一起住，南昌青年叫陈飞，人很热情，瘦瘦的，七四届毕业生，是个高干子弟，来林场已经一年多了，他在林场的育林组干活。两人交换了一些情况后，很快成了朋友。

整理好了床铺，何少卿和陈飞聊起了劳资科的叶静。

"这姑娘长得很漂亮，但我觉得她对我有点反感，她叫什么名字？"何少卿有意无意地问起了陈飞。

"你说的劳资科的那个女的叫叶静，她父亲是县城里的一个干部，这个女的长得是蛮漂亮的，在这里的上海人周华良和张斌几次想勾搭她，都吃了闭门羹。"陈飞说。

"这个女的好像对我们上海人有看法。"何少卿说。

"这我不清楚，要不你去试试和她搭讪一下？"陈飞笑着说。

"我不去，我刚才领教过了。"何少卿摇着手笑。

何少卿在在食堂吃晚饭时，遇上了仅有的几个上海青年——周华良、张斌和他们大队河西生产队的李巧珍。李巧珍是上半年调进林场的。

"你怎么也来林场了？"李巧珍看见何少卿惊喜地问道。

"是啊，你怎么也在林场？"何少卿看着她笑。

"我是上半年进林场的，现在在农田科学试验组里。"李巧珍笑着说。

"你们生产队陆庆他们呢？"何少卿问。

"陆庆还在生产队，张翠玉早就回自己原籍老家去了。"李巧珍说。

"你在这里还可以吗？"何少卿问。

"有什么可以不可以的？这里再好也没有在城里好啊，等吃了饭，你来我宿舍玩，我们慢慢聊。"食堂里人很多，李巧珍急着打饭就与何少卿告别了。

何少卿的晚饭是周华良帮他买的，都是中学的同学能在这里遇到，大家自然十分高兴。

周华良在供销科做事，经常在外出差，林场的一部分业务就是靠他在外面奔忙得来的。他告诉何少卿林场刚建立时，这里有十来个上海青年，后来慢慢地有人走了，现在老的就留下了他和张斌两人。张斌在育林组，每天的事情就是修枝、栽种树苗，很轻松的。

他俩对何少卿已成为木工师傅而感到吃惊。

"你木工学了多长时间?"周华良问。

"快一年多了，我来这里之前一直在外面吃百家饭。"何少卿笑着说。

"你真有本事，在这里学了木工手艺，以后走到哪里都吃香的。"周华良羡慕地说道。

"你现在家具什么都会做?"张斌问。

"还可以吧，反正在外面做事，人家到现在还没说过闲话。"何少卿笑了笑。

"有本事，我们从城市下乡的青年中还没听说有人在这里学手艺的，你大概是第一个了。"张斌对何少卿竖着大拇指。

"没办法，要想在这里生存下去，唯一的办法就是学门手艺。"何少卿说。

"何少卿，你以后也带我做木工吧，我现在每天都在外面跑，快烦死了，说不定以后林场加工业务没有了，学门手艺我们可以还能在外面混饭吃呢。"周华良正经地说道。

"可以啊，只要你吃得了苦，没问题。"何少卿笑着说。

第二天何少卿开始在林场里干活了，做棕绷床的架子，木工工艺不是很复杂，半天时间他就做好了两个。

"小何师傅，你这手艺不错啊。"场长刘文俊正好经过木工间，看见两个刚做好的表面光洁、榫头结构很密封的棕绷床架不禁称赞起来。

"马马虎虎。"何少卿看着这位和蔼可亲的场长笑了笑。

"不容易啊，上海青年能学会这样的手艺，真是吃价。"刘文俊说道。

何少卿像参加考试一样地在林场场长面前完成了他的杰作，同时他在场长的称赞下，更加细心努力地做着他的工作，在工作时他心里暗暗地感谢着老蔡和项斌根师傅兄弟。

何少卿在林场里站稳了脚跟，林场里的青年都对他刮目相看，这时他真正明白了人在生活中有一技之长是会得到别人尊重的。

林场的生活和生产队完全不一样，尤其到了晚上，大家忙完一天工作后松懈下来的时候，有年轻人的地方总是热闹的。晚饭后他们都会串门，同宿舍的陈飞在林场里的好朋友很多，所以到了晚上他们的宿舍特别热闹。

张斌和李巧珍现在几乎每天都来何少卿的宿舍，林场里很多女青年都是县城的，陈飞有一个女朋友叫黄莺，也是县城的。

黄莺很可爱，一双水汪汪的大眼睛忽闪忽闪的，走起路来蹦蹦跳跳的，像个永远长不大的小女孩。

每天晚上黄莺都会来他们的宿舍，她和陈飞是最热闹的一对，他俩每天都会弄出很多笑话，把来宿舍玩的人逗得前仰后合。

黄莺宿舍和劳资科的叶静宿舍紧挨着，每晚黄莺都会在何少卿面前有意无意地说起叶静。

他从黄莺的嘴里渐渐打听出来了一些叶静的情况。叶静在县城有一个男朋友，但现在不谈了，听说她对男朋友的要求很高。

李巧珍对何少卿说不要去搭理她们那些外地姑娘，她们现在都在找对象，如果搭上了那些外地姑娘，弄不好她们会赖着你，以后会很麻烦的。

所以宿舍里即使再热闹，何少卿也只是很谨慎地和她们说笑，从不参与他们男女之间动手动脚的打闹。

李巧珍是林场唯一一个上海女青年，本来他俩就是一个大队的，她以前也经常跟着陆庆来他们宅院玩，所以她对何少卿很好。她每天来他们的宿舍，都会带点吃的东西给他，有时她还会特意下山去公社的镇上买点好吃的东西拿给他。

"她是你女朋友？"一天陈飞突然问何少卿。

"不是啊，怎么这么问？"何少卿一脸疑惑地说。

"我看她对你特别好。"陈飞说。

"大家都是上海人，也经常在一起，总不会是冤家吧？"何少卿笑着说。

"是啊，出门在外有几个好朋友在一起也是很难得的。"陈飞说。

"黄莺和你很好啊。"何少卿笑着说。

"来到这里寂寞，有个女朋友在这里瞎闹闹时间过得快。"陈飞笑着说道。

"是啊，我很羡慕你，每天有个女朋友在你身边瞎闹。"何少卿笑着说。

"你也可以啊，你也找个女朋友，林场里姑娘这么多，你随便找一个，我保证她们都会和你谈朋友。"陈飞笑着说道。

"不行，我不能和你比，你年龄小可以瞎闹，我这年龄一谈朋友，人家就会当真的，以后就走不掉了。"何少卿说。

"也对，我们现在在这里是很尴尬，我们也不知道几时能调回去，如果在这里谈朋友，到时候就可能真的走不掉了。"陈飞很赞成何少卿的话。

"所以我们在这里只能耐心地等待。"何少卿说。

就这样，何少卿白天做着他的木工活，晚上宿舍里年轻人在一起说说笑笑很是热闹，渐渐地他和陈飞的女朋友黄莺也越来越熟悉。

黄莺是个活泼可爱、爽直单纯的姑娘，她父亲是县城"上山下乡"办公室的主任，是个掌握着全县下乡城市青年命脉的人，所以林场里的下乡青年都对她很好。

何少卿和黄莺熟悉后，黄莺对他特别友好，有时候会把他当哥哥那样在他面前告状说陈飞怎样欺负她。他看着黄莺那么可爱，他也愿意把她当妹妹一样看待。

一天大家在宿舍热闹的空隙中，黄莺突然悄悄地问他："你喜欢叶静姐吗？"

对黄莺突然的问话何少卿一时感到有点莫名其妙。

"什么意思啊？"

"如果你喜欢她，我就帮你牵线。"黄莺笑着轻声说道。

"她不是对我们上海人很反感的吗？"何少卿莫名其妙地问道。

"谁说的？你一定是听了周华良和张斌他们说的，是吗？"黄莺猜测道。

"他们没有说过。"何少卿摇了摇头。

"他们俩给叶静姐都写了好几封情书啦。"黄莺轻声说道。

"真的，还有这事情？"何少卿一时很有兴趣地问。

"这还有假啊？可是人家叶静姐怎么会看上他俩。上回叶静姐和我说周华良每次来办公室报销发票，眼睛总是盯着她的身体看，色眯眯地赖在她办公室里不肯走。"黄莺露着轻蔑的表情轻声说道。

"行啊，我这个朋友还有这么一套。"何少卿笑了笑。

"我现在问你，你喜欢叶静姐吗？"黄莺见他东扯西问的，又小声地问了一声。

叶静出众的样貌在何少卿的心中留下了深刻的印象。窈窕淑女，君子好逑，对他来说也是人之常情，可是他从来没对这位可遇不可求的叶静有什么幻想，他对她不熟悉也不了解。

"喜欢有什么用啊，我对她一点儿都不熟悉。"

"可是叶静姐可喜欢你啦。"黄莺对着他耳边轻声说道。

"什么，她喜欢我？你怎么知道？"何少卿惊讶地看着黄莺。

"我俩在一起的时候，她一直在问我你的事情。"黄莺轻声说道。

"你和她说了我些什么？"

"也没说什么，人家就是喜欢你，想知道你的一些事情嘛。"黄莺笑着说。

（四十一）

在农村的城市青年听见第一件关于自己切身利益的事情，是高考的恢复。

高考的恢复犹如同平地春雷，一时间县城新华书店的门都快被挤破了，中学的数学书、语文书，总之一切关于高考的书籍全部被抢购一空。

已经好长时间没有看到青年为了知识而废寝忘食了。这是一个希望，一个开端，高考是直接脱离农村的一条最好的捷径，谁都想在这上面拼搏一下。

林场里所有下乡知青在工作之余都拿起了课本。

然而在这高考的功课复习热潮中，何少卿他们这些二十世纪六十年代末毕业的中学生很快从这热潮中退了出来，因为他们这些所谓的知识青年真正的文化基础只有小学水平。三年的中学时期他们什么都没学到，现在看到课本中的 ABC 他们头都要晕了。

高考对同宿舍的陈飞他们这些二十世纪七十年代以后毕业的中学生来说，是有很大的希望和吸引力的，因为他们来农村的时间不长，离开学校也只有两三年的时间，而且在二十世纪七十年代初，在"抓革命，促生产"和"复课闹革命"的浪潮中，他们也学到过一些知识。

所以他们一回到课本中，那些学过的东西很快就在头脑中显现。

看着陈飞和黄莺轻巧地解着一个个方程题，何少卿真是羡慕极了。

看着他俩这股复习功课的热情，何少卿只能为自己生不逢时的命运叹息了。

"小何师傅，不要叹气，我来教你数学。"黄莺睁着那双可爱的大眼睛看着他热情地说。

"不，我不行，你们还是抓紧时间复习吧。"何少卿推却道。

“来吧，我们有时间。”黄莺把他拖到了桌子前，认真地教他解算着一道道方程题。

何少卿认真地记着、算着，在黄莺姑娘的指导下他似乎有了点思路，同时他对数学的方程题也有了兴趣，可是在他单独解算黄莺给出的方程题时，XY的交叉很快使他的脑子混乱起来。

“我不是考状元的料，我不行。”何少卿拍着自己的脑袋，放下了手中的笔。

“慢慢来，你会弄懂的。”陈飞在边上鼓励着他。

“不行，我一点儿基础都没有，看来这辈子我只能永远留在这里修地球了。”何少卿苦笑着说道。

“不能灰心，书读百遍，其义自见嘛，只要坚持学下去，保证会懂的。”陈飞再一次鼓励着他。

“可是时间来不及了。”何少卿沮丧地说道。

“今年不行还有明年，只要有一丝希望就不能放弃。”陈飞说。

“是啊，小何师傅，你人这么聪明，一定能学会的，不能放弃一丝希望。”黄莺也在鼓励着他。

“不是那么容易的。”何少卿完全放弃了对高考的幻想。

放弃了高考的幻想，只能老老实实地在这里做他的工作，但想要离开农村的愿望何少卿从来没有放弃过，漂流在外哪怕有金山银山也打动不了他想回城市的心。

这天何少卿一个人在木工间里做事情，李巧珍走了进来，好几天没有看到她的人影了。

“你这几天去了哪里啊?”何少卿一见她就问道。

“我告诉你一件事情，我这几天都在县城医院检查身体。”李巧珍脸上露着一丝神秘。

“去县城医院检查身体?”何少卿感到有点奇怪。

“你不知道吧，现在好多人都在搞病退，去县城医院检查身体的上海人可多啦。”李巧珍说道。

"那检查出来什么病可以退回上海？"何少卿问。

"我现在检查的是脊椎骨的毛病，你记得吗，我们大队余家生产队的林萍不是因为脊椎骨的毛病退回上海了？"李巧珍说。

"那是她脊椎骨真的有病不能在这里了。"何少卿看着她说。

"那我的脊椎骨也真的有病啊，现在照片拍下来我的脊椎骨肥大，县城医院同意我去上海医院复查，我把这里医院的病例带回上海去。如果上海医院证实我的这个病情，我就可以退回上海去了。"

"真的？"何少卿有点羡慕地看着李巧珍。

"其实你也可以去县城医院检查一下，据我所知像我们这些城市下乡的人，只要在农田里做过几年农活的，或多或少脊椎骨都有毛病，有时候腰疼你自己也不注意，其实你的脊椎骨已经有问题了。还有关节炎，有这个病在农村也是不行的，你最好去检查一下。"李巧珍说道。

"听你怎么一说，我这个腰有时也疼啊，这样说来我这个腰应该也有毛病了。"何少卿不禁摸了摸自己的腰。

"你现在做这木工活，经常弯腰曲背的肯定有问题，你还是去检查检查。如果真的有问题，就可以想办法搞病退了。"李巧珍说。

"这样看来我是要去医院检查一下了。"何少卿用手摸了一下自己的后脑勺说。

"我现在要去公社开一张证明，准备过几天回上海去复查，晚上再和你说。"李巧珍说完后就离开了木工间。

李巧珍走后，何少卿在木工间里边做事边想刚才她说的话，在田里干过农活的，脊椎骨都会有问题，而有了这个病就能回上海。何少卿摸了摸自己的后腰，以前是疼过，可是现在一点也不疼啊，那是在农忙的时候，可是现在不痛去医院检查能检查出什么毛病来？县城医院来回七八十里路，身上都没感到一点不舒服去医院不是自找麻烦？再说就算是有了这病也要看病的轻重啊，哪里这么容易退回去啊？现在整个公社的城市青年除了林萍办了病退回去，也没看见其他人因病退回去过。还是等李巧珍成功了再说，如果她真的搞成功了，再去搞也不晚。

晚上何少卿被李巧珍叫到了她的宿舍。

"我上午和你说的你想过没有，去医院检查检查？"李巧珍问。

"我现在腰不痛、头不痛的，去检查干什么啊？"何少卿皱着眉头看着她。

"你不是说你腰也经常疼吗？"李巧珍说。

"可是我现在一点儿也不疼啊，我去医院检查有用吗？"何少卿说。

"你多往医院走走，多看看病，准备点病历对你以后会有好处的。"李巧珍说这话时神秘兮兮的。

"我没有病，去医院看什么？"何少卿觉得她的话有点奇怪。

"你啊，叫你多去医院走走是有道理的。"李巧珍说。

"去县城医院来回这么多的路，检查下来一点儿病也没有多麻烦啊。"何少卿苦着脸看着她。

"你没有病可以装病啊，你可以说这里疼那里疼，让医生多检查检查，比如说关节炎。你说关节疼痛，隔一个星期就去医院检查一次，医生给你看病总要写一些病历呀，这样十次八次地去医院，你的病历卡不是越来越厚，这样错觉上不就是形成你有这个病了吗？"李巧珍看着他说道。

"那有什么用啊？医院抽血要有数据的。"何少卿说。

"数据是人写的吗？"李巧珍看着他。

"如果我没有这种病，检查出来的数据肯定是正常的，医生怎么会乱写啊？"何少卿不明白地看着李巧珍。

"如果有一天医生正好糊涂，把数据写得不正常了呢？"李巧珍对着他轻轻地说了一句。

"不可能的。"何少卿对她的话一点儿也不理解，他皱着眉看着她，心里想肯定是她自己脑子坏了，医生会糊涂到把数据写错了？

李巧珍看着他一副呆头呆脑一点都不开窍的笨样子，真想给他一巴掌，因为有些事情不能明讲，会牵连人，只能靠自己去理解。

（四十二）

黄莺已经好几天没来他们的宿舍和陈飞一起复习功课了。

这晚何少卿问陈飞："黄莺这几天怎么不来了？"

"她生气了。"陈飞笑了笑。

"她生什么气啊？"何少卿问。

"她叫我下山去玩，我没去，她就不高兴了。"陈飞说。

"你啊，真是的，再忙也要陪她出去走走啊。"何少卿说。

"你没看见我这几天都在复习功课，哪有时间出去玩啊？"陈飞说。

"你也好多天没有陪她出去过了，明天星期天休息，你上午陪她下山去，下午回来复习功课不就好了吗？"何少卿说。

陈飞想了想说："好吧，明天我牺牲半天时间，上午就陪她去公社镇上。"

"这就对了，劳逸结合嘛。"何少卿说。

第二天，黄莺一大早就来敲他们宿舍的门。

陈飞从床上爬起来打开门后又钻进了被窝里，黄莺蹦着进了房间后见他俩还在床上，大呼小叫道："两只懒虫这么晚了还在睡大觉。"

"像你啊，整天就是想玩。"陈飞在被窝里说了一句。

"你不想玩啊？你给我起来。"黄莺走到陈飞的床前把手伸进他的被窝里在他身上挠痒。"哎呀，不好了，大姑娘看人家睡觉啦！"陈飞被她扰得把被子裹在了身上。

反正懒觉是睡不成了，在黄莺的吵闹下，陈飞只能从床上爬起来，何少卿也跟着起床穿衣。

"小何师傅，今天你也和我们一起下山去镇上玩吧。"两人起床后黄莺笑着对何少卿说。

"对，何师傅你也和我们一起下山吧。"陈飞在一边说道。

何少卿想了想星期天林场里的人肯定都要出去，有的昨天晚上都回家了，自己一个人在林场里也没有意思，就答应和他们一起下山去公社镇上。

星期天公社的镇上很热闹，他们三人刚走到公社大桥时迎面遇上了劳资科的叶静。

"叶静姐你也在镇上？"黄莺忙打着招呼。

"你们也下山了呀，我一早就下来了准备买点东西。"叶静看了一眼何少卿和陈飞两人，柔声嗲气地说着。

"你昨晚没回县城去？"黄莺笑着问。

"我爸妈今天不在家里，我就不回去了。"叶静笑着说。

"那你今天没有事了？"黄莺笑着问。

"没事啊。"叶静笑着道。

"没事就和我们一起玩吧。"黄莺上前勾住了叶静的手臂。

"好啊。"叶静爽快地应道。

"我们去哪里玩啊？"黄莺转身看着陈飞和何少卿。

"随便去哪都行。"陈飞说。

"小何师傅，你说去哪里？"黄莺见陈飞没有说出地方就问何少卿。

"要不我带你们去山里面玩？就是要一天的时间，你们下午就不能复习功课了。"何少卿说。

"好啊，听说你以前住的地方风景很美的是吗？"黄莺高兴地说。

"还可以，去了你们就知道了，陈飞你想去吗？"何少卿看着陈飞问道。

"好啊，既然下来了就去吧，今天不复习功课了。"陈飞说。

"但是来回要二十几里路了，你们要做好思想准备。"何少卿说。

"二十几里路算什么？我们回县城家里要来回七八十里路呢。"叶静在边上说道。

见大家都没有意见，何少卿就带着他们朝山里进发。当他们四人来到了象湖大队地界的一座山岗的山顶上时，黄莺、陈飞和叶静一下子被山岗下面的景色迷住了。

"哇，这里这么漂亮啊！"黄莺和叶静在山岗的顶上兴奋地跳了起来。

"何师傅，你原来就是这个大队的？"陈飞脸上露着赞美的神情问。

"是啊。"何少卿答。

"太漂亮了，我下来到现在，还不知道我们公社有风景这么美的地方呢，如果我在这里，我就不来林场了。"陈飞有点亢奋。

"是啊，我们从来没有来过这里，也没见过这么美的地方。"黄莺和叶静兴奋地贴在何少卿的身旁。

"这里的景色还不算什么，越往里面风景越好。"何少卿看着他们三人兴奋的表情说。

他们下了山岗，一路上青枝翠叶、树木葱茏，来到辽河边上。辽河两岸青翠的山崖、波光潋滟的河流使第一次来这里的三人兴奋地尖叫了起来。

叶静竟然兴奋地拉住了何少卿的手臂，走下河岸来到了辽河中间的浅滩处，用手去拨清澈的河水，她高兴地拉着他蹲了下来，嬉笑着用水泼着他。何少卿有些疑惑，平时很正经的姑娘今天怎么一下子变得这么活泼，而且距离他这么近。刚进林场报到时，他领教过她的冷淡，所以他进林场到现在一直没有和她接触过，今天来这里纯粹是偶然。

看着叶静这样兴奋，何少卿笑着问："这是你们县的地方，难道你没来过这里？"

"我们怎么会来这里？这里我们根本不熟悉，谁知道这里有这么美的风景。"叶静看着他笑着回答。

"可是这里太穷了，我在这里好几年了，一分钱也没分到过。"何少卿说。

"所以你就在这里做了木工？"叶静问。

"是啊，没办法，为了活命，只好吃百家饭了。"何少卿笑着说。

"你们都是上海人，你比小周、小张他们聪明多了。"叶静称赞他道。

"你们俩在说什么啊，这么亲密？"这时和陈飞一起站在河岸上的黄莺见他俩蹲在河中间的浅滩处不上来笑着问道。

"去，大人说话，小孩子不要插嘴。"叶静的脸一下子红了起来。

何少卿带着他们去了辽河最美丽的地方，叶静一直跟在他的身旁，在走崎岖的山路小道时，叶静有意无意地握着他的手挨近他。玩了一会儿后，由于时间来不及也不去红山村和沙洲村了，他们在大队的供销社买了点饼干和其他吃的东西后就原路返回了。

在回来的路上，黄莺走在何少卿的边上偷偷地问他："你喜欢叶静姐吗？"

"你什么意思啊？"何少卿侧过脸看着她轻声问道。

"给你做老婆你要吗？"黄莺悄悄地问道。

"不要。"何少卿说。

"叶静姐那么漂亮，林场里好多人在追她，你为什么不要？"黄莺姑娘轻声说着。

"不为什么，没想过。"何少卿说。

"那你现在可以想啊，人家早就喜欢上你了。"黄莺凑近了在他耳边轻声说着。

"去你的，小孩子不要乱说。"何少卿把黄莺推到了一边，他想这是不可能的事情，他们之间根本什么都不了解，今天也是第一次偶然聚在一起，这个黄莺就开始胡说八道了。

其实黄莺一点也没胡说八道，何少卿进林场的第一天，叶静见到他后就有一种怦然心动的感觉，她和他说上海人有什么了不起的这句话，主要原因是让他不要小看了她，美丽的姑娘都有很强的自尊心。在林场里和大城市的人接触后，他们总给她一种高人一等的感觉，何少卿问她："你看我像什么地方的人？"这句话使她感觉到大城市里的人在她面前卖弄自己的身份，所以她很反感。后来一段时间她观察到他并不像想象中的那样不可一世，他很实在，他和这里的人关系都很融洽。听黄莺说他根本没有那种凌驾于人的高傲，她和黄莺在说悄悄话时，总偷偷地打听着他的情况。

到了婚嫁年龄的姑娘对出现在身边的男孩子都有一种敏感，县城的青年人跟大城市的青年人不一样，大城市的人来到农村时刻想着自己的前途和理想，虽然他们想过自己也到了成家的年龄，但他们在这里是没有家的，环境条件决定着他们的未来。而县城的人的家就在这里，他们不需要去考虑自己的前途和命运，他们只需要在这里有工作能挣钱就可以了。就算社会形势以后有什么变化，他们也不过是换一个工作的环境而已，他们的家、父母都在这里，他们是有生活保障的。所以他们在这里恋爱结婚是一件很自然的事情，他们可以自由地选择心仪的对象。

今天叶静没想到在黄莺的邀请下能与何少卿有一次这样近距离接触的机会，能和她心仪的人在一起她感到很开心，她在兴奋中尽情地释放着热情。

回到了公社，陈飞和黄莺余兴未了，他俩建议晚上喝酒，于是就在镇上买了酒和菜带回了林场。

很多休假的人都还没回来，林场显得很冷清。回到宿舍后，陈飞把酒菜摆在了桌子上，四人围着桌子坐了下来。

本来今天就有好心情，一喝酒后心情也更加亢奋。

"小何师傅，来干杯！"黄莺脸色绯红地带着醉意举着酒杯要和何少卿干杯。

何少卿拿起酒杯和她碰了一下。

"小何师傅，你说叶静姐漂亮吗？"黄莺碰杯后喝了一口，趁着酒劲儿看着他问道。

"漂亮。"何少卿看了一眼坐在对面的叶静，对黄莺说。

"那你们也碰一杯。"黄莺笑着说。

"好。"何少卿拿起酒杯举到了叶静的面前。

"我不会喝酒。"叶静涨红着脸，拿起酒杯和何少卿的酒杯轻轻地碰了一下，抿了一小口。

"不行，不行，刚才不算，是好朋友应该喝交杯酒。"黄莺笑着说。

"对，应该喝交杯酒。"陈飞也开始在边上起哄。

"要喝交杯酒你们俩先喝。"何少卿指着陈飞说。

"喝就喝，谁怕谁啊？"黄莺拿起了酒杯。

"黄莺说得对，谁怕谁啊？"陈飞也拿起了酒杯勾着黄莺的手臂，两人把酒一口喝了下去。"现在轮到你们了。"陈飞放下了酒杯笑着说。

"我们就算了。"何少卿看着黄莺和陈飞笑着说。

"不行，这不是好朋友了。"黄莺叫了起来。

"是好朋友不能赖账的。"陈飞跟着说道。

"叶静姐把酒杯拿起来。"黄莺指着叶静说道。

叶静红着脸看了何少卿一眼拿起了酒杯。

何少卿在他们俩人的起哄下，只好拿起酒杯勾住了叶静的手臂，喝了交杯酒。

"哈哈，小何师傅这下你跑不掉了，你以后一定要娶叶静姐做老婆。"黄莺笑着大声说道。

何少卿放下酒杯，红着脸看了一眼叶静，这时叶静的脸也涨得通红。

四个人在宿舍里疯疯癫癫地一直闹到晚上。

（四十三）

李巧珍回上海去复查了，这几天张斌也开始偷偷地去县城医院检查身体了。

周华良从南昌回来后对何少卿说，现在南昌街头都在议论关于"上山下乡"青年的事情，很多城市都已闹得不可开交。

"是啊，我们下来已经八年了，可是到现在上面一点儿动静也没有。"何少卿心里很是惆怅。

"现在这么多的城市一闹，我看我们城市青年的事情应该很快就会被解决了。"周华良信心十足地说着。

"可是最近广播仍旧在提倡城市青年扎根农村啊。"何少卿说。

"这些提倡的人都是睁着眼睛说瞎话的，我们现在的情况怎么扎根农村？我们在这里什么都没有，农民不是那么好当的。"周华良说。

"那能怎么办呢？只能看社会形势了。"何少卿无奈地说道。

晚上何少卿和陈飞谈起了城市青年扎根农村的问题。

"我这次回家听我爸说上面已经开始在讨论这个问题了，要么是当地的省市工厂企业解决，要么就是回到原来的城市解决，反正城市青年的事情总要解决的，就是时间问题了。"陈飞说。

"真的会解决？有这样的消息？"何少卿听陈飞这么一说，顿时心情舒畅。他相信陈飞的话，因为他是高干子弟，他的消息来源比外面的小道新闻要可靠多了。

"肯定要解决的，全国一千多万城市下乡青年，是社会稳定的大问题，现在各方面都不满意。我听说了三个不满意，农民不满意、下乡青年不满意、家长不满意，这个问题不解决，这个社会怎么会稳定发展？"陈飞说。

"如果回了城市后，你打算做什么？"何少卿问道。

"这次我回去时我爸给我下了死命令，叫我一定要考上大学，如果考不上就把我扔在农村。"陈飞担心地说道。

"你行的，你看你每天这么认真复习，一定会考上大学的。"何少卿说。

"难啊，这段时间费了我好多脑细胞。"陈飞揉了揉自己的脑袋，笑着说道。

第二天何少卿在木工间干活时，突然走进来一个人，他抬起头来一看。

"哇，是你啊。"

走进来的人是他们原大队河西生产队的陆庆，何少卿已经很久没见过他了。

"你怎么今天会来这里?"何少卿笑着问。

"我也调到林场来了,今天来报到的。"陆庆笑着说。

"真的?我们兄弟以后又能在一起了。"何少卿说。

"兄弟你现在做起木匠来了?你几时学会的这个本事?"陆庆惊奇地问。

"我做了好长时间了。"何少卿笑了笑。

"还是兄弟你有本事,混得好啊。"陆庆说。

"你混得不好?"何少卿说。

"不行啊,再在生产队混下去饭都快没的吃了。"陆庆说道。

陆庆进林场后分在了后勤组。晚上何少卿去宿舍找他,但连这个家伙的人影也没看到,接连几天晚上下班后何少卿都没看见他的人影。

这天晚上何少卿总算在食堂里碰见了他。

"你这个家伙进了林场后一到晚上怎么连人影都不见啊?"何少卿看见了他就问道。

"兄弟不瞒你说,有点私事。"陆庆嬉皮笑脸地说道。

"什么私事啊?找了你几次,兄弟的情分也不要了?"何少卿说。

"在约会。"陆庆凑近他耳边轻声说道。

"什么约会啊?"何少卿问。

"是女朋友,公社里的一个老师。"陆庆低声说道。

"你谈恋爱了?"何少卿问。

"你不要这么大声好吗?"陆庆看了看左右四周,然后悄悄地和他说他在年初公社举办运动会时,在参加乒乓球比赛时认识了一位女老师,叫余佳音。在运动会这段时间,两人在接触中对彼此有了好感,运动会结束便成了男女朋友。

"这女老师是哪里的人啊?"何少卿轻声问道。

"是这里下面生产队的当地人。"陆庆说。

"什么?你和这里的当地人谈恋爱,是准备在这里安家了?"何少卿吃惊地问。

"那怎么办呢？我现在这个年龄总要结婚的。"陆庆说。

"你昏啦，这是一辈子的事情啊。"何少卿简直不敢相信自己的耳朵，他看着这位兄弟有些不解。

"这个我早就考虑过了。"陆庆说。

"你都考虑了些什么？"何少卿问。

"首先我也不想回去了，因为我母亲死后，我父亲又娶了一个女人，我现在和我父亲有隔阂，那个家我也不想回去了；其次，我现在年龄又这么大了，我人长得也不怎么样，现在有一个姑娘对我这么好，你说我该怎么办？"陆庆一脸无奈的表情看着他。

"你真的想在这里成家？"何少卿问。

"你反对？"陆庆看着他。

"你的事情我怎么有资格反对？不过终身大事总要慎重考虑清楚，这毕竟关系到你的前途、你的一生，再说公社下来的城市青年没有一个是在这里与当地人结婚的，你是我兄弟，我只是提醒你一下。"何少卿说。

"这当然，我会考虑清楚的。"陆庆点了点头。

从食堂里回到宿舍，何少卿一直在想着陆庆和当地女老师谈恋爱的事情，这个女老师究竟是怎么样的一个人？陆庆这个家伙会这样迷恋她，如此不顾一切，连自己的前途都不去考虑了。他真想下山去看看这位女老师究竟长得什么样子。

"你刚才和你们那个新进来的同乡在偷偷地说什么？"陈飞见何少卿从食堂回到宿舍后一个人坐在那里一声不吭的，好奇地问道。

"他和我说打算在这里成家了。"何少卿看着陈飞回答道。

"和你们一起下来的上海人？"陈飞问。

"不是的，是这里的当地人，在公社教书的一个老师。"何少卿说。

"他是不是脑子出毛病了？和这里的当地人结婚以后是很难调出去的。"陈飞说。

"是啊，我也和他说了，可是他听不进去。"何少卿说。

"你那个朋友以后要在这里吃苦头的。"陈飞说。

"吃苦头是他自己的事情了，我们也管不了。"何少卿摇了摇头。

世界上很多事情可能就是有着某种因缘的，当大家都在担心陆庆这个家伙真的要在这里与当地的农村姑娘结婚时，这个家伙却偏偏深陷感情的泥沼无法自拔。

没两天，陆庆突然来宿舍找何少卿。

"你慌慌张张的，脸色这么白，出什么事了？"何少卿看着他奇怪地问道。

陆庆沮丧地从口袋里拿出了一封信递给他说："你看后再说。"

"是谁的信啊？"何少卿接过了他递来的信。

"你先看嘛。"陆庆一脸的愁容，没再说话。

何少卿犹豫了一下，看了他一眼，抽出信纸坐在床沿上看了起来。

小陆：

你好！

和你认识快一年了，在我的心目中，你聪明、热情，和你在一起相处我非常愉快。我是多么希望永远和你这样的朋友在一起畅谈我们的人生、我们的理想。我们在一起是那样快乐、那样无忧无虑，可是你突然提出要我做你一生的伴侣，我感到非常震惊，你为什么要提出这样的要求呢？我们现在这样的交往不是很好吗？但你为什么一定要提出和我结婚呢？我是个乡下姑娘，你是个城里人，难道你没考虑过将来的前途和自己的理想吗？

小陆，终身大事并非儿戏，你一定要想清楚，我也曾幻想过和你永远在一起，可是婚姻和恋爱是不一样的，婚姻是永久性的结合，而恋爱是可以随时中断的。在乡下，我们的婚姻大事都要经过父母的同意，我个人不能做主。虽然你来过我家里，我父母对你的印象也还不错，但是他们要知道你想和我结婚的话，是绝对不会同意的。

小陆，我们现在这样不是很好吗？朋友间为什么一定要结婚呢？我们俩之间的相处难道就没有什么别的选择吗？我俩真挚的相处其实比婚姻更丰富多彩，在我俩浪漫的感情中保持自由之身不是更好吗？

小陆，希望你以后不要再提结婚的事情了，不然的话，我以后再也不见你了。

你最亲密的朋友

余佳音

"这是她给你的？"看完信后何少卿看着陆庆问。

"是的。"

"这个女老师不错啊。"何少卿对着一脸沮丧的陆庆笑了笑。

"什么不错？"陆庆看着他。

"很浪漫，有水平，考虑问题比你有头脑。"何少卿说。

"你不要嘲笑我了，我现在心里很乱，你帮我出个主意吧。"陆庆看着他说。

"我帮你出什么主意啊？"何少卿说。

"她写信拒绝和我结婚，但又要和我保持关系，她脑子里究竟在想什么？"陆庆茫然地看着何少卿。

"她没有想什么，只是个多情的姑娘。"何少卿说。

"可是我不想和她只是谈恋爱，我是真的想和她结婚啊。"陆庆一脸的愁容。

"喂，我说你这个家伙为什么要急着结婚呢？你现在这样不是很好吗？"何少卿看着他这位兄弟，真不知道他心里在想些什么。

"你不知道，像她这样的姑娘我如果不和她结婚，以后就再也没有机会了。"陆庆说。

"我说你还是冷静一点，有些事情不要心血来潮，要看看形势，不然的话一步走错，步步都错。"何少卿说道。

"兄弟，你真不知道我的感受，我对今后的什么前途啊、调动啊，已毫无兴趣了，哪里都是过日子，而且我已经习惯这里了，就是有调动我也不想离开这里了。"陆庆的语气非常坚决。

何少卿看着这位语出惊人的兄弟实在无可奈何，或许每个人的命运真的是不一样的，或许他的想法是多虑的，看形势下乡知青一定会有变动，但这个变动不一定能回到原来的城市去，或许在当地的工矿企业解决也不一定。如果在当地解决，有了一定保障，接下来的事情就是成家立业了，陆庆现在急于结婚或许就是想捷足先登吧。

"你既然这样坚决，不妨去她家里和她父母认真谈一谈，把你家里的情况和你的想法坦率地和他们说，看看她父母的态度。"何少卿说。

"这事情我也想过，但不知道怎么和她父母开口。"陆庆苦着脸说。

"该怎么说，就怎么说，就当去她家求婚呗。"何少卿说。

"难啊，真不知道怎么开口。"陆庆摇着头。

"难什么啊，你这个家伙想同那个余佳音结婚，难道你准备和她父母连招呼都不打，就抬着轿子把人家女儿娶走?"何少卿说。

"看来我只能硬着头皮上她家去和她父母好好地谈一谈了。"陆庆抓着头皮说道。

"从容一点，有些事情想好了再对她父母说。"何少卿嘱咐着。

（四十四）

自从上回在何少卿他们宿舍里瞎胡闹喝了交杯酒后，叶静见何少卿已经一个星期了没来找她了，难道他不喜欢她？她想晚上去他们的宿舍，可是这几天他们宿舍里都是人。叶静心里感到有点失落，她在心中埋怨他，甚至开始有点恨他。

自尊心和虚荣心使叶静开始埋怨起来了：什么上海人，都是一个样，自高自大的有什么了不起啊！你何少卿假惺惺地和我喝什么交杯酒，酒喝过了，人却不见了，每天晚上躲在宿舍里面不知道在干什么，我恨不得咬你一口，解我心头之恨……

发泄了一阵后，她又开始恨起了黄莺："还说帮我搞定何少卿，现在一连几个晚上人影也找不到，也不知道去了什么地方？最好在外面摔个大跟斗，看你每晚还朝外面跑……"正在发泄时，忽然有人在敲宿舍的门。

"谁啊？"她冒火地问。

"是我。"黄莺笑着推门走了进来。

"你这几个晚上都去了哪里啊？"叶静看见她，心中的火气顿时烟消云散。

"这几个晚上我都在刘文俊的小舅子家里，帮他穿棕绷床。"黄莺笑着说。

"在拍场长的马屁啊。"叶静说。

"没办法，场长叫你帮忙总不能不去。"黄莺说。

"怪不得这几天看不见你的人影，我还以为你去了哪里呢。"叶静说。

"怎么你晚上没去他那里？"黄莺见她一个人闷坐在宿舍里，指了指对面何少卿的宿舍笑着问。

"你不在我一个人怎么好意思去他那里？再说了这几天他们房间里都是同乡。"叶静说。

"我现在去叫他来这里好吗？"黄莺看着叶静说。

"他不会来的。"叶静说。

"我叫他来，他一定会来的。"黄莺说。

"叫他来干什么？"

"我就说你想他。"黄莺咯咯地笑着。

叶静听到黄莹的话顿时涨红了脸。

"我现在就去叫他过来。"黄莺转身走出了房间。

"什么事情啊？"当何少卿站在了叶静宿舍门口时，叶静的脸已变得无比通红了。

"叶静姐想你了，想晚上找你说说话。"黄莺从后面把何少卿推进了房间。

"坐吧。"叶静红着脸拉过一把椅子放在了何少卿的面前。

"我以为你俩有什么事情呢。"何少卿坐下后看着她俩说道。

"没有事情就不能来啦，架子这么大，害得叶静姐几个晚上一个人在宿舍里闷得慌。"黄莺笑着说。

"那你可以来我们宿舍啊。"何少卿看着叶静笑了笑。

"这几天你们宿舍里都是上海人，叫叶静姐怎么好意思去啊。"黄莺说。

"这有什么，大家都不是外人，有什么不好意思的?"何少卿说。

"人家叶静姐对你这么好，你为什么不过来看看她?"黄莺说。

"这几天陆庆有点事情找我商量，走不开。"何少卿说。

"就是新进林场的那个陆庆? 他有什么事情啊?"叶静问。

"他说准备在这里结婚。"何少卿一时口快说了出来。

"他有对象了?"黄莺问。

"是啊，是下面生产队在公社做老师的余佳音。"何少卿说。

"什么，陆庆的对象是余佳音?"叶静一时惊讶地问道。

"是啊，你认识?"何少卿看着叶静惊讶的表情问道。

"余佳音是我中学的同学，人长得挺漂亮的。"叶静说。

"怪不得陆庆这个家伙要急着结婚。"何少卿有点明白了。

"小何师傅你怎么这么关心别人的事情啊? 你应该多关心一下叶静姐。"黄莺在边上说道。

黄莺的话使何少卿一时很尴尬，他不由地看了一眼叶静。

"乱说。"叶静见何少卿看她，一时脸又涨得通红。

"怎么我说错了?"黄莺冲着叶静笑道，"人家不在你魂不守舍，人家来了你装正经。"

"你……"黄莺的话使叶静花容失色，她走到黄莺的身边在她的手臂上狠狠地拧了一下。

"哇!"黄莺疼得大叫一声，她摸着被拧疼的手走到了何少卿的面前嘟着嘴对他说，"看，她拧我。"

"是她惹我。"叶静也走到了何少卿的面前。

看着她们两个可怜楚楚孩子般告状的神情，何少卿不禁笑了起来，房间里的气氛顿时热闹了起来。

两位姑娘围在他的身边有打有闹的，她俩热闹可爱的神情使何少卿有点陶醉。

林场的农田科学试验组要搭一个暖棚，何少卿带着木工工具和材料去了那里。农田科学试验组在林场的西南面，他自从来了林场，从来没来过这里，今天他来到了这里，一下子被这里的情景震撼到了。

红土壤的山岗上开垦着十来亩的农田，农田整理得非常干净，培育着各种蔬菜，这些蔬菜的长势好到简直不可思议。果实类的蔬菜都长得非常大，那番茄、黄瓜、茄子每一个最起码都在一斤左右，南瓜有二十斤左右，豆角类的植物又长又大挂满了竹棚。两个贫下中农的老师和一男两女的南昌青年正在田里忙碌着。

负责这里搞试验的是一个二十四五岁长得很帅气、很文静的南昌男青年潘国荣，他的助手肖文文是个很秀气的姑娘，二十二三岁，也是南昌青年，是个高干子弟。他俩高兴地和何少卿讲述着他们需要搭建的暖棚。

"想不到林场里还有这么个神奇的地方。"何少卿第一次来这里，惊奇地对他俩说道。

"这里是我们林场的精髓，我们这里还有很多嫁接果树的项目，你不要看我们现在林场工业很赚钱，到后来还是要靠林业来维持生计的。"潘国荣平静地说道。

"我真佩服你们，能在这寸草不生的地方培育出这么神奇的蔬菜来，你们真的有本事。"何少卿佩服地看着这两位南昌青年。

"你也有本事啊，我们城市下乡青年有谁像你这样会做木工的？"潘国荣笑着说。

"我这个本事不能和你们俩比，你们才是有真正的大本事，我只能算是卖苦力的。"何少卿这时真正感受到山外有山、天外有天。

过了一个星期，何少卿在这里搭建好了一个暖棚，并在暖棚里做了些木架子，潘国荣非常满意。

"何师傅，你真行，以后我还有很多的木工活要麻烦你。"潘国荣高兴地对何少卿竖着大拇指。

"行啊，你有什么事情只要吩咐一声，我马上就过来。"何少卿打心眼里佩服着这位有技术的南昌青年。

暖棚搭好后，潘国荣和肖文文把一盆盆培育的农作物秧苗放进了暖棚里面，何少卿也跟着帮忙把这些放在外面的植物秧苗搬进了暖棚里面。这些秧苗有的他认识，有的他根本没看见过，为了认识这些秧苗，他问潘国荣，潘国荣就细心地和他讲解了这些农作物的生长过程和培育情况。

对潘国荣和肖文文肚子里的植物知识，何少卿真是佩服得五体投地。

"你们俩如果考大学一定会成功的。"何少卿敬佩地看着他俩。

"我们正在复习功课，准备考农业大学，我们现在的知识还不够，很多事情还搞不清楚。"潘国荣很谦虚地说着。

回到了宿舍，何少卿和陈飞说起了潘国荣和肖文文两人。

陈飞说公社去年早就推荐潘国荣去上大学了，可是刘文俊不放人，林场需要人才，如果他走了，林场的农田科学试验就垮了。因为刘文俊知道现在林场搞工业不是长久之计，现在以工业养林是权宜之计，以后林场真正的发展还是靠林业，小潘一走整个林场就相当垮掉了一半。

"这样说，潘国荣是走不了了。"何少卿说。

"他会走的，现在高考是全国性的，只要被录取了，地方上是不能阻挠的，而且小潘的功课比我好多了，如果他考不上大学，那我根本考都不要去考了。"陈飞说道。

"是啊，我在他那里搭暖棚时我发现他真的很博学，人也谦虚，真是个人才。他如果不去上大学，那真是可惜了。"何少卿敬佩地说道。

"虽说刘文俊不放他走，但是没有用的，到时候他一定会走的。"

陈飞说。

"林场真是藏龙卧虎的地方啊。"何少卿说。

"我们林场里有本事的人多了，像供销科的一些人他们就是有真本事，把城市里的工业加工业务接到我们林场里来做。林场赚钱就是靠他们那些人，以后他们走了，林场工业马上就会垮掉。"陈飞说。

（四十五）

陆庆要结婚了，上海青年要娶当地乡下姑娘为妻，这件事情一下子在整个公社传开了。这是件打破传统观念的事情，大家议论纷纷，上海青年的反应是陆庆这个家伙丢了城市青年的脸，在这个时候急吼吼地与乡下姑娘结婚，不是疯子也是熬不住的色狼，将来有他吃苦头的时候；当地人的看法是这个余佳音老师是在攀高枝，什么人都可以嫁，就是不能嫁上海青年，因为他们早晚会离开这里远走高飞的，他们不是"永久牌"，而是"飞鸽牌"，到时鸡飞蛋打怎么吃苦头都不知道。

陆庆的见解是下来这么多年了，回上海是不可能的事了，就是以后有什么调动也最多是当地企业解决，就是结婚也在知青解决政策范围内。另外，年龄大了总要成家的，既然是娶老婆，本地的城市的都是一样；两个人在一起只要心心相印，城市姑娘不一定好，农村姑娘也没什么不好，娶了农村姑娘在这里还有一点依靠。再说这位余佳音姑娘，相貌、才华不比现在公社里的城市女青年差。

在下乡青年什么调动信息也没有的形势下，陆庆的想法或许是有道理的。如果今后城市青年真的一辈子在这里，肯定有很多人要在这里成家，城乡男女青年的婚姻结合肯定会层出不穷，现在不过是他带了个头而已。

陆庆的婚礼是按照当地的风俗办的，因为他在这里没有家，只能像倒插门女婿那样在余佳音的家里进行，很多人都来凑热闹。

婚礼上新娘礼仪兼备、热情大方，一点都不像乡下姑娘，她打扮得一点都不俗气，她和相貌平庸的陆庆相比要靓丽多了。

"难怪这家伙这么急吼吼地结婚，原来这家伙娶的新娘子是个大美人啊。"

"这家伙如果在城市里想找这样的姑娘，我看比登天还难。"

"可惜了，新娘子不是城市里的姑娘，如果是城市里的姑娘嫁给了陆庆这家伙，简直是鲜花插在牛粪上。"

来凑热闹的城市青年暗中评论着。

陆庆为扎根农村起了一个很好的榜样，结合当前社会形势，公社政治宣传组特地写了一篇报道，宣传城市青年扎根农村。

为了鼓励陆庆安心扎根农村，公社党委决定把他从林场调出来，调到了县土产公司。

陆庆进了县土产公司后，他搬到了公社的镇上，有了固定的工作和月薪，已变相脱离了农田，他感到十分意足。

陆庆扎根农村的宣传风靡了几天后就销声匿迹了，因为知青办公室里面的干部根本不提倡城市青年在这里成家，至于什么原因不清楚，但他们放出一句话，城市青年一定要在这里成家他们不反对，但人人要像陆庆那样成家后调进县城或当地的企业单位是不可能的，他不过是一个典型，学不学自己去考虑。

城市青年从干部口中听出了声音，大家猜测城市青年今后一定会有大的变动，至于怎样变动只能耐心地去等待。

落户在农村的城市青年在传闻中燃起了重新回到城市的希望，消息越来越多，传闻也变成了真的一样，有的城市青年从大队、生产队的干部口中听到了风声，城市青年肯定要全部离开农村。有的生产队已经开始动起了城市青年下来时上面拨给下面建造的房子的脑筋了。

最近林场的情况有点不对劲。

周华良从外面出差回来，见到了场长刘文俊后满腹牢骚，说这次运出去的一批棕绷床都有质量问题，这批货是刘文俊小舅子负责加工的。

他在收货单位那里费尽了周折，香烟老酒饭都请到家了，对方说如果再这样下去的话就断交业务关系，几张问题实在严重的床已经拖回来了。

刘文俊把他小舅子叫进了办公室。

"你说怎么回事，看到赚钱了，质量也不顾了，这样下去林场早晚会垮在你们手里。"

"现在我下面的人心思都不在干活上面了，大家都在啃书本准备考大学，我有什么办法？"刘文俊的小舅子无奈地看着他姐夫。

"这不是理由，我知道你现在是只抓数量不抓质量，从明天开始数量减半，把质量抓上去。如果再出质量问题，你就从林场滚蛋回家种田。"刘文俊把他小舅子骂了一通。

刘文俊不愧是有个能力的人，林场出了问题他马上进行了调整，何少卿被他叫进了办公室。

刘文俊对何少卿说："你在这里做木工是大材小用，林场决定把你调进供销科，你们上海人聪明，明天开始你就负责木工加工上的一切业务，把木制产品的质量抓起来，以后的销售都由你负责。"

进入林场的核心层后，何少卿看到了林场的工业体系是相当脆弱的，它不像外面人看到的那样一副欣欣向荣的景象。林场前两年能赚钱是因为城市的工业在政治的漩涡中停滞了，某些工业品因在市场上的奇缺而使林场的产品有了机会；现在政治运动结束了，城市的工业也在慢慢地恢复，社办企业的伪劣产品在一点一点被挤出市场。

最近几天来林场讨债的人很多，林场欠着三角债务，场长刘文俊焦头烂额。为了平息债务危机，林场只能做起了投机的生意，何少卿和周华良在场长的指示下去山里拉出了很多木材，在林场加工锯成木板后直接销往了城市。城市很多地方在建设，需要大量的木材，同时何少卿组织了一批木工力量夜以继日地加工着城市建设需要的木制品门窗。

林场现在只能靠这些进进出出的木材和木制品运转，何少卿和周华良现在是供销科里面最忙碌的两个人，同时何少卿和叶静在工作上的接触也越来越多。因为她是劳资财务科的，她掌握着林场的经济大权，何少卿必须经常去她这里报销和结算业务进出的账目。

何少卿每次来她的办公室，叶静都对他热情有加，她把他当作热恋中的情人，给他泡茶，给他吃从县城自己家里带来的东西，对他嘘寒问暖，一直到把他搞得面红耳赤为止。

姑娘的情感使何少卿感到非常为难，叶静确实是个很不错的姑娘，她漂亮、大方，对他温柔细心。如果在正常的环境下或许他早就成了她的俘虏，但在这命运与前途飘忽不定的情况下，他不是陆庆，也不敢想很多。

晚上他在宿舍和陈飞说起了叶静。

"如果以后你在这里进了县城的企业，叶静是你最好的选择。因为她家不是在农村而是在县城，而且她的父母都是县城里的干部，你在这里成家是最完美的，但是我知道以后城市青年的去向基本上是回原来的城市。因为当地的企业也要解决当地的城市青年就业问题，不会去解决外面城市青年的就业问题。"陈飞说。

"可是现在她好像把我当成她的恋爱对象了，我又不好当面拒绝她，每次和她在一起都弄得我很不好意思。"何少卿有些为难地说道。

"她把你当恋爱对象好啊，说明你优秀，有魅力，能吸引姑娘。"陈飞笑着说。

"就是你和黄莺两个人惹出来的事，上次喝什么交杯酒弄得我现在骑虎难下。"何少卿说。

"喝交杯酒怎么啦？就是不喝交杯酒，这个叶静也会缠着你的。"陈飞笑着说。

"为什么？"何少卿问。

"其实黄莺早就和我说过了，在你刚进林场不久，人家就看上你了，她一直在叫黄莺想办法接近你。"陈飞笑着说。

"这样说来上次叫我和她喝交杯酒是你们故意安排好的？"何少卿问。

"你说呢，这就叫当事者糊涂，旁观者清楚，你这么聪明的人也会中招。"陈飞笑着。

"我被你们害死了。"何少卿摇着头说。

"帮你介绍女朋友怎么会害死你啊?"陈飞笑着说。

"那我现在该怎么办?人家缠着我。"何少卿看着陈飞。

"浪漫,浪漫你懂吗?她想和你谈朋友,你就和她谈啊!男女青年在一起谈恋爱是很正常的事情,但千万不要对她做出什么出格的事情来,就像我现在和黄莺一样。我们俩好,但我从不对她做出格的事,以后分开了,我也心安理得,谁也不欠谁的,否则的话把人家肚子弄大了,这个后果和麻烦是不堪设想的。"陈飞说。

对啊,陈飞的话提醒了何少卿,谈恋爱是一件很正常的事情,难道谈恋爱就一定要结婚吗?自己对男女间的恋爱观念是不是太传统了?搞得自己现在心神不定的。

林场的业务每况愈下,除了何少卿他们一路木材进出外其他的综合业务基本上都断了,社办企业的技术力量竞争不过城市企业发展的力量。林场处在崩溃的边缘,人心涣散,场长刘文俊每天都在唉声叹气:"唉!现在的老鼠越来越难捉了。"

在林场有关系的临时工都走了,以前搞工业的男女青年都回了育林组。

在林场,现在心态最稳定的是一些县城的青年,他们都有家庭背景,林场一旦经营不下去,他们就马上退回县城,家里会想办法重新安排他们的工作;他们当时来林场是因为林场是个赚钱的单位,在县城有的家庭背景名义上是青年下乡,其实是来赚钱的。

叶静和黄莺还有另外几个县城姑娘这段时间频繁地返回自己的家,她们的家里都已安排好了她们的后路,一旦林场倒闭,她们马上就有新的出路。

叶静对何少卿的感情也没因为目前林场不利的形势而改变,她仍旧编织着爱情的美梦,乡间姑娘对爱情是很执着的。青翠秀丽的山河养育了她们纯洁的心灵,她们在爱情中没有复杂的心态。

在一天晚上，何少卿被叶静叫到了宿舍外的桃树林里。

这晚月亮特别的明亮，银色的月光洒在山岗上，使人产生了一种夜朦胧、月朦胧的神秘感觉。"你叫我出来，有什么事情？"在格外宁静的夜晚，何少卿站在一棵桃树下看着情绪有点异常的叶静。

"你说，你喜欢我吗？"叶静的眼睛直视着他。

"我——"何少卿一时不知所措，他对叶静突然的表白一点思想准备都没有。

"你是不是在担心你的前途？不就是调到企业里面吃商品粮吗？这一切我全部可以叫我爸给你安排好。"叶静激动地说道。

"我不是这个意思，因为有些事情你一点都不了解，我……"何少卿这时脑子一片空白，他不知道怎么来回答她的话。

"我不想了解你那些乱七八糟的事情。"

"可是你总得让我……"

"我不管，我只要你爱我。"叶静一下子紧紧地抱住了他。

"这……"何少卿这时心跳激烈，全身都是冷汗。

她的头贴在了他的胸口上聆听着他的心跳，而他这时却是千头万绪，姑娘温暖的体温和她身上散发出来的体香使他心醉神迷，这种感觉好像在红山村那个风雪交加的夜晚柳文婷依偎在他身上的感觉一样，他想克制自己，但青春的血液在他体内又一次沸腾起来。

"吻我一下。"叶静在他的怀中仰起了脸，柔情似水地看着他。

他看着她细嫩漂亮的脸蛋心里是矛盾的，最后在她渴望的眼神中，他的心融化了，他在她清秀的眉宇间轻轻地吻了一下。

而她把火热的嘴唇深深地压在了他的嘴唇上。

姑娘得到了满足，含情脉脉地依偎在他的身上。

月亮显得更加明亮，它似乎想要看清楚树丛下这对青年男女……夜有点深，何少卿感觉有点冷。

"我们回去吧，出来很长时间了，陈飞说不定在找我呢。"何少卿的声音有些颤抖。

"让他去找好了，我想和你多待一会儿。"叶静仍紧紧地依偎在他的怀里。

"天太晚了，会着凉的。"在何少卿的再三催促下，叶静才依依不舍地跟着他离开了那片树林。

回到了宿舍，他见陈飞一个人还在看书。

"和叶静在一起？"陈飞见他进来放下了书本笑着问。

"是。"何少卿红着脸应道。

"看来这个叶静缠得你不轻啊。"陈飞笑着。

"是啊，她准备让我留在这里了。"何少卿说。

"她怎么说的？"陈飞笑着。

"她说保证我在这里进企业单位吃商品粮。"何少卿说。

"好事啊，这我相信，因为她爸是县城里的干部，到时候调动一个人是很方便的事情。"陈飞说。

"可是我还没有考虑好啊，以后说不定能回上海了，我留在这里不是倒霉了？"何少卿说。

"留在这里也不错啊，山清水秀的，又有美人相伴，人生几何啊。"陈飞笑着。

"图一时的快乐，一失足成千古恨啊。"何少卿还了陈飞一句。

睡在床上，何少卿想着刚才的事情，叶静的爱使他很内疚，如果当时他拒绝她，那姑娘的自尊心会受到很大的伤害，局面也不好收拾。他不是一个不讲情面的人，一个人人喜欢的姑娘爱上你，你有什么理由去拒绝她，但是他始终感到有座大山在他们中间。爱情高于一切的名言好像在这种特殊的环境下显得软弱无力，要跨越这座大山他觉得很难。因为他不是陆庆，他不会心甘情愿地留在这里，他不想欺骗自己，也不愿用这爱情和他的前途来赌博。命运对他是何等的重要，他要随着大流，不能逆流而行。他相信叶静会让他到一个满意的地方去，他也相信她对他爱的承诺，可是他知道他俩是没有缘分的，因为他还是盼望着回到原来的城市中去。

（四十六）

终于看到了形势的变化。

一九七八年的下半年，陈飞在高考恢复后考上了大学，成功的喜悦布满了他的脸，他半年的心血没有白费。

"我今天能考上大学首先应该感谢国家政策，正是由于恢复了高考制度，我才能上大学。"陈飞对何少卿兴奋地说。

林场里潘国荣和肖文文也考上了大学。

何少卿对陈飞去上大学非常羡慕，进林场两年来他俩一直是同一个宿舍，两人的感情一直很好，朋友间的友谊也是真诚难忘的。

"明天你就要走了，今晚你一定要去看一看黄莺。"何少卿看着在整理行李的陈飞说。

"算了，反正早晚都要散的，不去了。"陈飞说。

"不管怎么说，你们俩相处了这么长时间，黄莺对你还是不错的，你总要去看她一下吧。"何少卿说。

"中午我去了她的宿舍，她伏在桌子上总是哭，一句话也不说。我在她房间里坐了很长时间，本来想和她好好谈谈的，可是她一直不理我，弄得我好尴尬，我现在还去她那里干什么？"陈飞解释着。

"她这次没考上大学，她伤心啊。"何少卿说。

"这怪谁啊？她一点儿都不用功只想着玩，怎么能考上大学？"陈飞说。

"你以后就和她这样算了？"何少卿看着陈飞。

"你说呢？总不能我把她带到南昌去吧，再说我父母是不会允许我在读书时谈恋爱的。"陈飞说。

"可惜，黄莺是个不错的姑娘。"何少卿说。

"我知道，她的性格脾气、人品相貌都不错，而且进林场到现在她一直对我很好，可是怎么办呢？我现在要去上大学了，总不能为儿女私情毁了自己的前程吧，再说我们现在林场所有城市下乡的人谁不想早点离开这里，脱离农村啊？"陈飞说。

"这确实是个事实。"何少卿承认。

"好了，何师傅，我们不说这些烦心的事情了。明天我俩就要分开了，说句实话我也舍不得和你分开，和你这个朋友在一起我很高兴。今晚我们还是痛痛快快地喝上一阵，以后这样的机会可能没有了。"

说完陈飞从写字台的抽屉里拿出一瓶四特酒和一大包花生放在了桌子上。

酒斟满了杯子，两人仰着脖子每人喝了一大口。

"痛快，终于熬出了头。"陈飞放下杯子，抹了一下嘴唇兴奋地说道。

"是啊，你终于熬出了头，但我不知道几时能出头。"何少卿为朋友高兴的同时，也在担忧着自己的前程。

"快了，据我所知，你们上海青年可能都要回上海去了。"陈飞说。

"可能吗？说不定在当地解决呢？"何少卿说。

"不可能当地解决的，我们有多少工厂企业？解决了你们上海青年，我们南昌青年怎么解决？这次我在南昌考试时听我爸说，什么地方来的知青，什么地方解决。"陈飞说。

"看来我们真的有希望回上海去了。"何少卿听了陈飞的话一时很激动。

"不是真的也假不了，我爸说现在上面为在农村插队的城市青年这个问题担忧着。现在不过是时间问题，我敢和你打最后一次赌，你们保证能回到上海去。"陈飞信心十足地在何少卿面前说道。

"好，为以后我能回到上海去，来，先干一杯。"何少卿兴奋地拿起杯子和陈飞的杯子碰了一下，一口气喝光了杯中的酒。

"兄弟，你现在和叶静的事情怎么样了？"陈飞的脸被酒精烧得通红，他突然转变了话题看着何少卿笑着问。

"我能不回答这个问题吗?"何少卿说。

"为什么?"

"因为我感觉到现在很多事情不是我能左右的,我现在的心情是非常矛盾的。叶静对我是很真诚的,但是前途对我更重要,我可能很自私,以后可能会对不起她。"何少卿说心里话。

"朋友,这不是自私,说实话,在恋爱上我的心情和你是一样的,在这特殊的环境下,我们是不能掌握自己命运的。我知道黄莺对我一往情深,或许以后我再也遇不到这样对我好的姑娘了,可是命运就是这样安排我们的,我们任何人都逃脱不了上帝安排好的命运。"陈飞说。

"是啊,你说得一点儿都不错,我总感觉到我们的命运始终是在冥冥中遇到很多事情不能由自己掌控。"何少卿感触地说道。

"是这样的,我们现在活在这个世界上好像不是一个人存在,而是两个人存在,一个声音在叫我做这个事情,但另一个声音是更清晰地在时刻警告我有些事情是陷阱,我千万不能陷进去。"陈飞说。

"对,我也是这样感觉的,那个更清晰的声音可能就是我们的本能。"何少卿说。

"所以我们不能把有些事情看得太认真,像恋爱过去了就过去了,人一生中不可能只谈一次恋爱,真正的恋爱婚姻是需要缘分的。在结婚以前,男女青年在一起随时随刻都会产生感情,我们现在都有私心,所以像我们现在的恋爱都是有缘无分的。"陈飞说。

何少卿认为陈飞的观点很正确,人确实有一种不可告人的私心,在恋爱中也是一样。虽然男女在恋爱中有无穷的乐趣和多姿多彩的幻想,但有了本能的私心,恋爱就会变得残酷,婚姻也是一样。在命运漂泊不定的特殊环境下恋爱更是脆弱不堪,像陆庆那样铁了心在农村一辈子的这种情况,只能说他对自己已经没有了信心。

何少卿和陈飞边喝酒边畅谈一直到深夜。

早晨两人在林场的山坡上紧紧地握着手。

"好兄弟,我走了,我们以后可能再也没有见面的机会了,和你在一起相处了两年，我非常愉快，患难中有你这样的朋友我很荣幸，这也是我们俩的缘分。今天我走了，以后你自己多保重。"

"保重，我的朋友，祝你前程辉煌。"何少卿握着两年来几乎没有分开过的这位朋友，眼睛有点湿润。

看着陈飞的身影消失在山岗的小路中，何少卿带着一种空虚的感觉回到了自己的宿舍。

黄莺满脸惆怅地来到他的宿舍，她没有去为陈飞送行，她怕陈飞走时控制不住自己的感情。

这次她没考上大学，陈飞的离开对她的打击是很大的。

何少卿看她现在就像一只孤独的小鸟，可怜兮兮地在寻觅着什么。

"他会回来看我们吗？"黄莺一脸迷茫地看着他。

"会吧，不过要等他学业有成以后，他会来看你的。"

"他离开了，就再也不会回来了。"黄莺流下了泪水。

"会回来的，你对他那么真诚，他不会忘记你的。"看见黄莺的眼泪，何少卿安慰着她。

"我感觉他是不会回来的，他是高级干部的子女，今后的前程是很辉煌的，他怎么还会回来看我这乡下姑娘呢？"黄莺的表情很凄凉。

"会的，要有信心，或许有一天他会突然出现在你的面前。"何少卿知道陈飞这么一走是不可能再回来找她的，但他还是这样安慰着眼前这位伤感的姑娘。

"不可能的，小何师傅我知道你是在安慰我，等他大学毕业，他早就把我忘记了。"黄莺带着眼泪离开了他的宿舍。

何少卿沉默地看着她离开的背影，心里有着一股难言的感觉，这是股失落的感觉，他以前也有过，他无奈地摇了摇头，自言自语道："这就是人生。"

这是个纵横交错的年月，人的命运和人的感情随时会在这交错的日子里上下浮沉。

"一打两反"运动，使整个公社像地震一样抖动了一下。

公社有些干部涉及贪污和受贿，很多社办企业因牵涉投机倒把、乱砍滥伐、破坏山林、破坏生态而受到了制裁，林场也是其中之一。

场长刘文俊彻底懵了。

"完了，林场完了，我们加工的木材制品业务牵涉破坏山林。我想我们林场是由城市青年组合的，上面或许可以网开一面，但上面的政策是强硬的，说我们林场不但没把林木种植好，反而大量地去砍伐原生态的木材。"刘文俊在供销科沮丧地对大家说道。

"我们现在这些人怎么安排呢？"供销科的人问道。

"没有别的办法了，现在上面要求就是垦荒造林啊。"刘文俊一时间显得很无奈。

兴旺了几年的林场终究因为发展工业不在正规的路上而土崩瓦解了。

好在林场有一个农田科学试验组，这也是刘文俊高瞻远瞩在林场兴旺时留下的一条后路。果树嫁接、林木品种培养是南昌青年潘国荣几年下来试验的成果。虽然目前林场不赚钱了，林场里的人也恢复到了刚成立林场时的十几块钱工资，但按照这个试验成果发展下去，林场今后还是有着很大发展前途的。

通过关系进林场的当地青年全部回了农村，林场只留下了城市青年和县城青年二十几个人。留下来的人现在每天在红土壤的山岗上垦荒造林。

正当大家愁眉不展，每天在山岗上开垦着这些寸草不生的红咸泥土时，一阵知识青年病退回城风猛烈地刮了起来，这股洪流如滔滔的江水从上而下谁也阻挡不了。

城市青年终于盼到了这一天，何少卿做梦都没想到他真的能回到原来的城市。

一切都在冥冥之中进行着，城市青年通过医院的窗口回到了原来的城市。一切很简单，简单得就像在十年前他们去农村落户时迁走自己的户口一样。城市里的人们带着同情的心情，默默地为他们工作着。

在离开林场时，场长刘文俊办了一次盛大的欢送宴会。他神气地告诉即将离去的城市青年，林场又招收了一批新的成员，林场有了新的发展规划和前景。现在的政策对了，他可以放心大胆地搞下去了，同时他对这批老的城市青年感慨万分。他说你们是林场的创业者，没有你们以前的艰难创业，哪有现在林场的这些底气？林场将永远记住你们这些人。

（四十七）

冬夜的林场是十分寒冷的，心情异常激动的何少卿站在宿舍的门口，看着林场宿舍营房星星点点的灯火，他忽然感到这里的一切好像陌生了起来，他感觉自己好像是这里的一个过客，他熟悉的一切在他的脑海里慢慢地消失，很多事情在他的记忆中似乎变得非常遥远。

"唉！十年了……"他不由地叹息了一声。

他默默地想着，这十年里给他留下了什么？

十年农村插队落户的生活，像一场游戏一样转眼就消失了，留下的是心酸的刻骨铭心的回忆。他想到红山村宅院里的生活，想到和他初来农村一起生活的伙伴，许剑林、李文菲、张小佳、柳文婷他们现在怎么样了呢？尤其是他心目中一直想念着的柳文婷，一个他怜爱的姑娘，她结婚了吗？在这次回城的浪潮中她能回上海吗？

随后他又想起了在沙洲村一个人孤独的生活，每天晚上和老蔡在一起的日子，这个有着很多生活经历的慈祥老人，在他生活彷徨艰难的时候，给了他很多生活的知识和生存的勇气，教给他生活中的窍门和建议。生产队队长赵传富一家人在他最难的时候救了他，生产队队长的女儿家赵家春关心他、照顾他。他想起跟着项斌根师兄弟吃百家饭的木工生涯以及来到这里林场的生活。这一切好像电影一样一幕幕展现在他的眼前，一时间他感慨万分，他的眼睛湿润了……

一股淡淡的幽香把他从沉思中唤醒了过来，黑暗中有一个身影姗姗地走近了他。

"是你，叶静。"人影站在了他面前，何少卿不安的心里充满着内疚看着她。

"你一个人站在这里在想什么？"叶静姑娘笑着看他。

"我在想着过去的事情。"

"我也要离开林场回县城了。"

"在县城工作找好了吗？"

"安排好了，在县商业局。"

"黄莺呢？"

"她去了县卫生院。"

"都安排好了，今后可以安心地生活了。"何少卿欣慰地说道。

"想不到你们真的都回上海了，以后再也见不到你了。"叶静脸上带着一种伤感。

"是，我也一样，以后再也见不到你们了。"

"回去后，你还会记住我吗？"叶静贴在了他身上，一往情深地看着他。

"会的，我不会忘记你的。"何少卿内疚地说道。

"回去后，给我写信好吗？"叶静用恳求的眼光凝视着他。

"我会写信给你的。"何少卿轻轻地拍了拍她的肩膀。

"少卿……"叶静突然抱住了他，她依偎在他的怀里，"我真不想让你离开我，我喜欢你。"她美丽的眼睛里滚下了两行泪。

对依偎在他怀里的叶静，何少卿有股难言的愧疚，她对他是真诚的，也是一往情深的，而他却是那么无奈，他感到了自己的自私和虚情假意，他感到欠她很多。

"吻我一下。"姑娘仰起了脸，她身上散发着一股清新的气息。

何少卿深深地看了她一眼，他双手托着她的脸，在她红润而白嫩的脸上深深地吻了一下。

姑娘的眼中滚下了大颗的泪珠，她仰着脸深情地看着他。

"我永远也忘不了你。"

她离开了，在黑暗中，何少卿看着她离去的背影，深深地吸了口气。自责羞愧涌上了他的心头，他感到自己的残酷和庸俗，但他却无法摆脱世俗的观念，他只能带着羞愧的心情把这一切深深地埋藏在心灵的深处。

在离开这块异乡的土地时，何少卿想到应该去看望一下在他孤独、在他处于困境时给他帮助、给他生活启示的忠诚朋友蔡德壮老人。同时，他还要去看望赵传富一家，他没有忘记那场特大的洪水，是他们一家救了他，于是他买了礼品去了沙洲村。

又看见了这里熟悉的一草一木，何少卿带着激动的心情走进了这个幽静美丽的小村。

村里静悄悄的，他来到生产队队长赵传富的家里，屋里没有人。他屋前屋后找了一下，没看见他们夫妇的身影，他把送给他们的礼物放在了大厅的桌子上，并留下了一张纸条。

他离开了生产队队长的家，向老蔡的家里走去。在去老蔡家时，他路过自己生活过的那间仓库，仓库的门是掩着的，没有上锁。

他推门走了进去，仓库还是他离开时的模样，一点变动都没有，这里好像仍旧是他的家。他走进了以前住的房间，房间的板壁上还留着他以前贴上去的几张年画，现在这几张年画有点发黄了。

空床还搁在那里，他走近床头，看见了床头的板壁上他之前每天晚上靠在上面隐隐留下的背影印子，对面的墙壁上是被煤油灯熏黑的一片痕迹。

寂寞的夜晚，他一个人孤零零地在煤油灯下的情景又历历在目，他的眼睛湿润了。整整三年，他是在这里度过的。

很久他才稳定了自己的情绪，然后他习惯性地走到了窗口边，因为从这窗口可以看见老蔡家的房子。以前每天晚上他都要站在这里张望一下，看看老蔡家的灯光是否亮着，然后他会离开仓库，到老蔡那里去聊天。

从窗口转过身来，他最后环顾了一下房间的四周，走到几张年画的板壁前，用手摸了一下那几张年画后走出了房间。

出了仓库来到门外，他随手把仓库的门拉上了，他拉门的动作就像以前每天出门时的动作一样自然。

"老蔡，老蔡。"他来到老蔡的家，推门走了进去。

"谁啊？"傻女人和老蔡的养子听见声音，从后面的厨房走到了前面的客厅里。

"是我。"何少卿激动地看着他俩。

"你是……那个……青年……小何。"傻女人认出了他，她呆呆地看着他。

"老蔡呢？"何少卿看着傻女人问道。

"他……他死了。"傻女人一下子呜咽起来。

"什么？老蔡死了！"何少卿一下子惊呆了。

"他在夏天的时候，生病……死了，他……埋在了后面山上。"傻女人呜咽着说道。

何少卿一下子眼泪流了出来，他把带给老蔡的礼物放在了桌子上。

"小何叔，喝水。"老蔡的养子蔡平端着一碗白开水颤抖着递给了他。

何少卿接过碗，轻轻地放在桌子上，他摸着蔡平的头，默默地看着客厅里老蔡留下的一切，桌子、椅子、桌子上的瓷花瓶、一只陈旧的算盘、几本账本以及笔墨，这些东西都是他熟悉的。这把破旧的藤椅子是老蔡天天坐的，每天晚上老蔡坐在这把破藤椅上和他畅所欲言，谈人生、谈未来，使他在寂寞中得到安慰，使他增长了很多知识。如今老蔡走了，走得那样匆忙，而他也熬到了头，可惜老蔡没看到他的变化。

何少卿流着眼泪默默地从口袋里拿出两张十元的钞票，递给了站在一边看着他的傻女人。

"拿着，你们俩买点吃的。"他对她轻声说道。

傻女人伸着颤抖的手接过了钱，嘴里嗫嚅着："谢谢，谢谢，好人。"

何少卿流着眼泪最后看了一眼老蔡留下的可怜的妻儿，走出了他家，带着沉重的心情默默地离开了沙洲村。几天后何少卿离开了这块充满着浓厚色彩的异乡土地。

同样是离别，他的心情与十年前离开上海城市的心情是截然不同的。他记得在离开城市来到这里时，他还是个不懂世故、乳臭未干、思想单纯的年轻小伙子，而现在经过生活的磨炼，他已经是个成熟的成年人了。他虽然离开城市后来到了这块土地上，但在这块土地上他每时每刻都在向往着回到原来的城市。现在真的要离开了，他却开始留恋起这块土地上已经逝去的时光。他感到过去的生活好像是一场梦。

他在想这场梦留给了他什么？

人生最美丽的十年，青春的十年，在这场梦中永远地逝去了。梦中留给他的是一次次的悲欢离合和苦难的峥嵘岁月，在这峥嵘的岁月里，他饱经了风霜。

当踏上回城市的列车时，他悲喜交加，他在想人生能有几个十年？回到城市会有怎么样的生活迎接他？他现在一无所有，为了生存，他必须重新去努力，重新去奋斗。

在回故乡的喜悦中，他的心情不是很轻松，唯一宽慰的是他十年来在异乡积累的一点生活经验和生存技能，但他还是担心这点生活经验和生存技能不能让他适应城市的生活。

他想回到城市后，他还要成家，还要立业，艰难曲折的生活肯定还会向他压来。他感到自己依旧是风中飘落的一片树叶，但这时的天空是晴朗的。

1987 年初稿，2014 年春天修改